I Libri
di
Maria Venturi

Maria Venturi

La vita senza me

Rizzoli

ISBN 978-88-17-01255-3

Prima edizione: febbraio 2010
Seconda edizione: febbraio 2010

La vita senza me

Dedico questo libro a mia sorella Simonetta,
che con il suo amore e la sua continua
presenza non mi ha mai fatto sentire sola.
Ti voglio tanto bene.

Ringraziamenti

Il primo grazie va alla mia Casa Editrice che per oltre tre anni ha aspettato la consegna di questo libro dimostrando una fiducia e una comprensione che non dimenticherò mai.

Il secondo grazie va a Giorgio Feroldi, l'ortopedico di Brescia che mi ha "rimessa in piedi" non soltanto con la sua abilità di chirurgo: senza la sua umanità, il suo ottimismo, i suoi incoraggiamenti e l'efficienza del suo reparto non sarei mai riuscita a vedere la luce in fondo al tunnel.

Ma debbo gratitudine a molte altre persone: a Luciana, da sempre la mia amica del cuore, che non mi ha mai consentito di arrendermi al vittimismo e alla paura. A Clara, altra grande amica, che è stata un "angelo custode" amoroso e implacabile nella strada della guarigione. Alla mia amata assistente Patrizia Musatti che, da quando ho iniziato il lavoro di scrittrice, segue con i suoi consigli e le sue acute critiche la nascita di ogni mio libro. E a Maria Grazia Ferrario, che ha curato l'editing con la bravura e lo scrupolo di sempre.

Un grazie particolare, infine, a mio marito, alle mie figlie, ai miei fratelli, ai miei nipoti Caterina, Pierpaolo ed Elena: sono stata spesso latitante, lamentosa, esigente, aggressiva: insopportabile anche a me stessa. Ma loro mi hanno (quasi sempre...) sopportato.

Prima parte

LE STORIE SOSPESE

La felicità è un dono del dolore
che, quando ci abbandona, ci restituisce
la voglia della vita e tutto quello che
non ci ha tolto per sempre.

I

SALLY

Il locale notturno in cui lavoro, l'Irish Coffee, era originariamente un bar panineria ricavato da un casale isolato, a metà strada tra Settebagni e l'inizio della Salaria. Apriva alle cinque del mattino e chiudeva alle sette di sera.

Il passaparola sugli speciali caffè, sulle fragranti brioche e sugli squisiti tramezzini preparati dalla proprietaria, una vedova di origine irlandese, ne avevano fatto una sosta quasi obbligata per i camionisti di passaggio, grazie anche al grande piazzale antistante che consentiva un facile parcheggio.

Quando la proprietaria decise di mettersi a riposo, vendette il casale e la licenza ad Alberto Vasile, un trentenne dagli eclettici trascorsi professionali (organizzatore di eventi, rappresentante di vini, direttore di una palestra, maestro di tennis). Il fratello lo "liquidò" dall'azienda paterna con una cifra che gli consentì di acquistare anche mille metri di terreno sul retro del casale.

Con grande sorpresa di tutti, la pecora nera della famiglia rivelò un insospettato talento di imprenditore e in soli diciotto mesi, ottenuti tutti i permessi, fece del bar panineria un raffinato locale notturno con annesso ristorante. Ristrutturò il casale e lo sopraelevò di un piano. Dieci giardinieri e un arredatore di esterni trasformarono il piazzale in un lussureggiante miniparco. Sparirono l'asfalto, i camionisti, le brioche: dell'antico esercizio Vasile volle mantenere soltanto l'insegna, Irish Coffee.

Me ne spiegò lui stesso, con un sorriso ammiccante, la ragione: "Qui apriremo alle sette di sera e chiuderemo all'alba: invertendo gli orari della vecchia gestione, è rimasto il rito del caffè da servire ai clienti più nottambuli". Mi lanciò un'occhiata provocatoria e aggiunse: "C'è qualcosa che non ti convince?".

Niente mi convinceva.

Questo avveniva sei anni fa, quando Alberto Vasile stava terminando le assunzioni per iniziare l'attività.

"Credevo che l'Irish Coffee fosse un bar" mi limitai a rispondere, cercando di nascondere il mio imbarazzo.

Mancavano quindici giorni all'ultima convocazione del giudice e, se mi fossi presentata all'udienza senza un contratto di lavoro, il mondo mi sarebbe crollato addosso. Dovevo, *assolutamente*, trovare un posto. Qualsiasi lavoro mi stava bene, tranne quello che, sospettavo, avrei dovuto svolgere in quel raffinato locale notturno fuori porta.

"Credevo che questo fosse un bar" ripetei, in tono più fermo.

Il proprietario mi fissò per qualche istante in silenzio. Poi, con voce ferma, disse: "No, questo non è un bar. Ma io non cerco puttane di lusso e non affitto stanze a ore. Nel piano sopraelevato abito con la mia compagna e nel locale non entreranno mai spacciatori, ruffiani e ragazze in vendita. Ho assunto due vigilanti per questo, e...".

"Mi scusi" lo interruppi. "Non pensavo questo."

"Balle. Hai una faccia trasparente come il vetro. Ma veniamo al sodo: che posto cerchi?"

"Cameriera, barista, addetta alle pulizie..." Tacqui di colpo, trafitta da una desolante certezza: qualsiasi posto Vasile intendesse offrirmi, io non *potevo* accettarlo. Meglio presentarsi all'udienza da disoccupata che con un contratto di lavoro in un locale notturno.

Siamo di fronte a una ventiduenne che sin dall'adolescenza ha dimostrato spregiudicatezza, ribellione, assenza di affettività e scarso senso morale. Le accuse dell'avvocato Giusti mi tornarono alla mente e avvertii la stessa reazione di quando le aveva lanciate. Il macigno mi piombò addosso facendomi piegare le spalle.

"Qualcosa non va?" Era la voce di Vasile, questa.

Rialzai le spalle. "Lei è stato molto gentile, ma io non posso lavorare di notte."

L'uomo mi fissò con quello sguardo acuto che ho ormai imparato a conoscere bene. "Mi dispiace" disse. Gli fui smisuratamente grata perché non mi fece domande né parve stupito per il rifiuto. Col tempo avrei imparato a conoscere anche il suo intuito, quasi paranormale.

Mi accompagnò alla porta e mi tese la mano. "Se cambi idea, telefona."

Lo richiamai tre settimane dopo. Il giudice mi aveva inflitto la condanna senza fine. Questa è una delle poche cose che Alberto Vasile non è riuscito a scoprire e neppure a intuire di me.

Da circa sei anni lavoro all'Irish Coffee come guardarobiera. Alberto si è riconciliato con la famiglia e ha sposato Anna, la convivente. Molti eventi e molti mutamenti sono avvenuti in questi anni, ma nella mia esistenza non è cambiato nulla. Inizio il lavoro all'apertura del locale, e torno a casa tra le quattro e le cinque del mattino, dopo aver consegnato ai clienti più nottambuli gli indumenti lasciati in custodia. Vado subito a letto e piombo in un sonno profondo fino alle due del pomeriggio. Poi mi alzo, rifaccio il letto, do una ripulita alla casa, mangio qualcosa, faccio una doccia e mi vesto per tornare al lavoro.

Abito a tre chilometri dall'Irish Coffee: la madre di Anna Vasile mi ha affittato il bilocale con ingresso indipendente in cui aveva abitato il figlio maggiore.

Le prime settimane di lavoro furono le più difficili, perché il bancone del guardaroba mi sembrava come la gabbia di uno zoo o la vetrina di un sexy-shop. Mentre ritiravo i capi e rilasciavo gli scontrini avvertivo, fisicamente, di essere oggetto di curiosità e stupore.

La diffidenza di Anna, che all'epoca non era ancora sposata con Vasile, accresceva il mio disagio. "Che ci fa una ragazza come te dietro questo bancone?" mi chiese bruscamente una sera. Era lo stesso interrogativo che scorgevo nelle occhiate dei clienti. Per molti di loro, era un esplicito tentativo di approccio...

Irritata dal mio silenzio (non riuscivo a trovare le parole per spiegarglielo) Anna incalzò: "Sei giovane, sei bella: non posso credere che fare la guardarobiera sia il massimo delle tue aspirazioni".

"Cercavo un posto fisso, l'ho trovato e non aspiro a niente altro" risposi: questa volta di getto, senza esitare. Perché era la verità.

Con la sentenza del giudice avevo perduto l'unica cosa che volevo. E la peggiore delle condanne era l'essere stata buttata fuori per sempre dalla mia stessa vita.

Sono entrata all'Irish Coffee a ventidue anni e oggi ne ho quasi ventotto: il tempo è andato avanti senza me. Persino il mio corpo e il mio viso sono rimasti gli stessi.

Anna mi credette: se non bari, se non fingi, se non cerchi alibi e non hai la smania di piacere o la paura di perdere qualcosa, tutti ti credono. La forza della verità è questa. Se il giudice non mi diede fiducia, fu per la mia incapacità di replicare ai suoi interrogativi: purtroppo si aspettava risposte che neppure io sapevo. Oggi non me li pongo neppure più. Ho cercato di voltare pagina, ma mi sono trovata davanti al nulla. Molte vite sono simili alla mia, i giorni passano ed è come sfogliare un libro fatto soltanto di pagine bianche.

Del secondo incontro con Alberto Vasile ("Ho cambiato idea, spero che le sia rimasto un posto da darmi") ricordo l'espressione divertita del viso quando gli consegnai i dati necessari per l'assunzione.

"*Salvatrice*? È così che ti chiami?"

"Era il nome della nonna materna. L'alternativa era Addolorata, quello della nonna paterna. In molte famiglie del Sud è rimasta questa consuetudine."

"Gesù, bisognerebbe combatterla come il delitto d'onore."

Quando mi chiese il curriculum, fui costretta a dirgli che non ne avevo uno vero e proprio.

"Che significa?"

"Ho fatto la baby sitter, la commessa, la cameriera in una pizzeria... Tutti lavori in nero e senza contratto" improvvisai, sentendomi avvampare il viso. Sono incapace di mentire, ma come potevo confessargli che dai diciotto ai ventidue anni ero sopravvissuta grazie ai soldi ottenuti nel modo più indegno, peggio che spacciare droga o vendere il corpo ai migliori offerenti?

Vasile rifletté qualche istante. "Guadagnavi abbastanza per...?" Ma subito cambiò domanda. "Va bene, ti assumo anche senza curriculum. Preferisci lavorare nel guardaroba o come cameriera di sala?"

"Per me è lo stesso... decida lei..."

"Devi decidere tu. Nel ristorante e nel pianobar stai

in mezzo alla gente, nel guardaroba resti da sola fino all'alba. È più riposante, ma rischi di morire di noia."

"Preferisco il guardaroba."

Vasile scoppiò a ridere. "Ci avrei giurato. Come vedi, non è lo stesso. Niente è mai *lo stesso*" aggiunse facendosi serio.

Per me sì, avrei voluto ribattere. Ma preferii tacere.

Ho lasciato la scuola a sedici anni e mezzo; ho ripetuto la terza media, sono ignorante e non mi piace leggere: ma i pochi anni che ho convissuto con la mia esistenza sono stati la mia vera scuola. E le persone le capisco al volo.

Se avessi spiegato a Vasile che la libertà di scelta è la più grande delle illusioni perché sono il caso o il prossimo a ingabbiarti tra due alternative, lui mi avrebbe accusato di essere rinunciataria o disfattista. A quel punto io non mi sarei trattenuta dal contraddirlo: se fai un incontro felice, se ti offrono una opportunità prestigiosa, se nasci con la fortuna addosso e hai la strada spianata come un tappeto rosso, che dubbi puoi avere?

Vivi e afferri al volo. Per la scelta è diverso: non sai che cosa prendere né che cosa fare e il massimo della libertà è riuscire a decidere, tra due alternative obbligate, quella che è il meno peggio.

Ma qui sarebbe iniziata una discussione oziosa e interminabile e alla fine ciascuno sarebbe rimasto con le proprie convinzioni. Lui impunemente, io col rischio di risultare una rompiscatole e perdere il posto.

Su una sola cosa Alberto Vasile ha sbagliato: nei sei anni finora trascorsi lavorando al guardaroba non mi sono mai annoiata. A mia volta, ho dovuto ricredermi sul "discreto locale fuori porta", toccando con mano quanto fosse infondata la mia iniziale diffidenza. Il passaparola che un tempo attirava i camionisti di passaggio si ripeté – ma con effetto contrario – anche con la nuova gestione tenendo lontani, grazie anche ai due vigilanti, spacciatori, ruffiani e prostitute.

Ovviamente l'Irish Coffee non è un oratorio ed è frequentato anche da coppie che non possono permettersi l'ufficialità: l'anziano industriale con la giovane amichetta, il politico con l'accompagnatrice, il principale con la segretaria, l'attore o il cantante sposato con l'amante.

I vigilanti tengono alla larga disturbatori e fotografi. E il parcheggio, ricavato dall'appezzamento di terreno sul retro del casale, impedisce anche l'identificazione delle automobili.

Ma la maggior parte di queste coppie arriva con un autista che passa a riprenderle all'ora stabilita: ciò consente di mangiare e di bere in libertà, senza la paura dell'etilometro o del colpo di sonno.

All'interno la privacy è garantita dai separé disposti a semicerchio nel grande salone ristorante. I separé vengono prenotati anche da coppie di fidanzati o di coniugi che desiderano festeggiare romanticamente un anniversario, un compleanno, una riconciliazione.

L'ala destra del casale ha un piano sotterraneo che ospita il pianobar: è uno spazio animato da Nicola, pianista e cantante di grande simpatia e bravura. I frequentatori sono soprattutto giovani: si ascolta una buona musica dal vivo, si chiacchiera, si canta, si beve, si possono ordinare piatti freddi. In ogni tavolo c'è la "vittima designata", ossia il ragazzo o la ragazza che dovrà riportare a casa gli amici e pertanto stare alla larga dagli alcolici.

Dati i prezzi dell'Irish Coffee (per una cena non si pagano meno di centocinquanta euro, vini esclusi, e la consumazione più economica del pianobar ne costa cinquanta) la clientela è di livello decisamente alto.

Il guardaroba si trova alla destra dell'ingresso. Alberto Vasile anche qui ha voluto il meglio, attrezzando a guardaroba lo spazio che nella struttura del vecchio casale fungeva da dispensa. È una stanza rettangolare di trenta metri quadrati illuminata da otto faretti. Nella parete di fondo, quella alle spalle del bancone, fa mostra di sé una preziosa collezione di stampe raffiguranti abiti e accessori d'epoca. I capi dei clienti vengono riposti nell'intercapedine ricavata tra le due lunghe pareti laterali, rivestite in legno di ciliegio come il bancone. Soltanto le chiavi, sei per parete, fanno capire che la raffinata *boiserie* è un guardaroba.

Eccezion fatta per i mesi caldi, quando si servono gli aperitivi all'aperto, l'Irish Coffee comincia ad affollarsi alle nove di sera e talvolta, a mezzanotte, non sono riuscita a sedermi neppure per un istante.

Dopo un paio d'ore di tregua, cominciano ad arrivare i ragazzi e le coppie che tirano l'alba nel pianobar. Il lavoro si ferma e, fino alla chiusura, resto seduta davanti al bancone.

Guardo la gente entrare e uscire con una curiosità quasi automatica, senza alcun coinvolgimento emotivo. In sei anni ho notato molti cambi di accompagnatrici e di amanti, ho visto rapporti nascere e finire, ho osservato centinaia di diciottenni diventare adulti. Ma, soprattutto, ho imparato a conoscere le donne. Il guardaroba è un osservatorio molto più veritiero di una rubrica di posta o di una rivista di moda perché, una volta tolti i cappotti, i soprabiti e le pellicce, è come se le donne si mettessero a nudo. I vestiti che indossano rivelano i loro gusti, le loro aspettative, le loro inclinazioni, la loro condizione sociale.

Mi basta un'occhiata per distinguere i seni rifatti da quelli naturalmente turgidi e le trentenni autentiche da quelle che non dimostrano la loro età bensì i segni del botulino o del lifting. Le clienti che depositano una costosa pelliccia sicuramente hanno più di trentacinque anni e grazie a un compagno ricco o a una recente ricchezza, vivono il lusso come uno strumento di sicurezza e di realizzazione.

La madre di Fabio, il mio primo e unico ragazzo, aveva trentotto anni e indossava una pelliccia da strage di visoni la sera in cui venne da me e, in mezz'ora, riuscì a interrompere la mia vita.

Ma questa è un'altra storia e appartiene a Salvatrice, una persona che non esiste più. Dopo due giorni cambiai città e cominciai a farmi chiamare Sally: un diminutivo che non sopportavo sin dagli anni delle medie.

"Mi chiamo Salvatrice!" protestavo con i compagni di scuola.

Era un nome orribile, lo sapevo, ma in famiglia tutti mi chiamavano così e soltanto a otto anni avevo avvertito quanto ridicolo e insolito fosse il mio nome.

Reagii come le ragazzine che per la prima volta si scrutano allo specchio con attenzione "femminile", curiose della propria fisicità, e scoprono di avere le gambe storte, il corpo tozzo o il viso a luna piena: in quel momento realizzano con lucidità e umiliazione di essere diverse dalle altre. Le "brutte della classe".

Ma io ero una bambina precocemente combattiva. Compresa la bruttezza del mio nome, lo accettai come avrei fatto, credo, con un handicap fisico: faceva parte di me. Ero Salvatrice e consentire di chiamarmi Sal o Sally – diminutivi che a scuola cercarono di darmi – equivaleva a una resa. Non potevo e non volevo rinunciare alla mia identità.

La storia con Fabio durò otto mesi e per tutto il tempo lui continuò a chiamarmi Trixi, sordo alle mie veementi proteste. Avrei dovuto capire subito che era un ragazzo viziato, provocatorio, incapace di rispetto e di sentimenti profondi. Ero una ragazzina quando mi diede il primo bacio e ho dimenticato la sua voce, i suoi abbracci, persino il suo viso. Ho dimenticato anche il mio vero nome. Ma Salvatrice sopravvive in un angolo remoto di me. E il suo ricordo riemerge le rare volte in cui, per disattenzione o per stanchezza, consento ai pensieri di aprire una piccola breccia nel muro che ho eretto tra me e il passato. Salvatrice vi si insinua e dilaga, trasformando la breccia in una voragine.

II

OLIVIERO

Una o due volte al mese l'Irish Coffee apre anche il lunedì, serata di riposo: il locale viene prenotato soprattutto per festeggiare una laurea o un compleanno oppure per una cena di lavoro al termine di un convegno. Quando tutti gli ospiti sono arrivati, affollando il pianobar o il ristorante, i vigilanti chiudono i cancelli d'ingresso e io me ne sto, inattiva, nel guardaroba, aspettando che la cena o i festeggiamenti si concludano per riconsegnare i capi ai clienti.

Questo è uno dei lunedì ad apertura riservata. Il locale è stato prenotato da Oliviero Belli, proprietario di una azienda che produce ed esporta costosissimi capi in cachemire ("I più *Belli*!" scherza Anna) e di una catena di boutique che li vende in esclusiva per l'Italia.

Quando arrivo, in cucina e nel ristorante c'è il subbuglio. Sono attesi i dirigenti dell'azienda e i direttori delle boutique: quaranta persone circa, un numero di molto inferiore a quello delle altre cene di fine convegno.

Ma Alberto Vasile è in fibrillazione e controlla che tutto sia al meglio, dal menu all'allestimento dei tavoli. Oliviero Belli è per lui un mito sin dagli anni in cui erano compagni di banco e di liceo. Da quando ha prenotato questa cena non fa che ripetere i motivi della sua fanatica adorazione: Belli era il primo della classe, gli faceva copiare i compiti, lo invitava a studiare a casa sua, faceva da paciere nelle liti col fratello maggiore, era sempre pronto a coprire le balle che raccontava al padre. E quando piantò l'università e la casa paterna, il Belli continuò a restargli vicino, soprattutto nelle lunghe pause tra un lavoro e l'altro.

«*Belli* questi fiori, *Belli* questi lumini, *Belli* questi sottopiatti» Anna commenta scherzando mentre segue il marito nei giri di controllo.

Il mitico Oliviero è stato testimone di nozze di Alberto Vasile, ed è in quell'occasione che lo vidi la prima volta. Arrivò con un immusonito ragazzetto, suo figlio, e in seguito seppi da Anna che proprio in quei giorni il Belli e la moglie avevano ottenuto il divorzio.

Le prime impressioni, afferma un vecchio adagio, sono sempre le migliori: Oliviero mi apparve come uno consapevole del proprio carisma da eterno "primo della classe" e anche del proprio fascino fisico. Non ho mai cambiato idea. Tutte le volte che è venuto all'Irish Coffee, sempre con una accompagnatrice diversa, ma dall'identico tocco di classe, mi ha suscitato il senso di sgradevolezza iniziale. È il tipo che ti vede senza guardarti, resta tre passi indietro e con aria annoiata mentre la raffinata dama deposita il raffinato soprabito o mantello. E a fine serata, porgendoti lo scontrino, ti mette in mano con signorile destrezza una supermancia. Non sono una snob, le mance arrotondano notevolmente il mio stipendio e le accetto sempre con un sorriso. Ma soltanto quando è lui a darmele mi sento umiliata come se mi stesse facendo l'elemosina.

Anna mi distoglie da queste cupe riflessioni ed entra nel guardaroba con due calici dal contenuto rosato.

Me ne porge uno. «Animo, amica, la grande serata sta per iniziare e ne abbiamo bisogno: è una superbomba creata dal barman per l'occasione.»

«È alcol puro!» esclamo dopo la prima sorsata.

«Riuscirà a sgelare Ollie-la-mummia?» Anna ride. Condivide la mia scarsa simpatia per il Belli e sono l'unica persona che lavora all'Irish Coffee con cui può irriderlo impunemente: per tutti gli altri è il migliore dei clienti. Un *mitico*.

Senza darmi il tempo di rispondere Anna aggiunge: «Ho saputo oggi dalla comune parrucchiera che è stato piantato da Margherita. Stavano insieme da sei mesi e a detta di mio marito è la prima volta che una donna lo lascia. Hai capito di chi sto parlando?».

«Margherita Rovani, quella tizia con gli occhiali che...»

«Proprio lei. Miope con vista lunga: dopo sei mesi di relazione, ha capito che con il Belli non c'è futuro. Prima o poi sarebbe stato lui a mollarla.»

«Esistono anche le donne terminali!»

Anna mi fissa incuriosita: «*Terminali* in che senso?»

«Uccidono il playboy mettendo fine a cambi di donne e ricerca di avventure.»

«Tu stai sopravvalutando il Belli. A poco più di vent'anni ha messo incinta una ragazza e se l'è dovuta sposare. Stando a quello che racconta Alberto, la donna terminale di Oliviero è stata sua moglie: liberato da un matrimonio castrante, non credo proprio che voglia farsi rimettere in gabbia. Il suo unico interesse è il lavoro: le donne sono soltanto un intermezzo e non ha bisogno né voglia di cercarsele: sono loro a farsi avanti. E sai cosa ti dico? Sotto sotto, credo che il Belli non abbia una grande opinione delle donne.»

«Che rapporto ha con suo figlio?»

«Il giudice ha stabilito che può incontrarlo tutti i fine

settimana e averlo con sé per un mese durante le vacanze estive.»

«Ma non esiste l'affidamento congiunto?»

«L'ex moglie è riuscita a dimostrare l'inaffidabilità di Oliviero, troppo concentrato nel lavoro per occuparsi del figlio. Il ragazzino stesso, invitato a esprimersi al proposito, ha affermato di non voler vivere con il padre.»

Un ricordo mi attraversa la mente e scompare, fulmineo come una saetta. Era la vita di Salvatrice, quella.

La voce di Anna mi riporta al presente. «Non ho alcun trasporto per il Belli, ma devo mio malgrado ammettere che non è un cattivo genitore. Michele è un adolescente che va a cacciarsi continuamente nei guai. E ogni volta che c'è un problema, suo padre corre e la ex moglie lo riempie di sensi di colpa.»

«Tu l'hai conosciuta?»

Anna non fa in tempo a rispondermi. Alberto arriva, trafelato, e ci invita a "smetterla di cianciare". «Stanno arrivando. Sally, accendi tutti i faretti. E tu, Anna, prenditi cura di Michele: Oliviero ha portato con sé il figlio e ho paura che in mezzo a tanti adulti il ragazzino si annoi.»

«Lo farò giocare a nascondino o moscacieca» Anna ribatte. Non perde occasione per provocare il marito e credo che Alberto la adori anche per questo.

L'immusonito ragazzetto che conobbi cinque anni fa è diventato un adolescente alto quasi come il padre e sembra, fisicamente, il suo clone: stesse gambe lunghe, stessi occhi scuri dal taglio allungato, stesse sopracciglia folte, stessa mascella squadrata. Suppongo che abbia anche lo stesso colore di capelli, castano scuro: ma diversamente dal padre (che Anna chiama anche *Belli-capelli* per il suo folto e ben curato casco di riccioli) Michele ha la testa rasata. E, diversamente dal padre, che indossa un impeccabile gessato con camicia azzurra e cravatta in tinta, il ragazzo è arrivato alla festa in tuta da ginnastica rossa e grigia e scarpe da tennis slacciate. A quanto pare, come Anna, ama provocare.

I quaranta ospiti entrano alla spicciolata e due ragazze mi aiutano nel guardaroba. Noto nel gruppo soltanto sei donne, probabilmente direttrici di altrettante boutique e ciò conferma quanto Anna mi ha detto sulla "scarsa opinione" che Oliviero Belli ha delle donne.

Dopo che tutto il gruppo si è ricomposto e seduto ai tavoli, i vigilanti chiudono come sempre i cancelli. Le due aiutanti tornano in sala e io posso finalmente sedermi. Mi aspettano molte ore di solitudine e di inattività perché gli invitati, come avviene soltanto per le serate-evento, usciranno tutti insieme e non alla spicciolata dall'Irish Coffee.

Ma per me non cambia niente. Penso senza pensare, se così si può definire l'ozioso vagare della mente davanti al muro che separa Salvatrice da Sally.

Devo ricordare di comperare il detersivo per la lana. I faretti che illuminano le stampe d'epoca sono troppo forti. È possibile che il mio piatto preferito sia la minestrina di dado con molto formaggio grattugiato e con le tagliatelle all'uovo fatte a pezzi? Fra un mese compirò *ventotto anni.* Mi sarebbe piaciuto fare la stilista. La moglie dell'avvocato Pecchi è la donna più elegante che ho visto da quando lavoro qui: adoro i suoi soprabitini da sera, sofisticati e smilzi. Nemmeno sotto tortura farei un lifting. I miei colori preferiti sono il grigio e quello speciale rosa spento che si vede solo nei vecchi affreschi. Non sono mai stata a Parigi. Non ho mai giocato al lotto o al Totocalcio e mi farebbe paura vincere una cifra spropositata perché significherebbe essere "stanati" dal destino e perciò esposti anche ai suoi capricci. Però, se fossi stata molto ricca, sei anni fa avrei potuto pagarmi un bravo avvocato e...

Qui l'ozioso vagare si blocca. Ormai ho imparato a scorgere le trappole della mente per aprire una breccia e ributtarmi nella vita che ho perduto.

Guardo l'orologio: mancano pochi minuti a mezzanotte. In quel momento arriva Anna. «Siamo al dessert e ci sono i tortini di gelato caldo al cioccolato che ti piacciono. Alberto chiede, anzi, *esige*, che tu ci raggiunga in sala.»

«Ringrazialo, ma preferisco restare qui. Lo sai che...»

Anna mi interrompe sbuffando: «Lo so, lo so! Il guardaroba è la tua cuccia calda e guai a chi ti stana. Ma una volta tanto potresti fare un'eccezione!».

«Non stasera, per favore.»

«La verità è che sei un'asociale. O una insopportabile snob. Mai una volta che tu abbia accettato un invito a unirti a noi... Ma questo è un discorso che faremo con calma. Ti voglio troppo bene per assistere in silenzio al massacro della tua vita. Non ti guardi mai allo specchio? Non ti rendi conto che fuori da qui c'è un mondo affollato di persone, di opportunità, di...»

«Politici assatanati? Vecchi industriali a caccia di carne fresca? Io ho qualche anno di troppo!»

Anna mi trapassa con un'occhiata furiosa. «Non sono una procacciatrice di puttane. Le opportunità di cui parlo sono quelle a cui tutte le donne aspirano: un lavoro gratificante in cui realizzarsi. Oppure l'incontro con una brava persona con cui costruire una famiglia.»

«Ho lasciato la scuola a nemmeno diciassette anni, non conosco una sola lingua straniera, non ho un curriculum: il lavoro nel vostro locale mi piace. E lo considero il massimo a cui potevo aspirare. Quanto poi agli incontri con "brave persone", non mi interessano: sono negata al matrimonio e alla maternità.»

Avverto lo scricchiolio della crepa e mi affretto a concludere: «Torna al ristorante, Anna. Hai ragione tu, è un discorso che va fatto con calma».

«Cambierebbe qualcosa?» Anna se ne va con il suo interrogativo, lasciandomi sola con l'unica certezza: no, non cambierà mai niente. Tutto il peggio che può accadere nella vita è accaduto a Salvatrice. Il mondo può andare avanti anche senza di me.

Dal pianobar giunge, attutita, la voce di Nicola. Sta cantando i vecchi successi degli anni Sessanta e a un certo punto il gruppo comincia a fargli coro. Guardo di nuovo l'orologio: è l'una e un quarto, e tutto lascia prevedere che gli ospiti del Belli tireranno l'alba. Ma non ho alcuna fretta di tornare nel mio bilocale, dove mi aspetta soltanto un letto vuoto. Due ore di sonno in più o in meno sono la stessa cosa.

Nicola e il coro hanno appena attaccato *Perdere l'amore* (siamo allo sbraco del Karaoke!) quando vedo Michele, il figlio del Belli, passarmi davanti quasi di corsa e dirigersi verso il gazebo che porta al miniparco. Va a fumarsi una sigaretta, penso. I fumatori sono le sole persone che vedo passare davanti al guardaroba durante le serate all'Irish Coffee.

Due minuti dopo il ragazzo torna indietro e si dirige verso il mio bancone. «Hai un accendino?» mi chiede.

«Mi dispiace, no.»

«Dovresti cercarmene uno.»

«E dove?»

«Scendi al pianobar e lo chiedi a qualcuno del gruppo.»

Suo padre non mi ha mai rivolto la parola, ma sono certa che userebbe l'identico tono, perentorio e arrogante, se avesse bisogno di un favore.

«Perché non scendi tu?» gli chiedo incapace di trattenere la mia irritazione. Detesto le persone maleducate.

Michele mi fissa con gli occhi sbarrati, e la sua espressione esprime chiaramente ciò che, paralizzato dallo stupore, non riesce a rispondere: perché io sono un cliente e tu hai il dovere di servirmi.

«Non posso lasciare il guardaroba incustodito» gli spiego gentilmente. L'irritazione è sparita. Non è colpa del ragazzino se nessuno gli ha insegnato le buone maniere.

Abbozzando una smorfia a metà tra il sorriso provocatorio e la rassegnazione Michele infila la scala che porta al piano di sotto.

Ne riemerge cinque minuti dopo, agitando un accendino. «Trovato!» dice. Estrae dalla tasca una sigaretta e fa per accenderla.

«Devi uscire» lo fermo. «Qui è vietato fumare.»

«Vale anche per le canne?» sogghigna allontanandosi.

Faccio in tempo a vedere che la sigaretta è, in effetti, uno spinello e d'istinto esco dal guardaroba e lo raggiungo. «Ma che stai facendo?» chiedo. La domanda più cretina che potessi rivolgergli.

E la risposta è all'altezza: «Quello che vedi. Mi sto facendo una canna. Vuoi farmi compagnia?».

"*Grazie, no. Non mi piace.*"

"*Come fai a dirlo, se non hai mai provato?*"

"*Non voglio.*"

"*Di che cosa hai paura? Uno spinello è come una birra, mica ti uccide.*"

"*A qualcuno succede.*"

La voce di Michele Belli mi fa risalire dalla voragine. «Ehi, dove sei? Ti ho chiesto se vuoi farti una canna con me.»

«Grazie, no.» La stessa risposta che diedi a Fabio quando ero ancora una brava ragazzina.

«Di che cosa hai paura?» Il figlio di Oliviero Belli mi guarda con lo sguardo sfrontato di Fabio e dice le stesse cose.

Sono sconvolta da questo replay, raggelata dalla sensazione che il tempo sia tornato indietro condannandomi a rivivere gli sbagli e le perdite del passato.

«Stai bene?» Michele mi chiede perplesso.

Questo non è un replay. Michele *non è* Fabio e *non può* fare la sua fine. Ritrovo il controllo e il passato sparisce. «Sto bene» rispondo per tranquillizzare lui e me stessa.

Michele fa scattare l'accendino e si attacca allo spinello. «Avevi una faccia da paura» osserva tirando la seconda boccata. «Come ti chiami?»

«Sally.»

«Io Michele. Sono il figlio di...»

«Lo so chi sei.»

Lui trattiene il fumo tra le mani congiunte. «È stata una serata pazzesca. Quando hanno attaccato coi cori non ce l'ho fatta più. Se mi dicessero che fra venti o trent'anni mi ridurrò come i quaranta imbecilli che si stanno divertendo là sotto, mi sparerei subito un colpo.»

«Tra quei quaranta "imbecilli" ci sono sicuramente anche dei bravi padri di famiglia che lavorano e cercano di costruirsi un futuro» replico con un sorriso, attenta a non lasciar trasparire alcuna nota di severità o di critica.

«Tu conosci bene mio padre? Per caso, te lo sei fatto?»

«No, non lo conosco. Ma tuo padre non mi sembra proprio il tipo che "si fa" una guardarobiera» replico con lo stesso sorriso, per niente offesa dalle sue domande. Nonostante il tono, vi avverto la curiosità del bambino.

Michele fa una smorfia divertita. «Hai fatto centro! Il noto industriale Oliviero Belli si accompagna soltanto a femmine doc, con laurea, grinta e classe. Mia madre era figlia di una casalinga e di un impiegato delle poste e frequentava un corso per diventare infermiera. L'ha dovuta sposare perché era incinta, ma...»

Lo interrompo. «*Dovuto* perché?» Al diavolo la breccia, al diavolo il muro. «Avrebbe potuto infischiarsene o convincere tua madre ad abortire. Oppure riconoscerti e ricordarsi di avere un figlio soltanto nel pagare gli alimenti. Lo sai quanti uomini lo fanno? Quante sono le ragazze messe incinte e abbandonate?»

La mia veemenza sembra spiazzare il ragazzo. «Questo significa che da giovane mio padre non era un mascalzone» borbotta dopo qualche istante.

«Non lo è neppure adesso!»

«Come fai a saperlo? Hai detto che non lo conosci.»

«Ma è molto amico di Anna e Alberto Vasile. Sono stati loro a...»

«I Vasile lo conoscono come frequentatore di locali notturni: detto con più chiarezza, come puttaniere selettivo e molto generoso con le mance.»

«Alberto è stato suo compagno di studi e gli vuole un bene dell'anima. Se devo essere sincera, tuo padre non mi è molto simpatico. E Anna, benché condivida questa mia sensazione, mi ha raccontato quanto tuo padre si batté per ottenere un affido congiunto e quanto soffrì quando *tu* scegliesti di vivere con tua madre.»

«Stronzate. Se teneva tanto a me, perché ha chiesto il divorzio?» Schiaccia rabbiosamente lo spinello sotto la scarpa da tennis. «Non rifilarmi altre coglionate, tipo che un cattivo marito può essere un buon padre, che si divorzia dalle mogli e non dai figli, che per i ragazzini è meglio vivere con due genitori separati piuttosto che assistere a un quotidiano spettacolo di astiosità e risse.»

«Comunque le chiami, queste sono sacrosante verità.» Respiro a fondo e lo guardo: vedo un ragazzo pieno di rancore e di rabbia che sta frugando nella tasca della tuta alla ricerca di un altro spinello.

«Io sono cresciuta con una coppia di quarantenni aridi e rissosi» dico d'un fiato. «Per molto tempo non ho capito perché avessero voluto un figlio, ma poi tutto mi è apparso chiaro: erano la sola coppia senza figli in una famiglia prolifica come una conigliera. Io gli servivo per non sentirsi tagliati fuori dalle cene natalizie, dalla distribuzione dei regali, dall'orgoglio dei vecchi nonni. Prima della mia nascita, mia madre era considerata "la povera Nunzia" e mio padre "lo sfortunato Antonio" che si era ritrovato con una moglie sterile.»

Michele continua a tirare. «Sembra una delle telenovele che piacciono tanto a mia madre» osserva serio, senza ombra di ironia. «E poi che cosa è successo?»

«A sedici anni e mezzo sono scappata da casa. Stavo diventando pazza e loro non avevano né l'età né la voglia di tenere a freno l'adolescente astiosa e ribelle che ero diventata.»

«Per colpa loro» Michele puntualizza. «Ma vai avanti. Come hanno fatto a ritrovarti?»

«Non mi hanno nemmeno cercata. Appreso per caso che mi trovavo a Orte, a casa di una amica, mi hanno lasciato dov'ero.» Ma perché sto raccontando tutte queste cose?

Michele scuote la testa, sbalordito. «Quelli non erano genitori, ma mostri! E dopo Orte, che cosa hai fatto?»

Adesso basta, mi ordino. «Preferisco non parlarne» rispondo.

«Capisco» mormora Michele. Mi porge il suo spinello appena acceso. «In questo momento una tiratina ti farebbe bene.»

Scosto con malgarbo la sua mano gentilmente protesa nell'offerta. Ho permesso alla breccia di allargarsi e sono sommersa anche dai detriti dell'ira. «Tu stai *bene*? Fumare queste schifezze ti fa sentire meglio?» urlo.

«Datti una calmata, signorina Sally. È stata una serata di merda e...»

«Perché ci sei venuto? Ti ha obbligato qualcuno?»

«I desideri di mio padre sono ordini!» ridacchia.

«Tuo padre non è un domatore di tigri, e spero che col tempo tu impari a ribellarti e a dire no: anche a lui, se per compiacerlo devi passare una *serata di merda*.»

Michele ammicca con lo stesso ghignetto. «Tranquilla, ho già imparato a ribellarmi. Ma lo faccio a modo mio. E a ben pensarci, questa serata non è stata poi tanto male!»

Capisco al volo quello che ha inteso dire. «Presentarti in tuta e scarpe da tennis, esibire un'espressione annoiata, allontanarti dagli "imbecilli" del pianobar è uno dei tuoi modi per provocare e mettere a disagio tuo padre?» Provo una grande tristezza per entrambi.

«Bingo!»

«I Vasile mi hanno raccontato anche che ti cacci continuamente nei guai.»

«In questo locale si dovrebbe scopare di più e chiacchierare di meno.»

«Michele, non c'è niente di divertente in quello che ci stiamo dicendo. Guidare senza patente, fracassare tre motorini in otto mesi, essere fermati con un etto di erba in tasca, farsi buttare fuori da una discoteca strafatti di birra con un gruppo di balordi mi sembrano bravate da veri *imbecilli*. Se hai fatto tutto questo per mettere alla prova la pazienza di tuo padre, non andrai molto lontano.»

«Lo *odio*» sibila, la faccia improvvisamente scura.

«Ammesso che se lo meriti, la guerra che gli fai ti rende felice? Vale la pena distruggere la propria vita per una persona che non si ama e non si stima? Invece di detestarlo, ignoralo. Impara a vivere *per te*, e non *contro* un estraneo.»

Sul viso di Michele ricompare il sorrisetto sarcastico. «Complimenti! Parli meglio dell'illustre psicologo a cui mio padre mi ha scaricato.»

«È soltanto buonsenso.»

«Mi stai molto simpatica, ma adesso ne ho piene le

palle. Puoi avvertire *l'estraneo* che me ne sono andato se se ne accorge?»

«Va bene. Devo chiamarti un taxi?»

«Non serve, sono venuto qui col motorino. Il quarto di quest'anno.»

«Per favore, non correre.»

«Okay.»

Lo accompagno nel parcheggio posteriore e, per allontanarmi, aspetto che salga sul motorino. «Non correre» gli ripeto.

Agita una mano. «Sei proprio una simpaticona» dice mettendo in moto e agitando una mano in segno di saluto.

Ritorno lentamente verso il guardaroba costeggiando il parco. Varcato il gazebo d'ingresso, mi ritrovo di fronte un uomo. Riconosco subito Oliviero Belli.

«Grazie» dice con la voce stanca e sommessa di una persona a cui hai appena salvato la vita.

Lo guardo senza capire. «Grazie di che cosa?»

«Tre quarti d'ora fa ho visto mio figlio uscire dal pianobar. Aveva una faccia da condannato ai lavori forzati e l'ho seguito imprecando contro me stesso per averlo portato a questa riunione. Temevo che ne combinasse una delle sue, e invece ha cominciato a parlare con lei. Mi sono fermato in un angolo e ho sentito tutto: quello che lui diceva e quello che lei gli rispondeva. In questi tre quarti d'ora ho capito di Michele più cose di...» Si interrompe, come a cercare le parole. «È stata una lezione illuminante» riassume.

Oliviero-il-mitico è imbarazzato e in difficoltà: non riesco a crederlo. E sono molto a disagio anch'io.

È lui a rompere il silenzio. «Voglio molto bene a mio figlio, ma evidentemente questo non gli basta.»

Mi schiarisco la voce. «Forse Michele non riesce a capire questo bene.»

«Di sicuro mi odia» prorompe. «E come lei ha intuito, vive *contro* di me.»

«Io non... Io non ho figli né sono una psicologa, però di adolescenti ne ho conosciuti molti... È l'età peggiore, forse ancora peggiore della vecchiaia. I vecchi sperano di vivere il più a lungo possibile, i ragazzini non sanno che cos'è il futuro. Per loro esiste soltanto il presente e basta un niente per farli sentire disperati o pazzi di gioia. Oddio, ho perso il filo. Volevo solo dire che lei non deve drammatizzare, Michele crede di odiarla perché le vuole bene... Non si odiano mai le persone che ci sono indifferenti. Mi scusi, ma non riesco proprio a spiegare quello che...»

«È stata chiarissima, invece. Anche con mio figlio.»

Alle quattro del mattino la festa finisce e le due ragazze tornano al guardaroba per aiutarmi a restituire soprabiti e cappotti.

Oliviero Belli è l'ultimo a uscire: mi saluta con un sorriso cordiale e senza lasciarmi la mancia. Non era mai successo.

Mentre i camerieri rimettono in ordine il pianobar, io resto a fare le solite chiacchiere con i Vasile. Alberto è al settimo cielo: la cena è stata ottima e tutti si sono divertiti come matti. *Tranne il mitico Oliviero e suo figlio*, penso. Ma sarebbe crudele dirglielo.

Arrivo a casa alle cinque e mezzo. Mi strucco, faccio una doccia, infilo la camicia da notte e vado a letto. Per la prima volta non cado in un sonno immediato e profondo. L'incontro con Michele mi ha riportato, di forza, nel passato e nella vita di Salvatrice.

III

FABIO

Salvatrice era all'ottavo mese di gravidanza quando apprese da un telegiornale del mattino la notizia della tragica fine di Fabio. Era al volante dell'Audi che suo padre gli aveva regalato per la maturità, insieme con un amico e due ragazze. Quella seduta accanto a lui era stata estratta senza vita dai rottami dell'auto.

Il tragico schianto (avvenuto poche ore prima all'uscita da una discoteca) non avrebbe sicuramente avuto tanto spazio se Fabio non fosse stato l'unico figlio di un politico. Fu la prima reazione di Salvatrice mentre ascoltava i particolari del pauroso impatto dell'auto contro un pilastro. Per la stessa ragione il conduttore avanzò, molto vagamente, le ipotesi di un colpo di sonno o di stanchezza o del "solito bicchiere" di troppo.

Salvatrice non riuscì a rimproverarsi per il suo cinismo. Al termine del telegiornale restò seduta nel divanetto e si sintonizzò su un'altra rete. Tutte le altre ragazze dormivano ancora.

L'ultima volta che aveva visto Fabio risaliva a una sera di sei mesi e mezzo prima, quando era stata costretta a dirgli di aspettare un bambino. Erano seduti nel divano letto della sua stanza d'affitto, al ritorno da una festa di compleanno, e Fabio, impasticcato e strafatto di birre, le stava slacciando i bottoni della camicetta.

"Ti desidero, Trixi..."

Lei si era ritratta. "Devo dirti una cosa molto importante."

"Non ora..."

"Sono incinta e..."

"Sei...?!" La voce di Fabio si strozzò.

"*Incinta*. Di due mesi e mezzo."

Lui la scostò da sé come se fosse una lebbrosa e nei suoi occhi appannati balenò un lampo di crudele lucidità: "Fai ancora in tempo ad abortire. Un mio amico ha portato la sua ragazza in una..."

"Io non voglio abortire."

"Tu sei fuori! Io devo fare l'università e poi uno stage all'estero... Che cosa ti aspetti da me? Posso solo darti l'indirizzo di una clinica e i soldi per l'aborto."

"Dicevi di amarmi" Salvatrice protestò.

"L'ho detto a molte altre, mentre le scopavo. Ma erano ragazze con la testa sulle spalle che prendevano tutte le precauzioni per non restare incinte!"

Si alzò di scatto. "Non vuoi abortire? Tieni pure il bambino, ma lasciami fuori da questa storia."

Se n'era andato sbattendo la porta. Due giorni dopo un avvocato convocò Salvatrice nel suo studio. Si mostrò comprensivo e gentile. Dopo aver premesso di avere avuto dai genitori di Fabio l'incarico di contattarla, per tutelare il figlio, aggiunse che gli stava molto a cuore anche il futuro di lei: mettere al mondo un bambino a neppure diciotto anni e crescerlo da sola equivaleva a distruggere la giovinezza, le speranze e le prospettive. Con quali soldi pensava di mantenerlo? Ammesso che qualcuno le avesse offerto un posto di lavoro, chi si sarebbe preso cura del bambino?

L'avvocato ricorse a tutte le mozioni possibili, passando dal terrorismo alla razionalità, dal suggerimento al monito più severo. Ma sempre in tono paterno.

Salvatrice si impose di ascoltarlo in silenzio. E quando l'avvocato, stremato, tacque, replicò con calma che lei stessa si era già posta *tutti* quegli interrogativi e quei problemi.

"Sono certo che sei arrivata alla decisione più sensata!" concluse per lei l'avvocato.

Salvatrice lo guardò ricambiando il sorriso. "Dipende dai punti di vista. Per me il male peggiore sarebbe distruggere la vita del bambino. Non condanno le ragazze che abortiscono, ma nel mio caso non riuscirei mai a perdonarmelo."

"Sei ancora una ragazzina!"

"L'età non conta. Sono abbastanza matura per cavarmela da sola. Tranquillizzi pure Fabio e la sua famiglia: non mi sentiranno più e non chiederò *mai* il loro aiuto."

"Sei disposta a metterlo per scritto?"

"Certamente."

"In questo caso, e se sei davvero in buona fede, dovresti firmare due righe" l'avvocato disse estraendo un foglio dal primo cassetto della scrivania. La sottoscritta dichiarava di essere stata ingravidata da un "partner occasionale" e pertanto di non avere nulla da chiedere o pretendere da Fabio Dezzi e dalla di lui famiglia.

Salvatrice lesse in pochi secondi e firmò al volo.

L'avvocato ripose il foglio e le disse con una nota di evidente disagio: "È soltanto una formalità e non devi offenderti per la crudezza del linguaggio giuridico".

Salvatrice sollevò la testa. "Offendermi perché? Il documento che ho firmato risponde alla verità: il figlio che aspetto è stato concepito con un *partner occasionale* da cui non pretendo nulla e che spero di non rivedere mai più" disse con voce imperturbabile.

Fabio adesso era morto e *sicuramente* non l'avrebbe rivisto più. Salvatrice restò seduta davanti al televisore e per la seconda volta sentì ripetere la notizia del "tragico impatto" che aveva stroncato la vita di due ragazzi. Era una fine annunciata, pensò riandando indietro nel tempo. Cautamente, spaventata all'idea di resuscitare emozioni e sentimenti perduti, ricordò i mesi vissuti con Fabio. Ma non avvertì nulla.

Lo aveva amato con tutta se stessa e ogni volta che si separavano, dopo un pomeriggio o una serata trascorsi insieme, lei temeva che fosse l'ultimo incontro. Non riusciva a capacitarsi che un ragazzo ricco, bello e popolare come Fabio si fosse innamorato di una come lei. "Sei la più bella di tutte, uno schianto" le diceva spesso. E lei, per rassicurarsi, si guardava allo specchio. *Sono bella*, ripeteva a se stessa. *Ma sei anche ignorante, malvestita, senza un lavoro fisso*, replicava la parte incredula e maligna di lei. Il loro primo incontro era avvenuto nella pizzeria in cui faceva la cameriera di sala.

Aveva continuato ad amarlo appassionatamente anche quando si era accorta che dietro la facciata del principe azzurro si celava un ventenne con una allarmante propensione ad autodistruggersi. I genitori dov'erano? Sua madre non lo guardava mai in faccia? Non notava le pupille dilatate e lo sguardo acquoso di suo figlio? E il padre con quale incoscienza gli aveva messo in mano un bolide? Non si accorgeva che molte sere era già fuori di testa prima di uscire?

L'iniziale orgoglio di Salvatrice si era trasformato in preoccupazione, pena, smania di aiutarlo. Ma l'amore era rimasto lo stesso. Era arrivata a drogarsi con lui per non farlo sentire solo.

Tutto era finito quando Fabio aveva sbattuto la porta dopo l'annuncio di un figlio in arrivo. Finito l'amore, finita la complicità, finita la pena. Dopo la convocazione dell'avvocato sparirono anche i ricordi. Fabio era diventato il partner occasionale che l'aveva messa incinta. Da tre mesi sapeva che sarebbe nata una figlia femmina e neppure una volta aveva associato la trepidazione dell'attesa a quell'estraneo.

La notizia della sua morte suscitò in Salvatrice solamente una sottile malinconia che le rimase addosso per un paio di giorni. Sentì in televisione altri particolari sull'incidente, lesse due pagine di partecipazioni al lutto di amici e persone note e, attraverso lo "straziante addio" della ragazza sopravvissuta, capì che era la nuova partner, stavolta non *occasionale* di Fabio.

Salvatrice non provò gelosia. Non la indignò che, sbattuta la porta e chiesto ai genitori di cavarlo dal pasticcio in cui si era cacciato, lui avesse ripreso la sua esistenza balorda con un'altra ragazza.

A rattristarla era proprio quel distacco, quella totale assenza di dolore.

Ma la sua esistenza doveva continuare. E ben presto anche la tristezza se ne andò. Mancava un mese alla nascita della sua bambina e doveva pensare soltanto a lei. Era un pensiero che le dava calore e gioia.

Avrai una buona vita, piccolina, le sussurrava spesso dandole una carezza attraverso il pancione. *Me la caverò*, rassicurava se stessa nei neri momenti in cui si proiettava nel futuro.

Salvatrice era una ragazza combattiva e fiduciosa e aveva imparato a porsi i problemi giorno per giorno, quando si presentavano. Per il momento viveva serenamente al Sant'Anna, l'istituto religioso a cui aveva chiesto aiuto e ospitalità al quarto mese di gravidanza. Lì aveva trovato molte ragazze (persino più giovani di lei) nelle sue stesse condizioni. Le suore erano affettuose e discrete, il cibo sano, il camerone che condivideva con tre amiche confortevole. Insomma, per il momento non aveva problemi e le sembrava un inutile spreco di energie arrovellarsi per quelli che non esistevano ancora.

Le ragazze che lo desideravano (e lei era tra quelle, eccome!) potevano persino guadagnare qualche soldo eseguendo su commissione lavori di piccola sartoria, di ricamo o di maglia. Madre Augusta, la direttrice, metteva via per ciascuna di loro tutto quanto incassava dalle clienti, presentando scrupolosamente un rendiconto mensile con l'ultimo saldo. Quello di Salvatrice era di trecentomila lire, un piccolo capitale. A dispetto di tutto, si sentiva davvero fortunata.

IV

SALLY

Anche d'inverno il piccolo parco dell'Irish Coffee ha i colori dell'estate: gli alberi non perdono mai le foglie; le piantine, i cespugli e i rampicanti scelti con cura dai giardinieri si susseguono nella fioritura in ogni stagione dell'anno e il colpo d'occhio è spettacolare.

All'epoca della ristrutturazione Anna chiese con simulato candore ad Alberto che senso avesse tanto impegno nel curare l'esterno di un locale notturno. "Al buio, solo i pipistrelli apprezzeranno tanto sfolgorio di verde e di fiori!"

Alberto raccolse con molta serietà l'allegro sfottò, facendo installare lampioni e faretti negli angoli più suggestivi.

"Magnifico!" era stato il commento di Anna a lavori ultimati. "Non riesco a spiegare l'effetto che mi fa... Versailles? Luna Park?" Nemmeno sotto tortura avrebbe dato ad Alberto la soddisfazione di dirgli che il miniparco era diventato un piccolo capolavoro.

Ogni volta che lo attraverso, io mi soffermo ad ammirare quello spettacolo di colori. Ma non esistono artifici per riprodurre i profumi della primavera, l'aria trasparente e leggera, il verde tenero, irripetibile, dei prati e delle foglie. Anche se per me tutti i giorni e tutte le stagioni sono uguali, il mese di aprile mi smuove dentro qualcosa. Avverto fisicamente l'energia della vita che sta rinascendo al tepore del primo sole simile a una moglie tradita che "sente" il ritorno dell'uomo amato.

Con il trascorrere dei giorni e l'avvicinarsi dell'estate il verde si accende, le gemme si dischiudono in una esplosione di colori e l'aria si riempie di profumi. La natura, a questo punto, si prepara all'incontro col pieno sole come una cortigiana a quello con il suo re e questo sfacciato e impudico lussureggiare mi punge il cuore con una fitta di malinconia. Il re si allontanerà per ritornare, la natura morirà per rinascere, in un ciclo senza fine.

Io sono un'aliena, estranea a ogni ciclo vitale. La serenità che mi sono costruita sta proprio in questo: non ho più illusioni, speranze, paure. Salvatrice ha perduto tutto e Sally si è rassegnata a questa condanna, non chiede niente e non ha più niente da perdere.

È il 12 aprile, lunedì, il giorno di riposo settimanale dell'Irish Coffee. Anna mi ha coinvolto in un "programmino speciale": alle due verrà a prendermi a Settebagni e, dopo aver preso un caffè e fatto due chiacchiere con la madre, io e lei andremo a Roma: alle quattro ha un appuntamento con il commercialista. Uscite dallo studio, lasceremo la macchina nel parcheggio antistante e ci faremo portare con un taxi in piazza di Spagna. Il clou del programma è un giro di scialo nelle vie della moda. Tra un acquisto e l'altro è prevista una sosta al Caffè Greco. Alla chiusura dei negozi ci concederemo una "sontuosa cena".

Anna ammette senza pudori di avere le mani bucate.

Suo marito puntualizza ridendo che è una definizione riduttiva: non ha le mani, ma due moncherini acchiappatutto. Di fatto, Anna e Alberto hanno lo stesso rapporto con il danaro: il suo valore sta nel consentirti di vivere bene. Messo da parte quanto basta per assicurare il futuro degli eventuali figli e una vecchiaia serena, che senso ha la smania dell'accumulo? Attenendosi a questa condivisa opinione, non si privano di nulla. Neppure del piacere di aiutare il prossimo: hanno adottato tre bambini a distanza e danno un generoso supporto a moltissime iniziative benefiche.

Prima che diventassimo amiche, Anna mi accusava di essere una formichina. "Che fai con i soldi che guadagni? Li tieni sotto al materasso?"

Col tempo ha capito che spendo molto meno di quanto guadagno soltanto perché non ho sfizi da togliermi, non mi interessano i vestiti grandi firme, non ho la smania dei viaggi e delle vacanze, e "casa" significa per me un letto dove dormire dopo una notte trascorsa all'Irish Coffee. Solo dopo le sue insistenze ho cambiato la vecchia Panda di terza mano con una Aygo comperata nel salone di un loro amico, concessionario Toyota.

Dopo il primo giro di "sciali", arriviamo al Caffè Greco cariche di bustoni griffati. Anna, che è una patita degli accessori, ha comperato tre foulard e una borsa di Hermès, una seconda borsa di Gucci, un imperdibile paio di scarpe di Louboutin ("*Un must!*") e, per un nipote, un paio di scarpe stringate in vernice argentata. ("Non so quando potrà metterle, ma sono *graziosissime* da vedere!")

Anna si avvia decisa verso l'unico tavolino libero e io la seguo, stremata dalla lunga marcia da un negozio all'altro e dalla prospettiva che, dopo questa sosta, seguirà un nuovo tour. Dedicato ai *miei* acquisti.

D'un tratto vedo Anna arrestarsi e subito dirottare verso la sinistra della sala. Oliviero Belli è seduto con una giovane donna molto carina che non ho mai visto all'Irish Coffee. Deve essere una nuova fiamma che si è subito spenta, penso, perché lui ha l'espressione scostante e chiusa delle serate peggiori. Si alza per salutarci e abbozza un sorriso. Poi, rivolto a me: «Questa è la madre di mio figlio, ci siamo...».

Non fa in tempo a finire la frase. «Siediti pure, Oliviero!» Anna dice. Poi, fissando la donna: «Non ti avevo riconosciuta, sai? Ti trovo in gran forma. *Radiosa!*»

«È illuminata dalla felicità» Oliviero risponde con sarcasmo restando in piedi. Guarda l'orologio e dice alla ex moglie: «Adesso devo andare, si è fatto tardi. Esci anche tu?» le chiede.

La *radiosa* ex si affretta ad alzarsi. «Si è fatto tardi anche per me.» Un rapido cenno di saluto e sparisce con Oliviero.

«È il solito cafone» Anna commenta dopo che abbiamo preso posto al nostro tavolo. «Poteva offrirci un caffè, chiedermi come sta Alberto, fare un accenno alla festa di due settimane fa...»

La mia sensazione, di pelle, è che lui stesse discutendo o litigando con la madre di suo figlio e gli seccasse continuare a farlo sotto i nostri occhi. Ma tengo questa sensazione per me: non voglio contraddirla. E se le dicessi che *Belli capelli* mi sembra meno peggio di quello che io e lei abbiamo sempre creduto sarei costretta a farle un resoconto del nostro incontro nel gazebo dopo la sparizione di suo figlio. Non me la sento. In qualche modo, mi sembrerebbe di tradire la sua fiducia.

Anna ordina un succo di ananas, io un affogato al caffè.

È lei a riportare il discorso su Oliviero. «Chissà perché è venuto qui con Lucia. A quanto dice mio marito, dopo il divorzio si sentono solo per telefono e solo per parlare dei problemi del figlio. Lucia difende e asseconda Michele come se fosse un handicappato o un bambino bisognoso di protezione.»

«È una bella donna» osservo.

«Si è raffinata dopo il matrimonio. E grazie agli alimenti che Oliviero le passa, si può concedere creme, vestiti, palestra e anche qualche aiutino. Non ricordo che avesse gli zigomi così alti e i denti così perfetti.»

«Ma è ancora troppo giovane per...»

«È arrivata sopra ai trenta, l'età in cui se ne vogliono dimostrare dieci di meno. E col tempo anche per lei sarà sempre peggio: il sogno di tutte le cinquantenni è dimostrarne ventinove!»

«Per quanto mi riguarda, non credo che mi butterei in una battaglia perduta in partenza come quella contro il tempo.»

Anna aspetta che il cameriere se ne vada, dopo averci portato l'affogato e il succo, e dice tra il serio e il divertito: «Tu non ti *butti* mai. Ti limiti a vivere in perenne difesa.»

Non posso raccontarle tutte le battaglie che Salvatrice ha combattuto e perso. Ho imparato a chiudermi in difesa perché l'alternativa era diventare una perdente a vita.

Anna mi fissa aspettando una reazione, ma il provvidenziale e inaspettato ritorno di Oliviero Belli risolve il problema di improvvisare una spiegazione accettabile.

«Ho accompagnato Lucia al parcheggio dei taxi e sono tornato per scusarmi» dice. «Ero fuori di me e vi ho mollato quasi senza salutarvi.»

Questa frase intriga Anna, che è curiosissima. «Vuoi bere qualcosa con noi?» gli chiede.

Qualche istante di esitazione e Oliviero accetta. Anna

gli fa posto ammucchiando sul pavimento i bustoni con gli acquisti. Oliviero non ha più l'espressione incupita di poco prima, ma è visibilmente teso.

Ordina un caffè doppio in tazza grande e si scusa ancora: stavolta per non averla ringraziata personalmente della bella serata all'Irish Coffee. «Ho chiamato tuo marito dicendogli che in tutta l'organizzazione si avvertiva il tuo tocco... Spero che te l'abbia riferito, Anna.»

«Naturalmente no! Il mio "tocco", come lo chiami, sono piccoli interventi e suggerimenti che Alberto accetta quando proprio non può farne a meno. Ai suoi occhi sono una gran rompiballe.»

«Tuo marito sa bene quanto è fortunato ad aver trovato una donna come te. Ti adora.»

Anna cambia subito argomento. Non per l'imbarazzo di quei complimenti ma per il timore che l'incontro si disperda in discorsi vaghi e inutili convenevoli anziché entrare nel vivo. «Ho trovato davvero in gran forma la tua ex moglie» osserva con un sorriso.

«Tra un mese Lucia sposerà l'uomo della sua vita e si trasferiranno a Milano, dove lui ha trovato casa e un nuovo lavoro» Oliviero risponde in tono neutro.

«Oh!» Anna lo guarda senza parole.

È Oliviero a riprendere: «Me l'ha comunicato a cose fatte, come se fossi un conoscente incontrato per caso a cui dare la lieta notizia.»

«E... e vostro figlio?» L'interrogativo di Anna è quello che d'istinto e in silenzio mi sono posta anch'io.

La voce neutra di Oliviero si altera, come l'espressione del suo viso. «Sarà Michele a decidere se seguire la madre a Milano oppure vivere con me: è quanto la signora mi ha appena detto, recitando la parte di una "ex" civile e di una madre rispettosa. Può permettersi questa recita perché sa che Michele la seguirebbe anche all'inferno pur di non restare con me.»

A questo punto non riesco a trattenermi: «Può parlare con lui. Non ci si arrende senza combattere!».

Anna mi lancia un'occhiata stupita: non può sapere che è Salvatrice a parlare. Poi si rivolge a Oliviero: «Penso anch'io che dovresti parlargli. Se non altro, per fargli capire che potrà sempre contare sul tuo affetto».

Oliviero fa di sì con la testa, ma senza convinzione. «Che cosa fate in città?» chiede. Adesso è lui a voler sviare il discorso.

Anna indica i "trofei" ammonticchiati. «Altri acquisti» risponde.

«*I love shopping!*» è il commento di Oliviero. La battuta mi provoca un enorme sollievo. Mi fa sempre male vedere le persone soffrire.

Anna ridacchia. «Peccato che la Kinsella mi abbia preceduta: senza immodestia, di griffe e di must so molto più di lei! Per esempio, non cita mai i tuoi cashmere e trascura le Louboutin!»

Intervengo ancora. «Comprare delle scarpe che costano come un Rolex mi sembra francamente una follia.»

Oliviero sorride. «I miei cashmere costano un po' di meno.»

Anna esclama: «Nel nostro giro è prevista proprio una sosta nella tua boutique in via Condotti! Voglio far prendere a Sally uno spolverino grigio che è una delizia!».

«*Imperdibile*» le rifaccio il verso.

«È un capo base che produciamo da dieci anni» precisa Oliviero. Guarda l'orologio. «Se andiamo subito, posso accompagnarvi io.»

Anna si alza di scatto: «Che cosa aspettiamo?».

Riconosco subito la bella e giovane direttrice che ci viene incontro: è una delle sei donne che facevano parte del gruppo di Belli riunito all'Irish Coffee.

Ha una andatura da sfilata, e nella sua espressione di raffinato distacco (la stessa delle indossatrici!) trapela un che di preoccupato e di sorpreso. Intuisco gli interrogativi che si sta ponendo: perché il Capo è qui? Ho fatto qualcosa che non va?

Anna la saluta con la familiarità della cliente abituale e Oliviero Belli mi presenta come un'*amica* comune. Alla generica presentazione fa immediatamente seguito un caloroso coinvolgimento. «Gaia, occupati personalmente di lei. Per prima cosa, falle provare un B2.»

Anna mi sussurra: «È la sigla dello spolverino grigio».

Replico sottovoce: «Ma va'! Credevo che si trattasse di un'arma atomica!». A inquietarmi è il *per prima cosa* di Oliviero: mi sono arresa al B2 soltanto per compiacere la mia amica; non ho alcun bisogno di uno spolverino e mi rifiuto all'idea di fare altri acquisti costosi e inutili.

Anna ha definitivamente capito che la sua generosità e i suoi "te lo regalo io!" mi mettono in imbarazzo. E arrossisco all'ipotesi di uno spropositato sconto da parte di Oliviero Belli: mi sembrerebbe di ricevere l'elemosina, come con le sue spropositate mance.

Gaia-la-direttrice, dopo avermi scrutato dalla testa ai piedi stabilisce che porto la 42, ma potrebbe starmi bene anche la 40. Si ripresenta con entrambe le taglie e mi invita a provarle in uno dei camerini.

Anna rimane seduta accanto a Oliviero e mi raccomanda di "farle dare un'occhiata" prima di scegliere. Provo i due capi, indecisa su quale mi sta meglio. Opto rapidamente per quello un po' più largo.

Anna approva e precisa: «Per il sotto, però, è meglio la 40. Beata te che puoi permettertela».

«*Il sotto* cosa?»

Ignorando la mia domanda, Anna si rivolge all'amica direttrice: «Dovresti farle provare il completo camicia-pantaloni con gilet che avete esposto in vetrina sotto il B2».

Ora capisco: *sotto* è sinonimo di ulteriori acquisti.

Oliviero Belli non mi dà il tempo di protestare. «Come alternativa, Gaia, porti anche il tubino rosa a un filo dell'ultima collezione.»

Quella parola, *alternativa*, allevia il mio sconforto. Non sarò costretta a comperare mezzo negozio, trasformando il mio piccolo armadio in un altare al sotto-spolverino.

Il completo camicia-pantaloni con gilet riscuote l'entusiastica approvazione di Anna. «È divino!»

Le sue reazioni eccessive, così come il suo modo di esprimersi, solitamente mi divertono. Ma in questo momento mi sento forzata nella mia volontà e i suoi *divino*, *imperdibile*, *è un must* mi infastidiscono. Non riesco a conciliare la donna colta, acuta e sensibile che per me è una sorella con questo linguaggio da coatta. Me ne vergogno subito.

E sono i sensi di colpa a farmi rientrare nel camerino, sfilare il divino completo e indossare il tubino suggerito da Oliviero Belli. È un capo incredibilmente morbido e leggero che mi scivola addosso come una carezza.

Da undici anni il mio corpo è solo, dimenticato anche da me. Scacciando una fitta di tristezza, lo osservo allo specchio con il distacco di un'estranea: è quello, alto e slanciato, di una giovane donna. Noto che sono molto dimagrita: con questo abitino, potrei sfilare tra le modelle anoressiche. Avvicino il viso allo specchio. *Sei la più bella di tutte*. Con la voce di Fabio, riemerge anche Salvatrice: eccola davanti a me. Stessi capelli biondo-ramato, stesse labbra carnose, stessi zigomi alti. Soltanto gli occhi sono diversi: non hanno più la luce dorata di un tempo, e sembrano persino scoloriti. La pelle è sempre tonica, ma ha il pallore tipico di chi sta sempre al chiuso. Un pensiero macabro mi attraversa la mente: Salvatrice è stata sepolta viva, e nei loculi non entrano aria e sole. Volto le spalle allo specchio rabbrividendo: per la prima volta capisco tutto il male che mi sono fatta. E Salvatrice non mi fa più paura: d'un tratto provo pena per lei, ma ormai non è più possibile riportarla in vita.

Esco dal camerino e raggiungo Anna e Oliviero dopo aver scacciato i cattivi pensieri. In questo esercizio ho acquistato l'abilità e la freddezza di un insospettabile serial-killer. Sono riuscita a nascondere i cadaveri del mio passato persino ai Vasile, che sono i miei migliori amici.

Anna mi rivolge un sorriso sfolgorante e un invito a fare un giro su me stessa. Si volta verso Oliviero. «Che cosa ne dici? Con questo tubino Sally sembra un'altra persona!»

Oliviero annuisce e io mi sento come Pretty Woman mentre sfila sotto lo sguardo attento del suo munifico principe azzurro. La differenza è che non sto girando la scena di un film e non condivido il gioioso trasporto della protagonista nel passare da un capo all'altro.

«Preferisci questo vestito oppure il completo di prima?» chiedo alla mia amica.

«Un bel dilemma! Ti stanno ugualmente bene e non saprei proprio che cosa scegliere. Una volta nella vita, perché non fai una follia?»

«Sono d'accordo» risponde Oliviero al posto mio. «Può prendere sia questo tubino sia il completo.»

La sua proposta, decisa e gentile, mi fa arrossire: intende darmeli gratis? Mi ha preso per una pezzente a cui ravvispare la vita con un sontuoso guardaroba?

Lo guardo truce. «Sicuramente *posso* permettermi questa spesa. E anche di farne delle altre.»

«Un paio di scarpe e una borsa?» suggerisce Anna.

Oliviero, contrariamente a lei, capisce i motivi della mia provocatoria (e infantile) reazione. «In questa boutique abbiamo anche un reparto per gli accessori. Guardi pure se trova qualcosa che le piace. È sottinteso che avrà lo stesso sconto che facciamo ad Anna.»

«Un'altra volta» borbotto. «Adesso si è fatto tardi.»

La mia amica protesta: «Chi ci corre dietro? *Adesso* vorrei fare qualche spesa per me. La settimana scorsa ho visto in vetrina un tailleur a quattro fili che andrà bene anche per l'inverno prossimo. Quello a piccole trecce colorate e...».

La direttrice scuote la testa. «Li abbiamo venduti tutti, nonostante il prezzo.»

«Forse erano in saldo» azzardo.

Gaia, la direttrice, replica con un sorriso che nelle loro boutique non si fanno mai saldi.

«Per i ricchi non c'è mai crisi» Anna sentenzia allegramente, mascherando la delusione per il mancato acquisto.

Oliviero precisa che è una politica di vendita adottata da molte altre aziende. «Tutti i clienti, ricchi o meno che siano, trovano scorretto vedere esposto lo stesso capo che, due mesi o anche solo una settimana prima dei saldi, hanno pagato più del doppio. Lo trovo scorretto anch'io. E mi sembrerebbe, inoltre, di sottovalutare il lavoro dei miei stilisti e la qualità dei materiali.»

Stavolta è Anna a provocarlo. «Vuoi farmi capire che mi fai degli sconti esagerati? Che con me ci rimetti?»

Oliviero ride. «Amicizia a parte, con le clienti sperperone come te guadagno sulla quantità!»

Usciamo dalla boutique alle diciannove e trenta. Anna ha aggiunto agli acquisti già fatti tre scialli, un minicardigan e due gilet "per le serate fresche" della vicina estate.

«Dove hai parcheggiato la macchina?» chiede Oliviero uscendo con noi.

«Siamo venute in centro con un taxi. La macchina è lontanissima da qui.»

«Posso accompagnarvi io. Faccio una telefonata e...»

«Grazie, non serve. La nostra serata prevede un aperitivo e una bella cenetta! Ma resteremo nei dintorni.»

Oliviero guarda l'orologio (noto che lo fa spesso) e dopo qualche istante dice: «Vorrei parlare con mio figlio. Lucia ha detto che stasera Michele sarà in casa per prepararsi a un'interrogazione e spero che incontrare il padre gli appaia più sopportabile che studiare».

Restate sole, decidiamo di saltare l'aperitivo e andare direttamente da Mario. È stato il primo chef dell'Irish Coffee e da due anni si è messo in società con un cugino, rilevando una vecchia trattoria poco distante dalla boutique del Belli.

Mario ci accoglie con un festoso abbraccio e ci guida verso i tavolini all'aperto. Sono armoniosamente disposti in un cortile dai muri ricoperti di edera e rampicanti fioriti. Il vecchio pavimento, rivestito con quadretti di erba sintetica, sembra un vero prato.

Dei quattro anni trascorsi all'Irish Coffee a Mario è rimasto nel cuore il ricordo di Anna e del miniparco. Accende tutte le luci e si informa sulle novità. Anna lo aggiorna sulla serata evento organizzata per il Belli, sulle paranoie dello chef e dei suoi aiuti. Vanno avanti, a domande e risposte, per oltre un quarto d'ora benché l'ultima visita di Anna e Alberto risalga a pochi lunedì prima.

Mario chiede anche a me se ci sono "novità". Riassumo con un sorridente "no, tutto va bene come al solito".

E finalmente si arriva al sodo. «Che cosa ci dai di buono stasera?» Anna chiede.

«È presto, e i vostri piatti preferiti sono ancora in forno. Nell'attesa vi porto un bicchiere di vinello frizzante con due stuzzichini. «Due di numero, sennò vi passa l'appetito.»

Anche Mario, come tutti i grandi cuochi, ha le sue paranoie: va in crisi se i camerieri tornano dai tavoli con qualche avanzo, aborrisce il surgelatore e il frigorifero, cucina due volte al giorno e sostiene che nessun piatto degno di questo nome può "invecchiare" più di tre ore, eccezion fatta per la pasta e fagioli, gli stracotti e *pochissime* minestre. Prepara il sugo per la carbonara o per l'arrabbiata in sette minuti, tempo di cottura dei bucatini, e usa il pomodoro fresco anche in inverno.

Il cellulare di Anna squilla nel momento in cui Mario arriva con il vinello e i due-stuzzichini-due.

«Pronto, chi rompe?» chiede, con una buffa smorfia. Cambia subito espressione: «Scusa, credevo che fosse mio marito!... Certo che puoi raggiungerci... Siamo nella trattoria di Mario, vicino alla tua boutique... Non ci disturbi affatto!».

Chiude il cellulare. «È Oliviero. Suo figlio si è rifiutato persino di parlargli al citofono.»

«Non ho parole...»

«Ne basta una: stronzo. Oliviero è a pezzi: non ti dispiace, vero, se l'ho invitato a...»

«Tutt'altro!» A dispiacermi è il vedere due persone che si vogliono bene farsi tanto male. Michele non è il detestabile figlio che Anna crede, ma un ragazzo infelice e confuso.

Mentre la mia amica si allontana per "darsi una rinfrescata" alla toilette, continuo a pensare al ragazzo. Era ancora un bimbetto quando lo vidi per la prima volta. Già frastornato dal divorzio dei genitori, il giudice gli aveva fatto appena decidere con quale dei due preferisse vivere.

Signor giudice, vorrei dirgli, forse a lei e a molti suoi colleghi questo può apparire un comportamento civile e di grande rispetto per i minori. E lo è. Ma i minori non sono pacchi smarriti da consegnare a chi ne vanta la proprietà. È giusto consultarli, capire attraverso le loro parole quale dei genitori sia la figura di riferimento più affidabile, più importante... Ma i bambini sono sempre mammoni perché è la mamma a misurare la febbre, scegliere i vestiti, aiutare a fare i compiti, organizzare le festine di compleanno, stare a casa dal lavoro se vede due linee di febbre. Però un bravo papà, anche se non fa tutte queste cose, è quello che sa montare i trenini, fa finta di farti guidare la macchina, ti insegna a nuotare, non ti dice continuamente "mangia", "stai attento", "vai subito a lavarti le mani". Il bravo papà è una specie di *eroe*.

Il flusso dei pensieri è frenato dal ricordo dei miei inesistenti genitori. Lo scaccio e riprendo la mia silenziosa arringa. Signor giudice, lei ha appurato bene che tipo di padre fosse Oliviero Belli? Non si rende conto della violenza che ha compiuto chiedendo a un bambino piccolo di *scegliere* tra i due genitori? Non le è venuto il sospetto che fosse stato manipolato dalla madre o che abbia preferito restare con lei per non ferirla e non *abbandonarla* come aveva fatto il padre? Comunque sia, l'adolescente di oggi porta ancora i segni di quella violenza. Combatte i sensi di colpa con la rabbia, odia il padre perché si sentirebbe in colpa se solo ammettesse di amarlo e si difende da tutto questo casino combinandone una dietro l'altra nella speranza che il padre, stanco di sfide, finisca per detestarlo e *abbandoni* anche lui. Signor giudice, ci rifletta.

Il mio soliloquio si conclude: Anna e Oliviero si sono incontrati e si stanno avvicinando. Mario fa le feste anche a lui e ordina al cameriere di spostarci in un tavolo più grande.

«Sto per sfornare il suo piatto preferito. Può ordinare anche il secondo» gli dice. E capisco che il Belli è un cliente abituale, "mitico", anche per lui.

Oliviero gli rivolge un sorriso cortese: «Non ho molto appetito, stasera».

È l'unico accenno al brutto momento che sta vivendo. Anna torna ad essere la donna sensibile e acuta che amo: non rivolge alcuna domanda né fa alcun commento sul mancato incontro con il figlio e io, ovviamente, mi adeguo.

Oliviero parla del suo prossimo viaggio in Cina, dove aprirà una nuova boutique, rievoca i tempi in cui iniziò a confezionare i primi capi con il cashmere che produceva e i suoi inutili tentativi per coinvolgere Alberto, che all'epoca faceva il maestro di tennis. Il discorso si focalizza sulle "malefatte" dell'amico del cuore e Anna aggiunge altri particolari inediti.

Oliviero ride. Soltanto gli occhi tradiscono il suo stato d'animo: mi ricordano lo sguardo di un nano travestito da clown che vidi quando una delle mie zie mi portò, bambina, al circo. Aveva un caschetto ispido e color paglia, i pomelli tinti di rosso e uno sgargiante costume a scacchi gialli e azzurri. Diversamente dai miei cuginetti, che ridevano alle sue battute, io mi concentravo sul suo viso chiedendomi quanto gli costasse esibirsi a quel modo. E mi accorsi che i suoi occhi sembravano due buchi nella maschera dell'allegria. Assenti e tristissimi, come quelli di Oliviero.

Alla fine della cena ci dà un passaggio fino al parcheggio del commercialista, dove Anna ha lasciato la sua auto.

«Grazie per la serata» ci dice nel congedarsi. Abbraccia Anna e a me stringe la mano. «Grazie» ripete.

Dopo aver messo in moto, Anna si dirige verso la Salaria in silenzio. Neppure io ho voglia di parlare.

D'un tratto dice: «Sto rivalutando Ollie-il-mitico. Non è soltanto un buon padre, ma anche una brava persona».

Sono d'accordo con lei.

Arrivata a casa, accendo il televisore e mi siedo. Sono svuotata e stanca. Troppo stanca per andare a letto e iniziare un corpo a corpo con l'insonnia e i ricordi del passato. La breccia ormai si è aperta.

V

SALVATRICE

"*Ti ringraziamo, Signore, per il cibo che anche oggi ci hai...*" La voce di Salvatrice uscì dal coro delle ragazze, in piedi davanti alla lunga tavolata per il rituale di tutti i pasti. Un rivolo caldo e impetuoso le stava attraversando le cosce. *Ci siamo*, Salvatrice pensò. Si diresse lentamente verso l'estremità della tavolata. "Suor Teresa, si sono rotte le acque."

"Sei sicura?"

"Sono sicura." Salvatrice aveva seguito con diligenza il corso preparatorio di suor Maria, organizzato all'interno del Sant'Anna: e ora era pronta. Sapeva che l'utero avrebbe iniziato a dilatarsi e che le contrazioni si sarebbero succedute a intervalli sempre più ravvicinati; aveva imparato come respirare per alleviare il dolore e in quali momenti spingere con forza per assecondare il parto senza sprecare energie.

Suor Teresa corse ad avvertire la madre superiora. E mentre Salvatrice andava nella sua stanza a prendere la sacca che da giorni aveva preparato attenendosi all'elenco di tutto quanto sarebbe servito per la degenza, madre Augusta organizzò il ricovero con l'ormai collaudata efficienza: Salvatrice era la quarta ragazza che partoriva negli ultimi tre mesi. Chiese al custode di fare arrivare subito il fratello Pietro (autista delle emergenze), consegnò a suor Maria una cartelletta con la documentazione necessaria per il ricovero e le chiese di prepararsi in fretta per accompagnarla in ospedale. "Resta con lei fino a quando sarà nata la bambina" aggiunse.

Salvatrice udì questa raccomandazione e ancora una volta apprezzò l'umanità di madre Augusta. Si era affezionata a tutte le suore: sedici donne dai venticinque ai sessant'anni unite dalla fede e dall'amore per il prossimo. Ciascuna aveva un ruolo preciso. Le raccapriccianti descrizioni che aveva sentito fare spesso sugli istituti religiosi (covi di donne prepotenti e aggressive che si fanno la guerra e riversano le loro frustrazioni sulle "peccatrici" che dovrebbero aiutare) erano state smentite dai fatti. Solamente al Sant'Anna Salvatrice aveva conosciuto la solidarietà e il rispetto. E si era sentita amata.

Una fitta lancinante le fece trattenere il fiato. Subito dopo, il dolore si irradiò in tutto il ventre, come una morsa che le frugasse dentro in un continuo stringere e allentarsi. Salvatrice non contrastò quel dolore e non si irrigidì: sapeva che la morsa avrebbe mollato la presa. E dopo due minuti così avvenne.

Raggiunse la macchina tenuta per un braccio da suor Maria. Quel contatto le riscaldò il cuore. Suor Maria era la più giovane delle religiose e proveniva, come altre quattro consorelle del Sant'Anna, da un Paese straniero. Il suo era il Burkina Faso. Parlava perfettamente l'italiano perché aveva imparato a leggere e a scrivere nella scuola di una Missione cattolica. Lì era nata la sua fede. E sempre lì si era dimostrata una allieva curiosa, sveglia, smaniosa di imparare. La famiglia non aveva fatto alcuna opposizione alla proposta di un missionario di mandare la ragazza in

Italia per farle proseguire gli studi: era la primogenita di otto figli, una bocca in meno da sfamare in uno sperduto villaggio dove ciascun nucleo sopravviveva con l'autarchia dei miserabili: un piccolo campo, due pecore, qualche scarnita gallina.

Aisha arrivò al Sant'Anna all'età di dodici anni e volle prendere il nome della Madonna, Maria. Madre Augusta, che era già la Superiora dell'Istituto, la iscrisse alla scuola media di Viterbo e...

Di nuovo l'artiglio della morsa. Salvatrice inspirò ed espirò come suor Maria le aveva insegnato al corso. "Siamo vicini all'ospedale, andrà tutto bene" le disse circondandole le spalle con un braccio. Salvatrice si strinse a lei. E quando l'ondata del dolore si ritrasse tornò al passato di quella straordinaria e giovane donna.

Alla fine delle scuole medie, cominciò a frequentare le Magistrali. Maria mostrava un particolare interesse per le materie scientifiche e madre Augusta capì di essersi sbagliata vedendo in quella ragazza paziente, dolce e socievole una maestra ideale.

Finiti i compiti, Maria trascorreva il resto del pomeriggio nell'infermeria dell'Istituto accanto a suor Teresa, la più anziana delle religiose. Cominciò a riordinare gli armadietti dei medicinali e a "darle una mano" nelle piccole medicazioni. Le sue letture preferite erano i dizionari medici e i manuali di pronto soccorso. Quando una ragazza incinta aveva un attacco di nausea o le gambe gonfie o male alla schiena, Maria metteva in pratica quello che via via aveva appreso attraverso le letture. Sapeva come drenare, massaggiare, combattere la nausea.

A quel punto, madre Augusta la ritirò dalle Magistrali e la iscrisse a una scuola per infermiere, rammaricandosi di non poterla avviare a una laurea in Medicina. I contributi che il Sant'Anna riceveva dallo Stato erano esigui, e la sopravvivenza dell'Istituto era possibile grazie ai lavori di cucito e di ricamo in cui alcune delle suore erano abilissime.

Un'altra ondata di doglie. Erano a un centinaio di metri dall'ospedale, ma la strada era bloccata da un tamponamento. Suor Maria suggerì con voce insolitamente imperiosa: "Pietro, volti a sinistra e poi infili il vicolo che porta al...".

"È a senso vietato" lui replicò.

"Pagheremo la multa. Non c'è tempo da perdere."

Questo l'aveva capito anche Salvatrice. Ma la presenza di suor Maria la rassicurava. Tornò a concentrarsi su di lei.

Finito il corso per infermieri, comunicò alla Superiora che intendeva prendere i voti e lavorare nell'Istituto. Madre Augusta la invitò a riflettere.

Maria era entrata lì da ragazzina ed era cresciuta senza conoscere il mondo che stava fuori, senza aver fatto alcuna esperienza e alcun incontro. Il suo timore era quello di averla condizionata anche nella vocazione: l'amore per Dio e la fede in lui potevano coesistere con l'amore per un uomo e con la maternità, le spiegò. Maria non intese ragioni: "Se mi conosce davvero, madre, come può dubitare di me? Sono stata sempre sicura delle mie decisioni e quella di farmi suora l'ho presa da molti anni".

A quel punto la Superiora si era arresa.

Un'altra ondata di dolore, un'altra morsa che sembrava non mollare mai. Mentre l'autista imboccava il senso vietato, suor Maria chiamò al cellulare il pronto soccorso dell'ospedale. "Sto arrivando con una ragazza del Sant'Anna. Credo che sia già dilatata e dovrebbe essere portata subito in sala parto."

Quando l'autista si fermò davanti all'ingresso, un portantino (o infermiere?) era già pronto ad accoglierla con una sedia a rotelle. Suor Maria la aiutò a scendere dalla macchina. "Vado in accettazione a fare le pratiche per il ricovero e ti raggiungo. Stai tranquilla, andrà tutto bene."

Arrivati nel reparto di ostetricia, l'uomo lasciò Salvatrice a metà del corridoio per andare a cercare la caposala.

Pochi minuti dopo giunse un'infermiera e la trasportò in una stanza con tre letti vuoti.

"Credo che la bambina stia per nascere" Salvatrice osservò soffocando un gemito. Il dolore si stava facendo insopportabile e non somigliava più a quello di una morsa: adesso era come se un macigno le fosse penetrato nel corpo e continuasse a rotolare.

"Stai calma" le disse l'infermiera. "Appena possibile arriverà l'ostetrica per la visita. Intanto tu spogliati."

Aprì un armadietto e le porse un camicione verde avvolto in una busta di cellophane.

"Vuoi che ti aiuti?" le chiese.

"Grazie, ce la faccio da sola."

"Da quando hai cominciato le..."

"A mezzogiorno si sono rotte le acque, ma già prima avevo cominciato a sentire qualche fitta."

L'infermiera le rivolse un sorriso quasi divertito: "Non sono nemmeno le due: tranquilla, c'è ancora tempo prima del parto. E i dolori del travaglio sono da urlo, diversi dalle tue fitterelle!".

Salvatrice si trattenne dal risponderle a tono. Credeva di essere rassicurante o spiritosa? Non aveva mai sentito parlare di autocontrollo? Da ormai un'ora Salvatrice era in balia di dolori *da urlo* e sapeva, come suor Maria, di essersi ormai del tutto dilatata. Bisognava strillare come aquile per farlo capire?

"Mettiti tranquilla nel letto e non attaccarti al campanello. Il travaglio è appena cominciato" l'infermiera disse andandosene.

L'ira di Salvatrice fu smontata dall'ennesimo colpo di macigno. *Calma*, si impose. *Rilassati.*

Cominciò diligentemente a eseguire gli esercizi di respirazione imparati durante il corso. L'ostetrica arrivò nel momento in cui Salvatrice si stava dicendo: funziona, stai meglio.

Si avvicinò al suo letto. "Sei Salvatrice, la ragazza del Sant'Anna?" chiese.

Non le lasciò il tempo di rattristarsi per quella che poteva apparire una sbrigativa "etichettatura". Il Sant'Anna era ritenuto un rifugio per balorde.

Accarezzandole la fronte sudata, aggiunse: "Ho incontrato suor Maria. È tornata in Istituto a prendere un documento che il direttore sanitario le ha chiesto. Ma ti raggiungerà appena possibile. Come va?".

"Un po' meglio, grazie."

"Suor Maria mi ha lasciato la tua cartella clinica, con le ecografie e le analisi di questi mesi. Il ginecologo che ti ha seguita è andato a un convegno e sarò io a farti partorire. Spero che..."

"Sono contenta" Salvatrice disse. Lo era davvero. L'ostetrica era una donna sulla cinquantina, con lo sguardo buono e i modi materni.

"So che sei una ragazzina coraggiosa... Adesso ti visito e poi ti farò monitorare. Se il travaglio si prolungherà troppo, ti faremo una iniezione per..."

"Niente di pericoloso per la bambina!"

"Puoi esserne certa. Ma basta con le chiacchiere: lasciami controllare di quanto sei dilatata."

L'ostetrica infilò un guanto e allargò con delicatezza le gambe di Salvatrice. "Rilassati, non ti faccio male" la rassicurò. Mentre iniziava l'esplorazione le rivolse un sorriso che dopo pochi istanti si spense. L'espressione sbalordita e tesa della donna allarmò Salvatrice.

"C'è qualche problema?" domandò, tentando di sollevarsi dal cuscino.

"Non è successo niente, stai soltanto per partorire. Verranno subito a prenderti." L'ostetrica uscì di corsa dalla stanza.

Salvatrice la udì chiedere a gran voce di mandare una barella alla stanza 26 e, subito dopo, imprecare furente contro qualcuno. Capì che le accuse erano rivolte all'odiosa infermiera vista poco prima.

"La ragazzina che secondo lei avrei potuto visitare *senza fretta* è già nella fase espulsiva! Come ha potuto non accorgersene? Tre anni in questo reparto non le hanno insegnato niente? Non ha sentito i suoi lamenti?"

"Tutte le ricoverate si lamentano" l'infermiera si difese. Nell'insolente voce Salvatrice avvertì le vibrazioni della rabbia.

"Sparisca! Parlerò con il primario, non è la prima volta che lei dà prova di incompetenza e di insensibilità."

Cinque minuti dopo Salvatrice, distesa nel lettino della sala parto, si mordeva le labbra per non gridare. E quando una infermiera le allargò le cosce e le fissò le caviglie in supporti di acciaio, ebbe una reazione di impotenza e di ribellione. Si sentiva come in una gabbia. *Non può succedere a me. È un incubo. Voglio scappare!*

L'ostetrica era di nuovo materna e rassicurante. "Adesso devi collaborare: la tua piccola è pronta per uscire. Si vede già la testina... Appena sentirai arrivare un'altra contrazione spingi forte, più forte che puoi!"

Salvatrice era irrigidita dalla sofferenza e dalla paura. Aveva dimenticato gli esercizi imparati al corso, la capacità di autocontrollo, persino la bambina che stava per nascere. Riusciva a concentrarsi soltanto sul suo corpo imprigionato. *Mi fa male la testa, mi fanno male le spalle, sento le ossa come se me le avessero spezzate e la pancia sta per esplodere.* Il macigno premeva e la trafiggeva, come se si fosse ricoperto di aculei per farle ancora più male. Strinse le labbra fino a farle sanguinare.

"È troppo tardi per farle una epidurale" l'ostetrica sussurrò a una infermiera.

Si curvò su Salvatrice: "Ascoltami, tua figlia sta soffrendo come te per uscire e ha bisogno del tuo aiuto. Devi *spingere*, hai capito?".

Salvatrice riemerse dall'incubo e quando sentì la contrazione arrivare inspirò a fondo e buttò fuori il fiato cominciando a spingere con una forza che sorprese lei stessa. *Doveva* aiutare la bambina a nascere. Sua figlia non avrebbe *mai* sofferto per causa sua. Farò qualunque cosa perché abbia una buona vita, pensò continuando a spingere sempre più forte.

Questa era la prima battaglia che combatteva per lei. E il dolore, la stanchezza e la paura si ritrassero di fronte all'energia che attraversò il corpo di Salvatrice. Era l'energia sovrumana di chi si trova di fronte un criminale che tenta di rapire o di uccidere la persona che più ama al mondo.

"Brava, ci siamo!" gridò l'ostetrica infilandole le mani guantate tra le gambe per accogliere la testolina che già sporgeva fino al collo. Le mani dell'ostetrica si spinsero oltre, fino a raggiungere le spalle.

E quando il corpicino, sollecitato da quella delicata presa e dall'ultima spinta, schizzò fuori da lei, Salvatrice avvertì un senso di svuotamento impetuoso e liberatorio.

"Sei stata brava, Salvatrice" le disse l'ostetrica. "E la tua bambina è sana e bellissima."

Lo sapevo, pensò con un guizzo di gioia. Poi chiuse gli occhi stremata. Sentì qualcuno gridare... Ma non capiva nulla.

Appena riemerse da quello stato di incoscienza, Salvatrice si accorse di essere ritornata nella sua stanza. Uno dei due letti vuoti adesso era occupato. Quando l'avevano portata lì? Dov'era la sua bambina? Fece per sollevarsi, ma sentì qualcosa pungerle il braccio. Era l'ago di una flebo. Alzò gli occhi e vide la sacca rossa appesa alla sua sinistra e la cannula che la collegava a quella sacca.

"Hai perso molto sangue e ti stanno facendo una trasfusione" le spiegò la sconosciuta vicina di letto. Era una donna non più giovanissima. Attraverso il rigonfio sotto il lenzuolo, Salvatrice capì che doveva ancora partorire.

"Che ore sono? Mia figlia dov'è?" chiese Salvatrice.

"Sono quasi le cinque. Ho sentito la suora che è appena uscita da qui parlare con l'ostetrica: ha detto che adesso va tutto bene."

Suor Maria, Salvatrice pensò. Ma che cosa significava quell'*adesso*? Che cosa le stavano nascondendo? La piccola aveva avuto qualche problema?

La cordiale e ciarliera vicina di letto si girò su un fianco per guardarla meglio. "Ho sentito che ti chiami Salvatrice. È un nome strano, ma mi piace. Quanti anni hai?"

Voglio vedere la bambina. Dov'è andata suor Maria?
"Ne ho diciotto tra due settimane..." rispose meccanicamente.

"Io invece ne ho quarantadue. I figli si dovrebbero fare da giovani, ma mi sono sposata tardi e ho avuto due aborti."

Salvatrice la implorò silenziosamente di tacere. Erano trascorse due ore dal parto, perché non le avevano ancora fatto vedere sua figlia? Dov'era suor Maria?

Interpretando quel silenzio come un segno di attenzione la donna proseguì: "Adesso aspetto un maschio. Il termine è tra quattro settimane, ma un'ora fa mi hanno ricoverato per tenermi in osservazione... Ho avuto una gravidanza difficile e ho rischiato di abortire un'altra volta. Per me e per mio marito sarebbe una tragedia... Ma la Aureli mi ha rassicurata".

"Chi è la Aureli?" Salvatrice chiese, sforzandosi di mostrare un interesse che non riusciva a provare. Se hai i morsi della fame, non puoi apprezzare un bel tramonto. Se sei un tetraplegico, non puoi diventare un asso del ciclismo. Se sei terrorizzata dal sospetto che alla tua "bellissima e sana" bambina sia accaduto qualcosa, non riesci a...

"Come sarebbe *chi è la Aureli*? È la tua ostetrica!"

La voce della donna riscosse Salvatrice dalle sue cupe elucubrazioni. "L'ho vista oggi per la prima volta. Non sapevo che si chiamasse così..."

"Strano... È entrata e uscita da questa stanza almeno cinque volte e credevo che tu fossi una paziente privilegiata... Speciale."

Salvatrice scosse la testa facendo segno di no. "L'ho conosciuta oggi" ripeté. Ma in qualche modo, si disse amara, sono una paziente *speciale*: una ragazza madre senza lavoro, senza genitori, senza casa. *Hai una figlia e al Sant'Anna sei circondata di amore*. Salvatrice frenò la piena del vittimismo. Doveva sapere, subito, che cosa era successo alla bambina.

L'ostetrica Aureli arrivò nel momento in cui stava freneticamente cercando un campanello per chiamare qualcuno.

Senza darle il tempo di aprire bocca l'ostetrica le spiegò che la piccola, dieci minuti dopo il parto, aveva avuto una crisi respiratoria. "Si è risolto tutto senza problemi. Per precauzione il neonatologo l'ha voluta trasferire nel suo reparto, ma non devi preoccuparti."

"Voglio vederla, subito."

"Potrai vederla domani, Salvatrice. Hai perduto molto sangue e non sei ancora in grado di alzarti."

"Sto bene! E voglio..."

"Finita questa sacca, dovremo trasfonderti ancora. Vuoi cominciare proprio adesso a dimostrarti irragionevole? La piccola ha bisogno di una madre combattiva e forte: *forte* anche fisicamente."

"Va bene" si arrese Salvatrice. Senza saperlo, quella donna aveva fatto leva con l'argomento più convincente. Non sarebbe mai diventata come sua madre.

Riandando all'infanzia, Salvatrice non ricordava una sola giornata in cui sua madre non avesse accusato un disturbo: un'emicrania "feroce", una fitta "lancinante", una stanchezza "mortale", un capogiro "preoccupante", un dolore reumatico "insopportabile", una tachicardia "da infarto". Salvatrice era cresciuta camminando in punta di piedi e parlando sottovoce per non disturbarla. Non aveva mai potuto invitare una compagna di scuola a studiare con lei e anche i suoi giochi erano silenziosi e solitari.

Suo padre aveva trovato il modo più facile per sopportare quella donna ipocondriaca e lagnosa: usciva da casa prima che lei si svegliasse e ritornava a notte inoltrata, dopo "cene di lavoro", "straordinari", "problemi improvvisi".

Tutti sapevano che aveva un'amante: ma la moglie era troppo concentrata su se stessa per accorgersene.

Salvatrice, diversamente da suo padre, aveva dovuto compiere un faticoso percorso attraverso sensi di colpa, frustrazioni e rabbie prima di arrivare al traguardo che si era prefissata: recidere il cordone ombelicale dell'odio. Un sabato pomeriggio, uscendo dalla sua stanza, vide sua madre seduta con una borsa di ghiaccio sulla testa. Stava litigando con suo padre e accusò anche lei di insensibilità. Salvatrice non provò né insofferenza né fastidio né rabbia. In quell'istante capì che entrambi i genitori le erano diventati *indifferenti*.

Finalmente era libera. Tornò nella sua stanza, indossò jeans e giubbotto e infilò il portafogli in una tasca. "Devo andare in libreria" disse dirigendosi verso la porta. Non sarebbe tornata mai più. Aveva sedici anni e mezzo.

La voce dell'ostetrica la riportò al presente. "Scaccia i brutti pensieri e concentrati su te stessa."

Le aveva letto dentro? Quella donna sembrava davvero

capire tutto di lei. "Ripensavo ai miei genitori. A mia madre" mormorò. "Per anni mi sono sentita un mostro perché non mi piacevano, non riuscivo ad amarli... Nemmeno io piacevo a loro. Eppure sono stata anch'io una neonata. È possibile che una creaturina come la mia non ti faccia scoppiare il cuore di gioia e di tenerezza? Mi avevano *voluta*. Ci avevano provato per anni ad avere un figlio... Che cosa ha fatto, la neonata che ero, per non piacergli più?"

"È cresciuta. Vedi, sono molte le coppie, ma soprattutto le donne, che cercano con ogni mezzo di avere un figlio. *Figlio* significa per loro il neonato sano e bello che se ne sta nella culla come un bambolotto. Ma quando il bambolotto cresce smette di piacergli."

Salvatrice la fissò: "Come fa a sapere queste cose? Voglio dire, dei miei genitori?"

"Suor Maria mi ha parlato a lungo di te. E di loro. Sai che è andata a cercarli, vero?"

"Sì... E mi sono molto arrabbiata per questo."

"Era un tentativo indispensabile. Il parto era previsto tra due settimane... E tu sei ancora minorenne. Un giudice minorile pignolo potrebbe affidare la bambina temporaneamente a una coppia cosiddetta 'idonea'."

"Io compirò diciotto anni fra poco!" Salvatrice protestò.

"È quello che suor Maria ha spiegato al direttore sanitario dell'ospedale e all'ufficiale di Stato Civile. Il documento che mancava era una dichiarazione della Superiora: sarà il Sant'Anna a farsi legalmente carico di te e della neonata."

"Devo trovare un lavoro, organizzarmi..."

"Sono certa che saprai farlo, Salvatrice. Che nome darai alla tua piccola?" le chiese cambiando volutamente discorso.

"La chiamerò Maria. È un nome semplice e *buono*, come spero sarà la sua vita. E mi ricorderà sempre la suora che ha fatto tanto per me."

VI

OLIVIERO

«Hai voluto la bicicletta? Adesso pedala, Sally» dice Anna scherzando. Ma non troppo.

«Io avevo buttato lì un commento, tanto per dire. È stato tuo marito a prendermi sul serio.»

Tutto risale a una serata di due settimane fa. Benché fosse ancora maggio, la temperatura era quasi da piena estate. Qui mi era sfuggito il fatale commento: "Sarebbe bello se durante le serate più calde ci si potesse tuffare nel laghetto e fare una nuotata!".

"Sally, mi hai dato un suggerimento *fa-vo-lo-so*!" Alberto aveva esclamato. "I ragazzi adorano fare il bagno di notte! E quelli che vengono al pianobar impazzirebbero per la nostra piscina!"

Anna aveva sbarrato gli occhi: "Non dirai sul serio! E tu, Sally, che cosa gli metti in testa? Io mi chiamo fuori!".

Rimasti soli, Alberto mi aveva pregato di non prendermela. "Sai come è fatta Anna! Per natura o per spirito di contraddizione, boicotta tutte le innovazioni. È stato così anche per il miniparco, ricordi? Quando vedrà la piscina, andrà in estasi!"

Dieci giorni dopo, quello che *si vede* è una collinetta di detriti e di fogliame al posto del roccioso fiorito, un rettangolo limaccioso dove sorgeva il laghetto e tutto intorno l'erba disseccata dal continuo passaggio di ruspe, scavatrici e idrovore.

«Il più è fatto. Adesso i lavori fileranno come un treno!» commenta, soddisfattissimo, Alberto.

«Ti riferisci a un Eurostar o a un treno merci?» gli chiede Anna.

I lavori sono stati affidati all'amico Ercoli, costruttore e installatore di piscine. È stato lui a ottenere i permessi necessari. Il "piscivendolo" come Anna l'ha ribattezzato, coordina tutti i lavori: ma Alberto li segue di persona dalle otto del mattino fino alle sei del pomeriggio. I suoi "attento", "allarga", "sposta", "non è centrato" sono una quotidiana litania.

Mi ha temporaneamente sostituita al guardaroba promuovendomi sua assistente. In realtà non faccio nulla e Anna mi ha diffidato dall'aprire bocca. ("Potresti *ispirargli* qualche altra follia!") Il mio supporto è esclusivamente psicologico. Ma il guardaroba mi manca e, a detta di Anna, anche i clienti sentono la mia mancanza.

Ci incontriamo durante la pausa del mezzogiorno: è lei a prepararci qualcosa da mangiare, a casa, e si guarda bene dal chiedere come procede il cantiere.

Oggi le nostre chiacchiere si focalizzano sull'Irish Coffee: Anna esordisce con un gossip di coppie: quelle nuove, quelle scoppiate, quelle riconciliate. «Hai notizie di Oliviero Belli?» chiedo. Ho pensato spesso a lui e a suo figlio durante le giornate di assistente muta.

È Alberto a rispondere. «È venuto a cena due sere di seguito, la scorsa settimana. A proposito, mi ha chiesto se ti eri dimessa e...»

Anna lo interrompe: «Mi ha detto di salutarti. L'ho sentito ieri sera per telefono: la sola novità è che la sua ex moglie ha dovuto rimandare il trasferimento a Milano. Oliviero ha presentato un ricorso e il giudice minorile si è riservato di prendere una decisione. Nel frattempo, Lucia non può allontanarsi da Roma con il ragazzino».

Penso col cuore stretto al "ragazzino" che, per la seconda volta, si troverà coinvolto in una rissa giudiziaria: caricato da una madre furiosa. «Se il giudice gli chiederà con quale dei genitori preferirebbe vivere» osservo con tristezza «la sua scelta è facilmente prevedibile.»

Interviene Alberto: «Non è detto. Oliviero stavolta si è rivolto allo studio di Lorenza Auletti. È specializzata in questo tipo di cause e non ne ha persa una. La "parte avversa", e cioè i coniugi o i genitori patrocinati da un altro legale, praticamente escono in mutande dalla causa».

Anna ribatte sarcastica: «Di' pure con una foglia di fico: le mutande gliele toglie la Auletti con le sue parcelle!».

Se anch'io avessi potuto permettermi un bravo avvocato... Mi faccio violenza per distogliere la mente dal passato.

Alberto sghignazza. «Il giorno in cui mi accorgessi che qualcosa tra noi non funziona, mi affretterei a correre dalla Auletti!»

«Intanto corri a lavorare» lo riprende Anna. «Se entro maggio tu e la tua assistente-ispiratrice non avrete finito i lavori per la piscina, giuro che...»

«Andiamocene, Sally, prima che questa signora dia la stura al suo ostruzionismo!»

La collinetta dei detriti è stata rimossa, il vecchio laghetto prosciugato e predisposto per il rivestimento, lo scavo per l'impianto di depurazione è terminato. I lavori stanno procedendo rapidamente: entro sera lo scavo verrà cementato e a metà pomeriggio Ercoli arriverà per decidere con Alberto il materiale di rivestimento della piscina, la larghezza e il tipo del bordo, il piazzamento dei bocchettoni per l'idromassaggio.

Gli ha lasciato dei bozzetti e un catalogo. Seduti su un masso, lo stiamo sfogliando nell'attesa del suo arrivo. «Sally vuoi dire qualcosa? Un'opinione, un'idea, un suggerimento?» domanda Alberto tra l'ironico e il risentito.

Lo squillo del cellulare precede la mia risposta e Alberto, dopo un secco "va bene", mi spiega che Ercoli ha rimandato l'incontro all'indomani.

«Puoi approfittarne per accompagnare Anna a fare shopping» lo rabbonisco.

L'espressione accigliata di Alberto si rischiara. «Certo! E dopo la porterò a mangiare la pizza da Checco. Stasera il nostro locale è chiuso e... Non ti dispiace se ti lascio da sola a seguire gli operai?»

Gli "operai" sono i due muratori che stanno scavando le canalette per gli impianti elettrici. Sanno da soli che cosa fare, ma Alberto ha questa paranoia del "seguire": non si muove foglia che Vasile non voglia, scherzano i giardinieri.

Anna viene a salutarmi prima di uscire. Rimasta sola, mi rimetto a sedere sul masso col viso esposto al sole, perduta nel solito, ozioso vagare della mente.

A metà pomeriggio i muratori hanno finito e posso tornare a casa anch'io. Raggiungo il parcheggio e, mentre attraverso il vialetto, vedo Oliviero Belli venirmi incontro.

«Salve!» dice con un sorriso tendendomi la mano.

«Alberto e Anna sono andati in città» dico d'un fiato precedendo la sua domanda.

«Volevo dare un'occhiata ai lavori. E anche salutare lei, Sally. Dopo quella cena da Mario non l'ho più vista.»

Arrossisco per il disagio. Succede ogni volta che qualcuno mi rivolge una frase gentile o mostra di interessarsi a me, come se me ne sentissi immeritevole. «Ho cambiato gli orari di lavoro. Tornerò al guardaroba quando sarà finita la piscina.»

Un altro sorriso. «Alberto me l'ha detto. Anna si è chiamata fuori e lei paga il prezzo per avergli ispirato l'idea!»

«Non è proprio così, ma il prezzo che pago è minimo: assisto Alberto bighellonando all'aria aperta.»

«In effetti, la vedo abbronzata e in forma come se fosse tornata da una vacanza.»

«Grazie...» È l'unica idiozia che mi viene. «Vuole vedere il cantiere?»

«Un'altra volta.» Esita qualche istante. «Dove sta andando, Sally?»

«A casa.»

«Le va di accompagnarmi a Poppi? Devo soltanto consegnare alcuni bozzetti e poi siamo liberi.»

«Poppi?» chiedo, colta di sorpresa e per prendere tempo.

«È un piccolo paese del Casentino, in provincia di Arezzo. La mia prima fabbrica è nata lì. Allora, accetta l'invito? Consegnati i bozzetti, la porterò a cena in un posto speciale.»

Sono accaldata, in jeans e maglietta e con i capelli impolverati e raccolti a coda di cavallo. «Dovrei cambiarmi, mettermi in ordine...» obietto.

«Lei è una bella ragazza e sta bene comunque» Oliviero replica con un tono che, stranamente, non mi crea il disagio di un complimento. È come se si riferisse a un quadro o a un libro rimarcandone la bellezza.

«Allora, andiamo?» incalza.

«Va bene.»

Imbocchiamo la Orte-Cesena in un alternarsi di parole e silenzi. Oliviero mi spiega che la culla italiana del cachemire è l'Alto Casentino, dove è nata anche la nota lana. Aggiunge che i suoi nonni materni erano originari di

Poppi: lui faceva il commerciante di legname, lei gestiva un piccolo negozio di lanerie.

Gli chiedo perché, dopo essersi laureato in Giurisprudenza, invece di fare l'avvocato ha deciso di aprire una fabbrica di cashmere.

Mi risponde che il negozietto di lanerie era stato successivamente ampliato e trasformato da suo padre in un commercio all'ingrosso.

«Avevo da poco iniziato l'università» prosegue «quando Lucia restò incinta. Mio padre era morto e non potevo certamente proseguire gli studi addossando sulle spalle di mia madre anche una nuova famiglia da mantenere. Così rilevai l'attività di mio padre, dedicando il tempo libero all'università. Il mio progetto era di laurearmi al più presto e, una volta sostenuto l'esame di Stato, entrare in uno studio legale.»

«Perché non l'ha fatto?»

«Perché, nel frattempo, mi ero appassionato al lavoro che facevo. La moda italiana era decollata in tutto il mondo, il cashmere che producevo aveva conquistato una grande fetta di mercato. E a quel punto decisi di creare anche una linea con il mio nome.»

Le pause di silenzio sono finite. «Ma adesso dimmi qualcosa di te» chiede a un tratto Oliviero passando con naturalezza al *tu*.

Aspettandomi le prevedibili domande ("Perché non ti sei ancora sposata?" "Il lavoro che fai non ti annoia?" "Che cosa facevi prima di arrivare all'Irish Coffee?") mi chiudo istintivamente a riccio. «La mia vita è stata piuttosto...» Mi interrompo. «Non mi va di parlarne. Scusami.»

«Debbo scusarmi anch'io.»

«E di che cosa?»

«Ricordo bene quello che hai detto a mio figlio mentre ti ascoltavo dal gazebo. Quella sera ho capito che avevi tutte le ragioni per considerarmi "poco simpatico". Nonostante questo, mi difendevi e cercavi di riabilitarmi. Non mi sono mai sentito in colpa come quella sera: nei tuoi confronti e in quelli di Michele.»

«Adesso ho cambiato idea. Ho capito che sei una brava persona e sono sicura che anche tuo figlio...»

«Non colmerò mai l'abisso che sua madre ha creato tra noi, se le permetterò di portarlo con sé!»

«Anna mi ha detto che ti sei rivolto allo studio della Auletti, una che vince tutte le cause... So di dire una cosa sgradevole: ma un figlio non "si vince". Se il giudice deciderà di affidarti Michele contro la sua volontà, temo che l'abisso diventerà davvero incolmabile.»

«È un rischio che devo correre. Io spero che, vivendo con me e imparando a conoscermi, finirà per capire il bene che gli voglio.»

Sento lo scricchiolio della crepa e mi impongo di tacere. Se gli spiegassi quanto grande è il rischio che corre e quanto insopportabile il male che potrebbe fare a se stesso e a suo figlio, permetterei a Salvatrice di allargare la crepa e di buttarmi addosso i detriti del passato.

Anche Oliviero, dopo il lungo sfogo, tace. Ma è una pausa senza la noia o il disagio di chi ha esaurito ogni argomento. Io non debbo fare alcuno sforzo per cercare qualcosa di intelligente o di spiritoso da dire, come accadeva le rare volte in cui Fabio mi portava tra i suoi amici. *Basta, Sally.*

Oliviero ha svoltato a destra, lasciandosi alle spalle un lungo cavalcavia. Imbocca una serie di tornanti che finiscono, a rettilineo, davanti a una rotonda. Un breve semicerchio, ed eccoci sulla strada che ci porterà a Poppi: un nastro di asfalto che sale, arrotolandosi, attraverso una foresta verde. La cerchia dei monti che osservo dal finestrino mi fa sentire rassicurata e protetta, come da un abbraccio materno.

Oliviero si gira verso di me. «Bello, vero? Ho scelto il percorso più lungo proprio perché è il più suggestivo.»

Annuisco. «È bellissimo. Come attraversare una pianura.»

Oliviero si gira di nuovo, con un'espressione interrogativa. «Non capisco...»

«Le pianure mi danno un senso di serenità, di calma. Sai, quelle lunghe distese piatte senza fiumi, senza alture. Mi sembrano il riposo del Pianeta, i soli luoghi risparmiati da eruzioni, spostamenti...» Mi interrompo. È difficile da spiegare.

«Sei un'appassionata di geologia, a quanto pare.»

«Tempo fa, in televisione, ho visto un documentario sulla nascita e i mutamenti della Terra. Ho smesso di studiare a sedici anni e mezzo» puntualizzo. Sorpresa io stessa per la mia foga. È la prima volta che *mi sento* Sally e voglio essere accettata come sono.

Oliviero non avverte il senso della mia proclamazione di ignoranza e non mi sembra affatto colpito. Con voce quasi scherzosa ribatte: «Gli autodidatti sono a volte molto più colti di chi, dimenticate le nozioni scolastiche, pensa solo al lavoro e smette di coltivarsi, di leggere.»

«A me non piace leggere.»

Solo adesso Oliviero appare spiazzato. Automaticamente rallenta e mi lancia un'occhiata incredula. «Non ti piace leggere?» ripete.

«Ci ho provato, ma non sono mai arrivata alla fine di un libro: gli autori dei manuali trattano i lettori come se fossero persone tutte uguali e pronte ad accettare ogni parere o consiglio come verità rivelata. E quelli che scrivono romanzi, anche i grandi autori, girano sempre intorno ai fatti della vita. Mi stringono il cuore di tristezza o mi costringono a riflettere, oppure mi fanno rabbia perché...» La foga si smonta e mi interrompo. «Come vedi, parlo da quella ignorante che sono.»

«Non è affatto vero» Oliviero protesta. «Non soltanto sei molto intelligente, ma anche molto *colta*.»

«Quello che so, l'ho imparato dalla mia vita. E osservando gli altri. Ma adesso, per piacere, smettiamo di parlare di me.»

«Non l'hai mai fatto, Sally: io non so niente di te.»

«Sai che sono "intelligente" e "colta"» gli rifaccio il verso. «Non ti basta?»

«Non sto scherzando.»

«Nemmeno io. La mia scuola l'ho fatta con sbagli, perdite e sofferenze che...» Sento le lacrime pungermi gli occhi. «Niente che non sia stato raccontato o descritto in cento, mille libri. Leggitene uno, invece di farmi male.»

Oliviero si ferma in una piazzola. «Sally, non volevo ferirti né sapere cose che appartengono soltanto a te» dice con una espressione mortificata.

«Lo sai qual è il mio vero nome?» chiedo.

Non gli do il tempo di aprire bocca né di stupirsi per questo interrogativo peregrino. «Il passato appartiene a Salvatrice. Così mi chiamavo. Ma da molti anni sono diventata Sally.»

«Comunque ti chiami, qualunque cosa tu abbia fatto, per me non cambia niente» dice Oliviero. Il suo braccio mi circonda le spalle: è un gesto impulsivo, di protezione e di affetto che per qualche istante mi fa trattenere il fiato. Non ha capito, non vuole sapere, *mi accetta* comunque. È *attratto* da me come io sono attratta da lui.

Questo pensiero mi attraversa come una scossa. Non voglio più provare emozioni, speranze, gioie. La vita deve proseguire senza me.

Mi sottraggo lentamente al suo abbraccio e lo guardo negli occhi. «Vuoi sapere la lezione più importante che la "colta" Sally ha imparato? Ogni volta che dimentichi qualcosa, muore una piccola parte di te. Io ho perso tutto e voglio dimenticare tutto.»

Oliviero finalmente capisce. «Vuoi dire che Salvatrice è morta? Che non...»

Non trova le parole per esprimersi. E gliele suggerisco io: «Voglio essere Sally e basta».

«Ti sei rinchiusa in un guardaroba per questo? Per seppellirti con il tuo passato?»

Oliviero capisce troppe cose. «Il discorso è chiuso» rispondo secca. «Vogliamo ripartire?»

Arrivati a Poppi, davanti alla fabbrica, Oliviero mi lascia in macchina e si allontana per consegnare i bozzetti. Torna dieci minuti dopo e io, la testa reclinata sul sedile e gli occhi chiusi, fingo di dormire. Forse mi addormento davvero, perché lo squillo del suo cellulare mi fa sobbalzare come un rumore improvviso nella notte.

Attraverso le parole di Oliviero, capisco che sta parlando con la sua avvocatessa. «Va bene... Giovedì prossimo alle undici... Sì, cercherò di parlare con mio figlio prima dell'udienza... Grazie di tutto, Lorenza. Lo so che non sarà una causa facile, ma conto su di lei e le ho dato carta bianca.»

Mi sollevo dal sedile e lo guardo: il suo viso è una maschera di tristezza.

«Fra tre giorni il giudice ci aspetta» riassume con un filo di voce.

Non ci fermiamo a cena nel "posto speciale": una breve sosta in un autogrill e riprendiamo la strada del ritorno. Il silenzio, adesso, è affollato di malinconia e dei nostri brutti pensieri. Quando ci separiamo vorrei dirgli "coraggio, ce la farai", ma sono incapace di mentire. Mi accompagna fino al portone di casa e, per risalire in macchina, aspetta che io sia entrata.

VII

LUCIA

Lasciata Sally, Oliviero si dirige verso la Salaria. La malinconia gli è penetrata dentro come un veleno: si sente sfinito. Soltanto la mente continua a elucubrare con tetra lucidità. In che modo raggiungere Michele per parlargli prima della convocazione del giudice? Quali armi sfoderà la Auletti per impedire che la madre lo porti con sé?

Un figlio non si vince. Quella frase distoglie Oliviero dal pensiero del figlio per focalizzarlo su Sally e sulle ore che hanno appena trascorso insieme. La preoccupazione diventa in pochi istanti perplessità e ira.

Chi è, realmente, quella sentenziosa ragazza che si fa quasi vanto della propria ignoranza? Quale "scuola" può averle insegnato a parlare e a comportarsi come se fosse cresciuta studiando e leggendo? Perché rifiuta con tanta violenza di parlare di sé? Che cosa vuole nascondere o difendere? Il montare degli interrogativi è pari a quello del suo risentimento.

Oliviero supera un camion mentre si dà dell'idiota. La risposta, ovvia, è una sola: prima di arrivare all'Irish Coffee, Sally ha condotto l'esistenza disinibita di tutte le ragazze che sfruttano il loro fascino per emergere o per sistemarsi accanto a un uomo ricco.

Le sofferenze e le perdite di cui ha parlato? Altra spiegazione ovvia: non essere riuscita a entrare nei giri che contano. Oppure essere stata "sfrattata" dall'industriale o dal politico per una ragazza ancora più giovane e più disinibita di lei.

Un figlio non si vince. La voce triste di Sally. Il suo sguardo desolato. Le sue parole, severe e materne, quando Michele vomitava la propria repulsione contro di lui. L'ondata di rabbia e di sarcasmo si smonta di colpo e Oliviero si vergogna di se stesso.

Hai riversato su Sally tutta l'aggressività che provi per la tua ex moglie, si dice. Ti sei concentrato su di lei per non pensare all'odio di tuo figlio e alla possibilità di perderlo.

Questo non è vero, si corregge. Per anni hai ignorato persino il nome di Sally. Per te era la guardarobiera, una presenza familiare ma incorporea come un oggetto d'arredo dell'Irish Coffee. Ma da quando, nascosto dietro al gazebo, l'hai sentita e *vista*, qualcosa è scattato dentro di te. Non è passato giorno che non ti sia venuta in mente.

Oliviero rivive la delusione provata nel vedere nel guardaroba un'altra ragazza al posto di Sally. Quella sera era andato nel locale, da solo, proprio per parlare con lei. Ma si era trattenuto dal chiedere sue notizie ad Alberto. Vi era tornato la sera dopo: al guardaroba stava la sostituta.

Il timore che Sally se ne fosse andata gli era apparso, quella sera, spropositato quanto il sollievo che avvertì nell'apprendere che Sally aveva soltanto cambiato orario di lavoro.

Oliviero è tentato di fare una sosta dai Vasile prima di tornare a casa: per loro Sally è come una persona di famiglia. Alberto l'ha assunta, Anna l'ha sistemata nella casa della madre: sono i soli amici che ha. Sicuramente sono anche i soli a conoscere la sua storia.

Ma all'improvviso ricorda che il lunedì sera l'Irish Coffee è chiuso per turno di riposo. Guarda l'orologio. È quasi mezzanotte: troppo tardi per presentarsi a sorpresa. Semplicemente ridicolo dire "sono molto interessato a Sally e vorrei sapere tutto quello che vi ha raccontato di sé".

Sono *davvero* attratto oppure mi incuriosisce per le sue contraddizioni, il suo riserbo, il suo essere diversa da tutte le donne che ho conosciuto? Se venissi a sapere che il suo passato è quello di una prostituta di lusso, il mio interesse per lei sopravviverebbe?

Oliviero frena la nuova ondata di interrogativi. Alla sua età si ritrova con una ex moglie che gli fa la guerra e un figlio adolescente che lo detesta. Ha avuto molte avventure, ma nessun rapporto che lo abbia sentimentalmente coinvolto. Se mi innamorassi di una donna, pensa, non mi importerebbe nulla del suo passato. Non sono un moralista, non mi erigo a giudice e vivrei il primo amore come un miracolo. La vita di questa donna inizierebbe con me, cancellando tutto quello che si è lasciata alle spalle.

Mentre fa questa ultima riflessione, alla virtuale immagine di una figura femminile si sovrappone quella, reale, di Sally. *È una brava ragazza che non ha niente da farsi perdonare*. Questa certezza gli esplode dentro. Definitiva, indubitabile. Si sente attratto da lei come mai gli era accaduto dopo la giovanile infatuazione per Lucia.

No, non è un moralista e nemmeno uno snob, come erroneamente l'ha definito suo figlio. Dopo la separazione, il massimo delle sue aspettative è stato trascorrere una serata o avere un disimpegnato rapporto con donne che non lo facessero sentire a disagio per l'età troppo giovane o per la mancanza di classe. E mentalmente abbastanza vivaci per distrarlo dai molti problemi e sostenere una conversazione decente.

Il mio vero snobismo, riflette ancora Oliviero, è il prendere le distanze da tutto quello che comincia a piacere alla maggior parte degli uomini ricchi quando si avviano verso la quarantina: la visibilità, la barca, il villone, le belle ragazze, le amicizie importanti, i contatti che servono.

Hai una natura etica. Questa conclusione lo imbarazza come se, guardandosi allo specchio, si fosse detto "cielo, come sono bello!". Ma corrisponde alla verità. È *etico* anche il suo istinto: Oliviero non condanna le ragazze che spontaneamente si vendono o si sono vendute per entrare nel giro della visibilità e della ricchezza, ma ne avverte la mancanza di tabù, gli approcci sfacciatamente seduttivi, la visione distorta dei valori. E quando, con la freschezza della prima gioventù, perdono anche il potere della conquista, sui loro visi compare, indelebile come un marchio, il segno della frustrazione e della resa.

Non ha scorto niente di questo sul viso di Sally. Oliviero ricorda d'un tratto il pomeriggio in cui la accompagnò con Anna nella sua boutique. Fu soltanto per compiacere l'amica che accettò di provare qualche capo della sua collezione. Lo fece con evidente disagio, più infastidita che compiaciuta per i complimenti di Anna.

Osservandola, lui ebbe la curiosa sensazione che Sally fosse inconsapevole della propria bellezza, e del tutto incurante della preziosità dei capi che indossava. Adesso ne era certo. Così come era certo che l'essersi rinchiusa nel guardaroba dell'Irish Coffee non era un segno di resa.

Forse Sally era inconsapevole anche di questo: a dispetto di tutto, aveva la tempra di una combattente. Ne erano una prova la foga con cui aveva affrontato Michele, la fermezza con cui difendeva o proclamava le sue idee, la curiosità che di tanto in tanto accendeva il suo sguardo...

Michele. Il pensiero di suo figlio lo colpisce come un pugno allo stomaco. Anch'io sono un combattente, si dice. Farò qualunque cosa per non perderlo. A fornirgli le armi sarebbe stata la Auletti.

È lei stessa, nel tardo pomeriggio del giorno successivo, a convocarlo nel suo studio. Dopo averlo fatto accomodare, viene al sodo senza preamboli: «Lei ricorda, vero, di avermi dato carta bianca per ottenere l'affidamento del ragazzo?».

«Naturalmente sì. Spero che...»

«Abbiamo *certezze*, non speranze. Con l'aiuto di una agenzia investigativa, sono in grado di presentare al giudice minorile un dossier che metterà la sua ex moglie con le spalle al muro!»

Quel tono trionfalistico suona sgradevole a Oliviero. E nonostante detesti l'aggressività e il veleno che Lucia ha instillato nel figlio, l'idea di vederla "con le spalle al muro" gli suscita una profonda amarezza.

L'avvocato Auletti capta al volo le sue reazioni. «La guerra è guerra, purtroppo. Come le avevo detto sin dall'inizio, la causa non era facile. Diciamolo pure: era persa in partenza. Capisco che lei, dottor Belli...»

Oliviero non la lascia concludere. «La cosa più importante è impedire alla mia ex moglie di portare Michele a Milano con sé e il nuovo compagno.»

«È proprio su di lui, Giovanni Mecci, che ho fatto convergere le indagini. Da due anni risulta disoccupato e non presenta la dichiarazione dei redditi. Tuttavia ha acquistato un appartamento di sei vani a Milano e ha aperto un conto corrente con un saldo attivo di ventimila euro.»

«Il solito evasore fiscale» commenta Oliviero con un gesto di fastidio.

La Auletti scuote la testa: «Sbaglia! Questo signore è sempre vissuto di espedienti. Due anni fa aveva avviato un commercio di pellame, ma la sua azienda è fallita. Effettivamente, da allora non guadagna una lira e la moglie, da cui è separato e *non* divorziato, lo ha denunciato più volte per essersi sottratto al versamento di mille euro mensili: gli alimenti stabiliti dal giudice per il figlio di otto anni... Il colpo di fortuna è stato l'incontro con la sua ex moglie, dottor Belli.»

Oliviero la fissa incredulo. «Mi sta dicendo che è Lucia a mantenerlo?»

«Proprio così. Ma la signora lo ignora. Questo sarà un brutto colpo per lei, in quanto il Mecci le ha fatto credere di attendere un trasferimento dall'estero dei suoi fondi per "restituirle" i soldi avuti in prestito. Scoprirà tra due giorni, davanti al giudice, di essere stata turlupinata dal "ricco" compagno. Non soltanto sul piano economico, ma anche e soprattutto su quello personale. A quanto mi risulta, la signora ignorava anche che il compagno fosse sposato e padre di un minore.»

Oliviero tace, sopraffatto dallo sbalordimento e dall'amarezza.

La Auletti, sempre più compiaciuta nel crescendo del suo monologo, stavolta non ci fa caso. Scambiando il silenzio di Oliviero per tacita ammirazione, prosegue: «Quando il giudice saprà come stanno realmente le cose, non potrà che prendere una decisione per il bene del minore: sottrarlo alla madre per affidarlo a lei.» Si interrompe e gli rivolge un sorriso. «Non dice niente? Tra due giorni lei riavrà suo figlio!»

Oliviero trova finalmente la voce. «La guerra è guerra, come lei dice. E io le ho dato carta bianca. Ma esistono dei limiti e noi li abbiamo superati: il suo dossier devasterà la vita di mia moglie come una bomba atomica.»

«*Ex* moglie» precisa la Auletti. «Apprezzo i suoi scrupoli, dottor Belli. Ma, se ci riflette, con questa atomica "intelligente" faremo anche il suo bene... La signora capirà che il suo principe azzurro è un farabutto. E potrà contenere il danno finanziario, rientrando in possesso della casa acquistata a Milano e dei molti soldi che gli ha prestato. L'agenzia investigativa ha documentato anche i movimenti del conto bancario della sua ex e posso darle una mano consegnandoli al suo legale.»

La logorrea della Auletti è irrefrenabile. Crede davvero alle "bombe intelligenti?" Non riesce a capire che con il suo dossier disintegrerà la dignità di un essere umano? Oliviero non osa nemmeno immaginare l'umiliazione e la sofferenza di Lucia quando sarà giudicata una madre "non idonea".

«Dottor Belli, sto parlando con lei» lo richiama la Auletti.

«Ha fatto un ottimo lavoro, avvocato, e la causa, come dice, è praticamente vinta. Ma io non voglio mettere alla berlina la madre di mio figlio. Stasera stessa andrò da lei e le parlerò delle notizie che il suo studio ha raccolto sul Mecci. Deve arrivare dal giudice sapendo che cosa l'aspetta e...»

L'avvocatessa gli lancia un'occhiata di fuoco. «Si rende conto di quello che dice? La nostra forza sta soprattutto nel colpo a sorpresa... Nella reazione che la sua ex moglie avrà nell'apprendere di essere stata raggirata! Con quello che abbiamo in mano, non serve più che lei parli con suo figlio. Le suggerisco, al contrario, di cogliere di sorpresa anche lui. Si fidi di me, con gli scrupoli e il buon cuore non si abbatte nessun avversario.»

Oliviero vorrebbe risponderle che la madre di suo figlio non è un birillo e che i colpi bassi gli ripugnano. Ma la Auletti continuerebbe a non capire. Si limita a un generico cenno di assenso e si congeda da lei.

«Sia puntuale, dottor Belli. L'incontro col giudice è fissato per dopodomani, giovedì, alle undici» gli ricorda.

Oliviero raggiunge la macchina chiedendosi dubbioso se ha fatto una scelta giusta nel rivolgersi "al mastino delle cause vinte", come Anna ha definito Lorenza Auletti. Di una cosa è certo: non seguirà il suo consiglio lasciando che Lucia vada impreparata al massacro. Deve parlare con lei, subito.

Mentre si dirige verso il centro della città guarda l'orologio: sono le otto, l'ora di cena, e Lucia è sicuramente a casa, i negozi sono ormai chiusi ed è troppo presto per andare al cinema oppure a giocare a burraco da qualche amica. È una considerazione che Oliviero fa con distacco e senza l'acrimonia di un tempo. La sua mente torna al passato.

Il loro figlio stava crescendo, la piccola fabbrica di cachemire era diventata un'industria che aveva sfondato anche nel mondo della moda, sua moglie viveva nella "casa dei sogni", un attico in via del Corso che gli era costato una fortuna per l'acquisto, la ristrutturazione e la consulenza di un architetto di grido.

Oliviero non riusciva a capacitarsi che Lucia, l'aspirante infermiera semplice e di origini modeste che lo aveva colpito sin dal primo e casuale incontro, nel volgere di pochi anni si fosse trasformata in un prototipo di "nuova ricca". Inutilmente aveva cercato di convincerla a riprendere gli studi, di coinvolgerla nel suo lavoro: l'unico interesse era la rincorsa agli status symbol della ricchezza: l'attico, la tata, il cameriere filippino, i vestiti griffati, le case di vacanza in Sardegna e a Cortina.

Era stata Lucia a decretare la fine del loro già svuotato matrimonio: l'incontro con un giovane artista incompreso (pittore? scrittore?) l'aveva fatta sentire una Musa Ispiratrice.

Il semaforo rosso arresta l'automobile e il flusso dei ricordi, riportandolo ai problemi del presente.

Non è la prima volta che il citofono suona a vuoto oppure Lucia gli risponde soltanto per invitarlo ad andarsene. Questa volta *deve* farmi entrare, Oliviero pensa. Il solo modo per convincerla è spiegarle, subito, il motivo. Apre il cellulare e forma il numero di casa: gli squilli si susseguono senza risposta. Chiama Lucia al telefonino, ma dopo qualche istante cade la linea. Ci riprova: l'utente adesso risulta "non raggiungibile".

Scatta il verde e dall'auto dietro la sua giunge lo strombazzare di un clacson. Oliviero percorre un centinaio di metri, accosta in una rientranza della strada e fa l'ultimo tentativo: chiama il figlio sul suo cellulare. Ma neppure lui risulta raggiungibile.

La prima reazione di Oliviero è un silenzioso e irato "peggio per te" rivolto all'ex moglie. Rimette in moto e fa inversione di marcia per tornarsene a casa. La Auletti ha ragione. La guerra è guerra e i suoi scrupoli sono patetici: Lucia ha deviato il corso della sua vita rendendolo padre a poco più di vent'anni, costringendolo a iniziare un'attività che non gli piaceva, lagnandosi perché alla sera, invece di stare con lei, si metteva a studiare, riempiendolo di sensi di colpa perché non si occupava mai del figlio, accusandolo di essere "stupidamente orgoglioso" perché si rifiutava di chiedere un aiuto a sua madre...

Suo figlio era cresciuto assistendo a questi scontri, ascoltando le lagnanze e le accuse che la madre gli rivolgeva. Non bastasse, dopo la separazione Lucia gli aveva montato contro il ragazzino fino a demolire l'immagine della figura paterna. Ai suoi occhi era un padre assente, egoista, donnaiolo, indegno di stima e di affetto.

Peggio per te, ripete Oliviero alla moglie. La Auletti ha ragione e tra due giorni sarai in ginocchio. *L'hai voluto tu.*

Per qualche istante Oliviero pregusta, sadicamente, il momento in cui la verità le crollerà addosso come un macigno. Anzi, una *atomica.* È questa parola a raggelarlo e a farlo riemergere da quegli istanti di abiezione.

Che cosa hai dato, concretamente, a tua moglie? L'hai sposata soltanto perché aspettava un figlio e hai sempre considerato la tua unione con lei un doveroso atto di riparazione. Ti sei concentrato sul *tuo* avvenire scegliendo, alla fine, il lavoro che più ti piaceva. Hai *riparato* alle tue assenze consentendo a Lucia di vivere da ricca signora. Non è soltanto colpa sua se tuo figlio ti rifiuta. Ti sei perso tutta la sua infanzia e, quando hai capito di essere stato un padre inesistente, era troppo tardi per creare un rapporto di confidenza e di affetto. Michele è la persona che più ami al mondo, ma lui non lo capisce. Dal momento in cui il giudice te lo affiderà, dovrai coinvolgerlo nella tua vita, fargli toccare con mano che niente e nessuno conta più di lui.

Il pensiero dell'udienza distoglie Oliviero dalla foga dei buoni proponimenti e delle autoaccuse. Risente la voce della Auletti: *dovrà essere un colpo di scena anche per suo figlio.*

È così, umiliando e mettendo al muro la madre, che intende conquistare la stima e l'amore di Michele?

Oliviero adesso è furioso con se stesso. Cerca un altro spazio in cui parcheggiare e riprova a chiamare madre e figlio: ma nessuno dei due risponde. A quel punto non gli resta che inviare un messaggio a Lucia. Lo digita in fretta pregandola di farsi viva a qualsiasi ora perché deve metterla al corrente di qualcosa di molto serio e grave che potrebbe essere usato contro di lei.

Messaggio inviato, legge sul display. Rimane nel parcheggio per una decina di minuti, sempre più innervosito, aspettando che Lucia si faccia viva.

Ha la certezza che sia in casa e che abbia letto il suo messaggio: a quanto pare lo ha interpretato come una patetica minaccia, o un ridicolo tentativo di approccio.

Il cellulare squilla dopo un quarto d'ora: non è Lucia, ma il suo avvocato. «La sua ex moglie mi ha appena chiamato, dottor Belli, e la prego di lasciarla in pace. Qualunque cosa abbia da dirle, vi sentirete giovedì davanti al...»

«So che è tardi» Oliviero lo interrompe «ma devo parlare immediatamente con lei. È di vitale importanza!»

«Sto uscendo con mia moglie. Non possiamo rimandare a domani?»

Oliviero riflette qualche istante e decide di uscire allo scoperto. «L'avvocato Auletti presenterà al giudice un dossier con tutte le informazioni e i documenti raccolti da una agenzia investigativa sull'uomo con cui la mia ex moglie intende risposarsi e trasferirsi a Milano. Stabilisca lei, avvocato, se è il caso di rimandare a domani» Oliviero conclude in tono, suo malgrado, polemico.

L'avvocato prende tempo. «Senta, sto andando con mia moglie a conoscere i futuri suoceri di mia figlia. Non può anticiparmi qualcosa su questo dossier, in modo che sia io a decidere se è davvero di importanza vitale?»

«Non per telefono» è la secca risposta di Oliviero.

«Capisco. Possiamo vederci domattina presto: adesso, alle nove di sera non potrei comunque fare nulla per...»

«Domattina alle sette ho un aereo per Milano e ho prenotato il volo di ritorno per le sei del pomeriggio. Troppo tardi, credo, per studiare una strategia difensiva.»

Mentre aspetta la risposta, Oliviero pensa tra sé che è facile diventare "avvocati vincitutto", come la Auletti, se si hanno come controparte colleghi simili a questo. Lucia non poteva trovarsi un avvocato meno sfaticato e ottuso?

Ma ecco, finalmente, la sua voce. «Dove si trova in questo momento, dottor Belli?»

«Mi sta chiedendo un alibi?» Oliviero sbotta sarcastico.

L'ottuso temporeggiatore non afferra. «Io abito in Piazza San Silvestro. Se lei non è troppo lontano da qui, possiamo scambiare due chiacchiere.»

«Posso raggiungerla in pochi minuti: sono a circa trecento metri da casa sua.»

L'avvocato lo aspetta, in piedi, sotto al portone di cui gli ha dato il numero civico. È un uomo sulla sessantina, basso e tarchiato, con due occhietti furbi che luccicano sotto le lenti da miope. Gli indica una Mercedes: «Possiamo sederci lì» dice.

Oliviero ha un nuovo soprassalto d'ira contro Lucia: il suo nuovo avvocato sembra una caricatura o un personaggio da fumetto. Con i diecimila euro che le passa ogni mese, non poteva cercarsi un patrocinante migliore?

«Mia moglie mi ha preceduto con un taxi» spiega l'avvocaticchio quando sono seduti. «Spero che un quarto d'ora basti per...»

«Anche meno» sibila Oliviero. «Il "ricco" compagno della mia ex moglie è sposato e padre di un minore. Da due anni vive di espedienti ed è stato denunciato anche per il mancato versamento degli alimenti. I vantati capitali all'estero non esistono: ha acquistato e si è intestato la casa di Milano con i soldi di Lucia e, dai movimenti bancari, risulta che si è fatto "anticipare" a titolo di prestito anche una cospicua cifra. Dubito che il giudice decida di fare vivere mio figlio accanto a un farabutto.»

Oliviero ha parlato di getto e senza consentire alcun intervento all'avvocaticchio. Ora è lui ad avere fretta di andarsene, di uscire dal rovente abitacolo di quella Mercedes. «Decida lei come riferire tutto questo alla sua cliente e come spiegare al giudice che il "bene" di mio figlio è la situazione famigliare in cui si ritroverebbe» Oliviero conclude allungando una mano per aprire la portiera.

L'avvocato lo trattiene per un braccio e lo guarda attraverso le spesse lenti. «Posso farle una domanda, dottor Belli?» chiede in tono inaspettatamente serio.

«Se le resta il tempo per la risposta, la faccia pure.»

«Con tutte queste informazioni, lei aveva la certezza di ottenere l'affidamento del ragazzo e mettere la sua ex moglie con le spalle al muro. Che cosa l'ha spinta a contattarmi?»

Le stesse parole della Auletti. E Oliviero gli dà la stessa risposta. «Io voglio l'affidamento di mio figlio, non devastare l'esistenza della mia ex moglie.»

«Capisco. Lei è una persona perbene» commenta l'avvocato con una strana voce, come di compassione.

Giovedì mattina, giorno dell'udienza. Oliviero arriva con un quarto d'ora d'anticipo e si dirige direttamente verso l'ufficio del giudice. Lorenza Auletti l'ha preceduto e gli va incontro con una espressione più agguerrita che mai.

«Si prepari al peggio» gli dice.

«Sono pronto» è la risposta di Oliviero.

Era stato a lungo tentato di avvertire la Auletti dell'incontro con l'avvocato dell'ex moglie, ma alla fine aveva deciso di tacere. I fatti non si potevano cambiare: il solo danno si riduceva all'impedire che Lucia arrivasse impreparata al colpo basso e reagisse di conseguenza.

Oliviero non si sente affatto in colpa per aver allentato la presa dell'avvocatessa-mastino e spera con tutto se stesso che, finite le risse giudiziarie, tra lui e Lucia possa finalmente crearsi un rapporto civile: potrà vedere il figlio quando vorrà. Non le ridurrà la cifra degli alimenti. Se deciderà di fare causa all'uomo che l'ha derubata, umiliata e raggirata, la farà assistere dal migliore dei legali: la stessa che ora le andrà contro, perché no?

La Auletti gli dà una gomitata: «Stanno arrivando» dice a bassa voce. «Si mostri molto cordiale con la sua ex moglie.»

Lucia avanza nel corridoio, tra il suo ottuso avvocato e Michele. Il ragazzo gli lancia un'occhiata truce abbozzando un cenno di saluto: Oliviero non si aspettava certamente sorrisi e abbracci.

Ad amareggiarlo è l'espressione, triste e disarmata, di Lucia. Ha i capelli raccolti, il viso appena truccato e indossa un tailleur di seta insolitamente sobrio.

L'avvocato le ha aperto gli occhi e sa di andare incontro a una sconfitta, Oliviero pensa col cuore stretto. Il solo conforto è averle risparmiato quel *peggio* preannunciato dalla Auletti.

Due ore dopo sarà lui ad aprire gli occhi.

VIII

MICHELE

Il giudice apre la porta: «Se ci siete tutti, potete entrare». Si rivolge a Michele: «Con te parlerò dopo aver ascoltato i tuoi genitori».

La Auletti fa un balzo in avanti: «Signor giudice, prima di iniziare l'udienza avrei bisogno di parlarle privatamente. Debbo mostrarle...».

L'ottuso avvocaticchio non la lascia finire. Avvicinandosi al giudice gli dice, con voce quasi solenne: «La mia assistita deve comunicarle qualcosa di *determinante* che, a mio avviso, potrebbe addirittura rendere inutile questa udienza».

La Auletti rivolge all'avvocaticchio un sorriso quasi amichevole e dice, calma: «In linea di principio, credo spetti al giudice stabilire, a *suo* avviso, quali sono le precedenze. Per quanto mi riguarda, proporrei di seguire la solita prassi per le revisioni sull'affidamento».

Oliviero ignora quale sia questa prassi, ma è il giudice stesso a chiarirgli le idee. «Sono d'accordo: riceverò, tutti insieme, i legali e i loro assistiti, e prenderò le mie decisioni dopo un dibattito comune.» Dice paternamente a Michele: «Tu, ragazzino, sarai convocato alla fine».

Li fa accomodare sulle quattro poltroncine davanti alla sua scrivania. Lucia ha la stessa espressione triste e disarmata con cui è arrivata.

«Credo che sia determinante, come il mio avvocato ha detto, comunicare una decisione che i fatti mi hanno costretto a prendere. Se l'avvocato Auletti me lo consente...»

«Non ho nulla in contrario» è la risposta del mastino.

«Nemmeno io, signora. Parli pure» la invita il giudice.

Lucia si schiarisce la voce e dice d'un fiato: «Ho deciso di rinunciare al trasferimento a Milano. Mio figlio viene al di sopra di tutto, e non posso sradicarlo dalla sua casa, dalle sue amicizie... dalla sua scuola».

Oliviero la fissa esterrefatto. Anche il giudice è visibilmente spiazzato.

L'avvocaticchio assapora l'effetto di questa sorpresa. Poi rompe il silenzio. «Come vede, signor giudice, sono cadute tutte le ragioni per proseguire questo dibattito e togliere alla mia assistita l'affido del figlio.»

La Auletti, imperturbabile, si gira verso Lucia: «Se ho sentito bene, lei ha parlato di *fatti* che l'hanno *costretta* a rimanere a Roma. Si riferiva all'amore per suo figlio? Al desiderio di non sradicarlo da casa, amicizie eccetera eccetera, oppure c'è qualche cosa di concreto e grave dietro questa decisione improvvisa?».

L'avvocaticchio non dà a Lucia il tempo di aprire bocca. «La mia collega, come sempre, ha fatto centro. Oltre all'amore per il figlio, che è prioritario, si è effettivamente verificato qualcosa di molto grave: la mia assistita ha scoperto di aver riposto i suoi sentimenti e la sua fiducia nell'uomo sbagliato. Diciamo pure, un mascalzone. Succede purtroppo a molte donne, soprattutto se oneste e incapaci di...»

La Auletti, sempre imperturbabile: «Scusi se la interrompo: che cosa intende, esattamente, per *mascalzone*?».

Adesso è Lucia a intervenire: «Mi ha nascosto di essere già sposato e di avere un bambino. E non soltanto:

spacciandosi per un ricco possidente in attesa di far rientrare dall'estero la sua attività e i suoi capitali, mi ha chiesto molti prestiti e mi ha fatto anticipare anche i soldi per la casa in cui avremmo dovuto vivere... In pratica, mi ha truffata».

Il giudice previene la domanda della Auletti: «Da quanto tempo ha fatto questa dolorosa scoperta, signora Truzzi?».

«Da circa due settimane» risponde per lei, pronto, il legale.

Oliviero si dà dell'idiota per averlo ritenuto un *avvocaticchio*: Lucia si è scelta un fior di avvocato, il solo in grado di sconfiggere la Auletti. Come ha potuto provare pena per lei? La sofferenza, l'umiliazione e il colpo basso da cui voleva difendere la madre di suo figlio sono stati magistralmente inflitti a lui.

Lucia ha vinto... E il "mastino" ha perso la prima causa della sua lunga carriera. Attraverso il muro del dolore ode la voce sommessa della sua ex moglie confermare che sì, ha scoperto la vera natura del suo uomo due settimane prima...

La Auletti: «In che modo ha fatto questa scoperta?».

Lucia: «Avevo già qualche sospetto... Ma la conferma l'ho avuta controllando i miei conti correnti. Ho trovato dei movimenti che non mi convincevano».

Il giudice: «Il Mecci aveva la firma sui suoi conti? Per essere più chiaro: poteva fare dei prelievi autonomamente?».

Lucia, esitante: «No, non poteva...».

La Auletti: «E allora cosa intende per "movimenti che non la convincevano"? Sarebbe forse più corretto dire che non ricordava l'importo degli assegni intestati al suo compagno».

Oliviero si riscuote. *Avverte* che qualcosa sta accadendo.

Il giudice: «Vorrei tornare, se possibile, sul privato: in che modo ha scoperto che l'uomo con cui intendeva trasferirsi e sposarsi aveva già una famiglia?».

Il legale di Lucia: «Attraverso una lettera anonima. Io ho fatto subito una verifica all'anagrafe e ho avuto la conferma che...».

La Auletti: «Ricorda, più o meno, quando è avvenuta questa verifica?».

Il legale: «Dieci, dodici giorni fa. Dovrei controllare sul mio computer».

Lucia: «Signor giudice, questi mi sembrano particolari irrilevanti. Come le ho detto all'inizio, ho troncato ogni rapporto con il Mecci e ho deciso di restare a Roma».

Il tono improvvisamente imperioso dell'ex moglie fa capire a Oliviero che il "mastino" l'ha messa in difficoltà con le sue domande e che il giudice è tutt'altro che convinto delle risposte.

Ne ha una conferma dalla sua asciutta replica: «Devo ancora una volta ricordarle che tocca a me decidere se i particolari sono o non sono *irrilevanti*».

La Auletti incalza: «Voglio dare per buoni i dieci, dodici giorni trascorsi dalla verifica anagrafica fatta dal collega. Scoperto di aver dato fiducia, amore e danaro a un farabutto, quale è stata la sua reazione, signora Truzzi?».

«Può immaginarlo!» è la risentita risposta di Lucia. «Delusione, rabbia, amarezza... Al mio posto, lei non avrebbe reagito allo stesso modo, avvocato Auletti?»

«Sicuramente non avrei continuato a convivere con un farabutto.» Senza darle il tempo di replicare, la Auletti porge al giudice una cartelletta: «Sono solo due pagine, se crede gliele posso riassumere: il Mecci ha vissuto con la signora Truzzi e il figlio Michele fino a ieri mattina e l'ultimo "prestito", di diecimila euro, risale a tre giorni fa».

Oliviero trattiene il fiato. La Auletti ha fatto esplodere l'atomica e il silenzio che segue gli fa capire che ancora una volta l'avvocatessa vincitutto ha mirato, centrato, affondato.

Il giudice stesso appare stordito dalla deflagrazione. Ma è il primo a riaversi. «Di certo, si rende conto della gravità di quanto ha affermato» dice serio rivolgendosi alla Auletti. «E spero che sia in grado di darne le prove.»

Il "mastino" gli porge una seconda e più voluminosa cartella, con il sorriso luminoso di chi ha appena ricevuto un complimento. «Questo è il dossier dell'agenzia investigativa a cui il mio studio si rivolge per i contenziosi e le cause più difficili. Richiamo la sua attenzione, signor giudice, sia sulla fotocopia dell'ultimo assegno emesso dalla signora Truzzi a favore del compagno, e da lui subito incassato, sia sulle fotografie che ritraggono la coppia, a braccetto, mentre esce dalla casa di lei per recarsi al ristorante. Sia l'assegno sia le fotografie, corredati di date, smentiscono la dichiarazione della signora Truzzi.»

«Questa è violazione della privacy!» strilla l'avvocaticchio.

«No, caro collega: è legittima difesa» precisa la Auletti. «Il mio assistito, che all'epoca della separazione conoscevo solamente di nome, ha spontaneamente versato alla ex moglie diecimila euro mensili dopo averle ceduto la proprietà di una villa a Cortina e quella della residenza coniugale di via del Corso, in cui è rimasta a vivere con il loro figlio.»

Il giudice le fa cenno di fermarsi e si rivolge direttamente a Oliviero. «A quanto risulta, e credo di ricordare, all'epoca della separazione lei accettò senza fare alcuna opposizione che suo figlio fosse affidato alla madre. Mi può spiegare perché dopo tanti anni si è rivolto al Tribunale dei minori per riavere il ragazzino con sé?»

È la prima volta che Oliviero viene interpellato – lo realizza solo in quel momento – e coinvolto nel dibattito. Gli basta qualche istante di riflessione per trovare le parole giuste: deve dire soltanto la verità. «Accettando una separazione consensuale e civile, senza squallide risse di natura economica, ero certo che il comune amore per nostro figlio ci avrebbe aiutato a tenere in vita un buon rapporto di genitori. All'epoca Michele era ancora un bambino... Era molto legato alla madre e, per il suo bene, decisi di lasciarlo a lei. Ma rinunciando all'affidamento, non intendevo affatto venire estromesso dalla vita di mio figlio, dalla sua crescita, dalle decisioni che i genitori dovrebbero prendere insieme.»

L'ex moglie lo aggredisce astiosamente. «Il tuo unico interesse era il lavoro! Eri sempre in viaggio, sempre più impegnato con le tue fabbriche e i tuoi negozi!»

La Auletti, con sarcasmo: «Deve ammettere, signora Truzzi, che lei ha tratto notevoli vantaggi dal lavoro di suo marito. Gli ottocentomila euro che ha "anticipato" al suo convivente per l'acquisto della casa di Milano e i molti "prestiti" che gli ha fatto da dove provengono?».

Il giudice le lancia un'occhiata raggelante. «Desidero che il suo assistito porti a termine il discorso senza interruzioni o interventi. Lo stesso invito vale anche per la signora Truzzi. Vada avanti, dottor Belli. Stava parlando del suo sentirsi estromesso dalla vita e dalla crescita del ragazzino.»

Oliviero sospira. «Non voglio configurarmi una vittima né creare uno scontro frontale. Di certo, con il trascorrere del tempo Michele si è allontanato sempre più da me e ora ne ho chiesto l'affidamento non soltanto per non perderlo del tutto, ma anche, e soprattutto, perché i suoi comportamenti e le sue bravate mi preoccupano seriamente. Non voglio accusare sua madre di averlo trascurato o di avergli concesso troppa libertà, ma di fatto mio figlio è un adolescente irrequieto e ribelle che ignora ogni regola, ogni...»

«Ti detesta!» Lucia prorompe in tono quasi vittorioso.

«Lo so. Ma, se potrò averlo con me, cercherò almeno di difenderlo da se stesso.»

Il giudice tace. Poi, rivolto a Lucia: «Signora, mi risponda con sincerità: quando e *in che modo* ha realmente scoperto la vera identità dell'uomo che fino a due giorni fa viveva ancora con lei?».

L'avvocaticchio le impedisce di rispondere: «Signor giudice, il padre del ragazzo ha ottenuto quello che voleva: impedire il suo trasferimento a Milano. Che utilità può avere frugare nel privato di una donna tanto duramente provata?».

A quel punto la Auletti perde le staffe: «La verità la dico io! Due sere fa il mio assistito, nonostante lo avessi vivamente sconsigliato di farlo, si è incontrato con l'avvocato della Truzzi anticipando quello che io, con l'aiuto dei miei investigatori, avevo scoperto sul Mecci».

Fa una breve pausa e riprende: «Il dottor Belli è una persona perbene: non voleva ferire e umiliare la sua ex moglie cogliendola di sorpresa. La "decisione spontanea" di restare a Milano è una sceneggiata che la signora Truzzi e il suo furbo legale hanno concordato in gran fretta con la certezza di vincere la causa e trasformare in un boomerang l'onestà del mio assistito».

La Auletti si volta verso Oliviero. «Ero sicura che la sua lealtà e la sua correttezza avrebbero prevalso sui miei consigli, e proprio per questo ho chiesto subito un aggiornamento delle indagini. Devo dire che l'agenzia ha fatto miracoli.»

«La denuncerò per violazione della privacy!» ripete furioso l'avvocaticchio.

«Me la pagherai» sibila Lucia all'ex marito, la voce distorta dall'odio.

La Auletti la fissa con un'espressione che è un insieme di disprezzo e di pena: «Lei è la donna più miserabile che ho conosciuto in vent'anni di professione».

Poi sposta lo sguardo su Oliviero. «La guerra è guerra. Quante volte me lo ha sentito ripetere? Con gli scrupoli e il buon cuore si esce sempre perdenti.»

Il giudice li accompagna fuori dal suo studio. «Vi aspetto domattina alla stessa ora per comunicarvi la mia decisione. Questo incontro, per quanto desolante, mi ha dato tutti gli elementi per capire qual è il bene del ragazzo.» Dopo aver congedato gli ex coniugi e i loro legali si avvicina a Michele.

Oliviero si sofferma per qualche istante a osservare il figlio: è seduto su una sedia di ferro, i gomiti puntati sulle ginocchia e la testa tra le mani. È una visione desolante.

«Vieni con me, Michele» il giudice gli dice. «Adesso facciamo un bel discorso, noi due soli.»

Michele alza la testa e vede il padre. Lo addita: «Voglio che sia presente anche lui» dice. Nella sua voce c'è lo stesso odio che Oliviero ha visto nello sguardo della madre.

Il giudice insiste: «Desidero che tu ti senta libero di sfogarti, di dire senza timori quello che realmente pensi e vuoi».

«Non ho paura di mio padre e deve sapere quello che penso di lui, quello che deciderei se fossi maggiorenne.»

Oliviero raggiunge la Auletti, che lo sta aspettando, e le spiega che rientrerà nello studio del giudice con il figlio. «È stato Michele a volerlo» tiene a precisare.

«Non caschi nella sua trappola: se resterà con la madre, suo figlio si rovinerà la vita.»

Il giudice, stavolta, non si siede dietro alla scrivania, ma in una poltrona di fronte al divanetto in cui Oliviero e il figlio prendono posto. Appare visibilmente contrariato per l'impossibilità di parlare a quattr'occhi con il ragazzino. La Auletti l'ha informato dei guai in cui si caccia, la situazione famigliare gli è ormai chiara: venticinque anni di quotidiana discesa nell'inferno della contenziosità per il "possesso" della prole gli hanno insegnato a distinguere tra verità e menzogne, ricatti e giuste rivendicazioni, volontà di vendetta e comprensibile risentimento.

L'implacabilità di Lorenza Auletti gli è ben nota e non gli piace affatto: ma suo malgrado ha dovuto sempre riconoscerle un eccezionale intuito: l'ha dimostrato anche nell'udienza appena finita. La signora Truzzi appare anche a lui, umanamente e di fatto, una madre rovinosa e il danno più grave l'ha arrecato al figlio ingenerandogli l'odio per il padre e usandolo come arma di ricatto per sfruttare economicamente l'ex coniuge.

Ha già stabilito che Michele Belli sarà affidato al padre. Avrebbe preferito spiegare al ragazzo le ragioni di questa decisione, aiutarlo a valutare con la propria testa i comportamenti del padre. Ma la presenza del detestato genitore rende tutto più difficile.

«Io voglio vivere con mia madre» Michele proclama, senza preamboli, mentre il giudice sta cercando le parole giuste per esordire.

Oliviero lo vede annuire con una espressione assorta. E lo ode chiedere: «Michele, *secondo te* per quali motivi tuo padre ha chiesto il tuo affidamento?».

La risposta è immediata: «Perché non sopporta che mia madre sia felice. Aveva trovato una brava persona che la trattava con rispetto e si prendeva cura di lei, e questo il dottor Belli non poteva sopportarlo».

«Ti riferisci a Giovanni Mecci?»

«Esatto.»

Il giudice lancia un'occhiata a Oliviero e chiede, calmo, al ragazzino: «Lo sai che il Mecci è sposato e ha un...».

«Mio padre si è potuto permettere una avvocatessa con le palle come la Auletti e insieme hanno montato un casino di balle contro di lui.»

Il giudice, abbozzando un sorriso: «Non credi che tua madre avrebbe potuto permettersi un avvocato altrettanto bravo?».

«E come?» Michele ringhia. «Da otto mesi il suo ex marito ha smesso di pagarle quella miseria di alimenti che...»

Il giudice lo interrompe: «Diecimila euro al mese non sono una *miseria*. E tuo padre non ha affatto smesso di versarglieli». La voce, adesso, è severa.

«Così afferma lui. Questo signore» dice additando nuovamente Oliviero «ha il dono di spacciare per verità ogni cazzata che gli fa comodo. E tutti ci cascano.»

Oliviero replica con voce neutra: «Gli alimenti vengono versati sul conto corrente della mamma con un bonifico mensile permanente. Se vuoi, posso provartelo con i movimenti del mio...».

«Puoi *provare* anche perché mia madre ha dovuto fare un'ipoteca sulla nostra casa? Hai una registrazione delle minacce che le hai fatto due giorni fa, costringendola a lasciare il suo compagno? Per tua informazione, l'ha lasciato. Ma a te non bastava: hai sputtanato quell'uomo, hai minacciato anche l'avvocato di mia madre. Sei un marito e un padre indegno, questa è la sola verità. Te ne sei sempre fregato di me, e nella vita hai avuto solo due interessi: arricchirti e rendere infelice tua moglie. Dimenticavo il terzo: andare a puttane.»

Il giudice vede Oliviero sbiancare e aspetta la sua reazione provando sincera pena per lui. Con quali parole si sarebbe difeso? Sentendo demolire quel cumulo di menzogne, il ragazzo avrebbe capito di essere stato manipolato e ingannato da sua madre?

Ha sempre evitato che i figli contesi assistessero ai suoi incontri con i genitori in guerra per tutelarli dal peggiore dei mali: perdere la fiducia nel padre o nella madre schierandosi con uno di loro.

Ma per la prima volta il giudice *vuole* che questo ragazzino *si schieri*: è ormai fuori dubbio che la sua devastante madre lo ha intossicato di odio e usato come braccio armato nella guerra senza fine contro l'ex marito. Ma al peggio non c'è davvero mai fine, pensa il giudice con amarezza, e solamente il padre può evitarglielo.

Guarda Oliviero con impazienza: che cosa aspetta a dirgli, anzi, a *dimostrargli* che niente di quanto sua madre gli ha fatto credere risponde alla verità? Il dossier della Auletti è lì, sulla sua scrivania, con tanto di dati e di prove. «Dottor Belli, non ha nulla da replicare a suo figlio?» lo esorta con voce quasi imperiosa. Non sopporta più il massacro di quel povero padre.

Michele si alza: «Io ne ho abbastanza. Me ne vado». Guarda il giudice: «Non caschi anche lei nella recita del dottor Belli. Piuttosto che vivere con lui, preferisco essere mandato in un istituto».

Il giudice lo trattiene: «Un momento, ragazzo. Ho qualcosa da mostrarti prima che...».

«No!» Oliviero prorompe. Ritrova subito l'autocontrollo. «Lasci pure andare mio figlio, gli parlerò in un altro momento.» Il suo tono è supplice, il suo sguardo impaurito.

«Non c'è altro da dire o da ascoltare» replica Michele con la solita voce ringhiosa. Lascia la stanza con un cenno di saluto al giudice, ignorando il padre, e chiude la porta alle sue spalle.

Si alza anche Oliviero. «Michele ha ragione, non c'è altro da dire.»

Il viso terreo e stravolto dell'uomo lascia sospeso il giudice tra stupore, amarezza e ira. Alla fine è la pena a prevalere. «Non vada via anche lei. Ci sono *molte cose*, invece, che dovrebbe spiegarmi. Comincio dalla più importante: non capisco perché ha rinunciato a difendersi dalle accuse del ragazzino impedendo anche a me di provarne l'infondatezza.»

«Gli avrei tolto la sua sola certezza: avere una madre meritevole di amore e di rispetto.»

«Questa *certezza* si basa sulle manipolazioni e sull'odio. La ritiene educativa? Non pensa a quello che accadrà quando, fatalmente, suo figlio aprirà gli occhi? La recita del genitore meritevole non regge a lungo, mi creda.»

«Non voglio essere io a distruggergli la figura materna. Michele è ancora un ragazzo: spero che quando aprirà gli occhi, come dice lei, sarà abbastanza equilibrato e forte per reggere al colpo.»

«Lo pensa davvero?» il giudice esplode. «È così sprovveduto da credere che una donna come la sua ex moglie sappia inculcare equilibrio e forza a suo figlio?»

Oliviero si irrigidisce. «Oggi ho toccato con mano l'avversione viscerale di mio figlio e sono distrutto. Mi giudichi come crede, ma non riesco a proiettarmi nel futuro. Posso soltanto prendere atto di questa realtà e della sola accusa giusta che Michele mi ha rivolto: per troppi anni mi sono concentrato soltanto sul lavoro. Ero il padre delle emergenze: ma quante *emergenze* ci sono, nella crescita di un bambino? Ho commesso un errore di cui adesso devo pagare il prezzo: dare la priorità al lavoro. Non per arricchirmi, ma per offrire una vita decente a mia moglie e a mio figlio. Lei stesso, signor giudice, dopo il divorzio decise di affidare definitivamente il bambino alla madre ritenendomi un padre inadeguato.»

Il giudice annuisce. «Lo ammetto: sbagliai nella valutazione dei fatti e nella decisione che ne conseguì. Ma non posso permettere che a pagarne il prezzo sia anche suo figlio. Restando con la madre...»

«Rinuncio al suo affidamento.» Oliviero dice troncando il discorso.

Il giudice sobbalza. «Vuole perseverare nell'errore? Rinunciare a battersi?»

«Come le ho già detto, non sono in grado di proiettarmi nel futuro: allo stato attuale, questa è la decisione migliore per la serenità di mio figlio. La sola che mi lasci uno spiraglio di speranza.»

«Ci rifletta. Non sia precipitoso.»

«È da molte settimane che rifletto: sul passato e sugli errori che ho commesso.»

«Parlerò con l'avvocato Auletti, sperando che sia più convincente di me.» Il giudice sospira, alzandosi.

Lo accompagna alla porta: Lorenza Auletti è davanti a loro, seduta sulla stessa sedia in cui Michele ha atteso la fine dell'udienza. Oliviero osserva, con sorpresa, che ha il volto stanco e triste.

«Suo figlio è appena andato via» la Auletti gli dice. «Ho parlato a lungo con lui e credo che per il momento sia opportuno sospendere la richiesta di affido.»

«Non sono affatto d'accordo» ribatte il giudice. «Immagino quello che Michele le ha detto, ma mi stupisco che una persona esperta e battagliera come lei si sia lasciata condizionare dalle accuse di un adolescente arrabbiato. Se ha dieci minuti di tempo, avvocato, può fermarsi nel mio studio per valutare serenamente la situazione.»

«Sì, certo. Ma non credo, in tutta franchezza, di poter cambiare idea. Lei che cosa ne pensa, dottor Belli?»

«Sono d'accordo: ho appena spiegato al giudice perché preferisco che Michele resti con sua madre.»

Oliviero raggiunge la sua macchina lentamente: nelle due ore e mezzo trascorse dal giudice ha provato più sofferenza, umiliazione e amarezza di quante ne abbia affrontate nel corso dell'intera vita. Alla fine di quegli scontri senza ombra di bene una sola persona è riuscita a non farlo crollare: Lorenza Auletti.

Il bene di Michele ha prevalso sulla sua fama di mastino implacabile e avvocato vincitutto: per la prima volta nella sua carriera ha gettato la spugna e si è lasciata piegare dalla "parte avversa". Nessuna parcella potrà ripagarla per la sensibilità e la correttezza con cui si è comportata, pensa Oliviero mentre apre la portiera della sua auto. Si siede e respira a fondo.

Coraggio, si dice mettendo in moto. Mentre va in retromarcia per uscire dal parcheggio scorge, poco lontano, due figure strette in un abbraccio: sono suo figlio e Lucia. Come ha potuto pensare di dividere Michele dalla madre, illudersi di spezzare quella sorta di maleficio con cui lei lo tiene legato? Ancora una volta Lucia ha vinto.

Un figlio non si vince. La voce triste e sommessa di Sally gli stringe il cuore e sente le lacrime pungergli gli occhi. Avverte, d'un tratto, una inspiegabile certezza: dovunque abbia vissuto, qualunque sia il passato da cui si difende, anche lei ha conosciuto la desolazione di una perdita.

Deve vederla. Soltanto Sally può capirlo, confortarlo, tendergli una mano per farlo risalire da quell'abisso di dolore.

IX

SALVATRICE

Maria, io ti battezzo nel nome del Padre, del Figlio e dello Spirito Santo. La voce del sacerdote, curvo sull'incubatrice con una mascherina sul viso, trafisse il cuore di Salvatrice come se stesse recitando un'orazione funebre. La piccola era intubata e attaccata a un respiratore. Ebbe un sussulto appena percettibile quando l'officiante le versò simbolicamente qualche goccia d'acqua sulla testolina attraverso l'oblò dell'incubatrice.

"Adesso dovete uscire" la caposala disse, gentile ma ferma.

Salvatrice annuì e prima di andarsene neppure chiese di poter toccare la sua creatura: sapeva che quello era un nido sterile e che i neonati come Maria non hanno difese immunitarie contro germi e batteri.

Suor Maria l'aspettava: "Andrà tutto bene, devi avere fede" le sussurrò abbracciandola.

Salvatrice annuì di nuovo, ricacciando in gola la ribellione e la sofferenza. In *chi* doveva avere fede? Nell'ostetrica che quattro giorni prima l'aveva aiutata a far nascere la figlia "sana e bellissima"? Nel neonatologo che aveva diagnosticato una "piccola crisi respiratoria"? Nella bontà infinita di Dio?

Entro quella mattina la sua bambina sarebbe stata sottoposta a un delicato e forse tardivo intervento chirurgico: quale disegno divino poteva spiegare il senso di una vita che rischiava di spegnersi dopo quattro giorni di isolamento e di torture, passando dal rettangolo in plexiglas dell'incubatrice a una bara di legno?

Salvatrice distolse lo sguardo dalla vetrata del nido ed ebbe un capogiro. Suor Maria la guidò verso la carrozzella sostenendola per le ascelle e la ricondusse nella sua stanza.

Un'infermiera arrivò subito dopo con una sacca e le infilò l'ago nella vena del gomito sinistro. Quante flebo e trasfusioni le avevano fatto? Ormai ne aveva perso il conto.

"Ora devi riposare" l'infermiera le disse dopo aver regolato il flusso.

Suor Maria si curvò su Salvatrice e le accarezzò una gota. "Devi riposare" ripeté.

"E lei deve promettermi che mi darà subito notizie di mia figlia... Appena uscirà dalla sala operatoria."

"Te lo prometto."

Trenta ore dopo il parto, Maria era improvvisamente diventata cianotica. Quando l'infermiera di turno se n'era accorta, aveva subito chiamato la caposala: ed era scattato il protocollo dell'emergenza. Trasportata nel reparto di patologia neonatale, la piccola era stata subito intubata e attaccata a un respiratore.

Un giovane medico di quel reparto, dai modi bruschi e frettolosi, era venuto nella sua stanza per dirle che erano subentrate "alcune complicazioni" e pertanto la bambina avrebbe dovuto essere sottoposta a un intervento chirurgico.

Poco dopo, forse perché turbato dalla sua reazione, forse perché pentito della propria mancanza di tatto, il medico tornò da lei con tutt'altro atteggiamento. Si sedette accanto al suo letto e gentilmente, con parole molto semplici, le spiegò che la bambina era nata con una cisti broncogena.

"È una patologia non frequente, ma *benigna*" si affrettò a precisare.

Salvatrice pensò che non avrebbero impiegato tante ore per accorgersene, se fosse stata controllata subito. Ma sua figlia era una "neonata da Sant'Anna". Tenne per sé questa dolorosa riflessione. "In... in che cosa consiste?" chiese.

"È una formazione cistica secondaria..." Si interruppe. "Detto in modo più semplice deriva da un anomalo sviluppo uterino dell'albero bronchiale."

Quel termine, *anomalo*, la terrorizzò. "Resterà... menomata?"

"Assolutamente no. Rimossa chirurgicamente la cisti, tutto si risolverà senza lasciare alcuna conseguenza."

"È un intervento pericoloso?"

"È un intervento delicato, ma tecnicamente semplice, che eseguiremo entro la giornata di domani."

"Non mi hanno ancora fatto vedere la bambina... La prego, mi porti nel reparto."

"Hai avuto una grave emorragia e non sei ancora in grado di alzarti."

Grazie alle insistenze di suor Maria e all'intervento dell'ostetrica Aureli, era riuscita a vedere sua figlia poco prima che la portassero in sala operatoria. Era stata suor

Maria a decidere di farla battezzare: Salvatrice non aveva osato ribellarsi, ma in quel momento l'aveva detestata. Quella frettolosa cerimonia le sembrava un segno di pessimismo sull'esito dell'intervento. O l'"omaggio" a un Dio che si era accanito contro una creaturina inerme.

Adesso, tornata nel suo letto e attaccata al tubo della flebo, tutta la rabbia era passata. Svuotata e impotente, non *provava* nulla. Era come una foglia rinsecchita trascinata chissà dove dall'infuriare del vento.

"Salvatrice..." Avvertì il suono di una voce e la pressione di due dita sul polso. Aprì gli occhi, vide l'ostetrica Aureli e capì di essersi addormentata.

"Salvatrice, hanno appena portato la tua bambina in sala operatoria... Andrà tutto bene, vedrai."

È una bambina sana e bellissima. Quella donna l'aveva rassicurata anche dopo il parto e adesso lei non poteva compiere un altro atto di fede nel suo ottimismo.

"Dov'è suor Maria?" chiese.

"Ha ricevuto una telefonata dalla superiora. È andata al Sant'Anna, ma tornerà appena possibile."

Salvatrice chiuse di nuovo gli occhi.

"Stai bene?"

"Sì" rispose con un filo di voce. Vorrei restare in questo letto per sempre, pensò, fermare la vita prima di sapere come è andata l'operazione, prima di essere dimessa dall'ospedale, prima di tornare all'Istituto con la mia bambina...

La vita che avrebbe voluto arrestare si srotolò nella sua mente intorpidita come una bobina impazzita proiettandola nel futuro: fuori dal Sant'Anna, non più ragazza madre ma donna adulta con una figlia adolescente. Fu il buco nero degli anni che la separavano da quel futuro a spaventare Salvatrice. Che lavoro potrò trovare senza un titolo di studio e senza altre esperienze se non stringere vestiti o rifare orli? Su quali entrate potrò contare per pagare l'affitto di una casa, mantenere mia figlia, farla studiare?

Salvatrice si pose quegli interrogativi sempre più lucida e angosciata. Sono nata con la sfortuna addosso, si disse. I suoi ricordi d'infanzia erano stanze in penombra, pomeriggi solitari, esortazioni a "non disturbare" la mamma che stava male. Raggiunta l'adolescenza, aveva sperato con tutta se stessa di scoprire di essere stata adottata.

Invece soltanto il destino avverso l'aveva fatta nascere da quella nefasta specie di padri e di madri capaci soltanto, per natura o inconsapevolmente, di far emergere la parte peggiore dei figli: coltivandone l'aggressività, la sfiducia in se stessi, la mancanza di volontà e di impegno. Salvatrice non aveva mai amato la scuola. Abbandonare gli studi e scappare da casa a sedici anni e mezzo non era stato un atto di ribellione, come aveva a lungo creduto, ma un colpo di testa "scritto" dalla solita sorte avversa, il naturale risultato di una rovinosa crescita.

Smettila di rievocare il passato, si disse con un sospiro.

"Che ore sono?" chiese all'ostetrica Aureli che, in piedi accanto al suo letto, la stava osservando in silenzio e con espressione preoccupata.

"Quasi mezzogiorno. Non è un'operazione grave, Salvatrice."

Maria uscì dalla sala operatoria all'una e poco dopo arrivò il giovane medico che già conosceva...

"È andato tutto bene" disse prima che lei aprisse bocca.

Salvatrice si drizzò sul letto. "Allora posso vederla?"

"Non subito. La stanno portando in terapia intensiva e..."

"*Terapia intensiva*? Vuol dire che è in pericolo?"

"Assolutamente no. Dobbiamo tenerla sotto osservazione e riabilitarla. Gli interventi sui neonati sono sempre delicati, come ti ho già spiegato, ma quello di tua figlia è tra i meno gravi e..."

Salvatrice lo interruppe di nuovo. “Cosa vuol dire *riabilitarla*?”

“Che deve essere messa in grado di respirare autonomamente e di...” Il giovane medico guardò l’orologio. “Te lo spiegherò con calma. Adesso devo tornare nel mio reparto per seguire un altro intervento.”

Salvatrice ebbe il permesso di visitare sua figlia soltanto alle dieci del mattino seguente. Suor Maria non era ancora arrivata, l’ostetrica Aureli era in sala parto e ad accompagnarla fu una giovane e graziosa ragazza che non aveva mai visto prima. Mentre la spingeva sulla sedia a rotelle attraverso il lungo corridoio che conduceva nel reparto di patologia neonatale, le raccontò che frequentava l’ultimo anno di un corso per infermiere e si trovava lì per uno stage di due settimane.

“Amo molto i bambini” le spiegò “e dopo il diploma vorrei lavorare in Pediatria o in Maternità. Purtroppo in queste due settimane mi hanno mandato nel reparto dei patologici; tu non ti fai un’idea di quello che si vede: neonati malformati, neonati immaturi piccoli come una mano, neonati...”

Salvatrice arrestò bruscamente l’argine delle descrizioni. “Mia figlia è ricoverata in quel reparto.” Si trattenne a stento dall’aggiungere: spero che in futuro nessun bambino possa venire a contatto con una persona insensibile e cretina come te.

“Oh... Mi dispiace” mormorò la ragazza. Accelerò l’andatura e tacque fino a quando arrivarono davanti a una grande porta bianca costellata di cartelli: VIETATO L’INGRESSO. SUONARE. SOLO VISITE AUTORIZZATE. VIETATO OLTREPASSARE LA VETRATA.

La ragazza suonò. “Qualcuno verrà a prenderti” disse. E dopo un nuovo "mi dispiace" si allontanò in gran fretta, visibilmente imbarazzata.

Salvatrice restò davanti alla porta chiusa per un tempo che le parve interminabile, lo sguardo fisso sui cartelli, come ipnotizzata, la bocca secca e il cuore che batteva come se dovesse scoppiare.

Finalmente la porta si aprì. "Sei Salvatrice?" Le chiese familiarmente un uomo sulla sessantina in camice verde.

Al suo cenno affermativo le tese la mano. "Sono Amerigo Regis, il responsabile di questo reparto. Ieri ho operato io la tua bambina e l'ho appena visitata."

Come sta? È andato davvero tutto bene? Crescerà come una bambina normale? Quando la toglierete dall'incubatrice? Come fa a sapere il mio nome? Salvatrice avrebbe voluto rivolgergli tutte queste domande, e molte altre ancora, ma aveva le labbra e la lingua paralizzate dalla secchezza. Riuscì solo a chiedere, con voce impastata, la cosa più importante: "Come sta?".

"Tutto procede per il meglio."

"Posso vederla?"

"Certamente sì. Prima, però, vorrei parlarti. Quasi tutte le mamme si spaventano quando vedono i loro figli intubati, immobili, pieni di aghi e di cannule: mi hanno detto che tu sei una ragazza molto coraggiosa, però voglio ugualmente spiegarti che cosa sono e quali funzioni hanno. Prima che possa impressionarti anche tu."

Guidò lui stesso la carrozzella verso il suo studio, poco distante dall'ingresso della Terapia Intensiva.

E quando arrivarono, spostò una poltroncina e si sedette di fronte a lei. "So che ti hanno già informato dell'anomalia della tua bambina" esordì.

"Sì. Una cisti broncogena." Salvatrice rispose come una diligente scolaretta. "*Benigna*" aggiunse in tono esitante, con il terrore di essere corretta.

"È così. Ieri l'abbiamo rimossa, e tutto sta procedendo bene."

Salvatrice fece di sì con la testa. "Questo me l'hanno già detto. Un medico mi ha detto anche che mia figlia crescerà come una bambina normale... Insomma, che non resterà menomata o costretta a curarsi per tutta la vita."

"Te lo confermo. Quando uscirà da questo ospedale, sarà una bambina senza alcun problema. La riabilitazione sarà più facile e richiederà meno tempo perché, diversamente da altri neonati con la stessa anomalia, la tua bambina alla nascita pesava quasi tre chili e, tranne l'apparato respiratorio, tutti i suoi organi sono nei parametri di un completo sviluppo."

"Quanto durerà la riabilitazione? E in che cosa consiste, esattamente?"

"È proprio di questo che volevo parlarti. La tua piccola..." Si interruppe e le chiese: "Come l'hai chiamata?".

"Maria."

"È un bel nome. Sicuramente meno curioso del tuo" commentò con una nota di scherzo. Tornò subito serio e riprese la spiegazione. "Maria è stata operata d'urgenza dopo una crisi respiratoria che già ci aveva costretti a intubarla. Adesso la vedrai in una incubatrice speciale: respira attraverso la ventilazione meccanica, è alimentata con un sondino, monitoriamo continuamente il battito cardiaco e l'ossigenazione del sangue. Tutti i tubi, gli elettrodi e le 'diavolerie' che potrebbero impressionarti servono a questo."

"L'avrei capito da sola" Salvatrice replicò educatamente. "Ma non mi ha detto quanto durerà la riabilitazione."

"Previsioni esatte non posso farne: diciamo che tra un paio di settimane potrebbe essere completamente svezzata dalla ventilazione meccanica. In altre parole, respirare da sola. E anche cominciare ad essere alimentata normalmente, senza sondino, e lasciare il mio reparto per tornare al nido. La terremo sotto osservazione per altri dieci, dodici giorni, poi potrà essere dimessa."

"Adesso potrei vederla?" Salvatrice chiese con impazienza. Perché il primario continuava a parlare? Aveva capito tutto, era preparata alla "impressionante" visione di aghi, tubi e cateteri ed era pronta ad aspettare senza fretta tutti i giorni necessari per la guarigione.

Fretta perché? Per portarla dove? Salvatrice scacciò con furia questi pensieri negativi. Come le ripeteva spesso l'ostetrica Aureli, la sua bambina aveva bisogno di una madre forte, sana e coraggiosa. Scacciò anche il pensiero della madre che era toccata a lei.

Il gentile primario sembrò captare i suoi pensieri. "Vieni, ti accompagno io dalla tua bambina. Non devi preoccuparti per il suo futuro, Salvatrice. Al Sant'Anna hai tante persone che ti vogliono bene e che ti aiuteranno: anche a prendere le decisioni giuste..."

Quali *decisioni?* Quest'ultima frase le sembrò sibillina, ma si guardò bene dal fare altre domande: era smaniosa di vedere sua figlia.

Il gentile primario girò la sedia a rotelle verso la porta del suo studio e la condusse fino all'entrata della Terapia Intensiva. Premette il pulsante e pochi istanti dopo si udì lo scatto dell'apertura automatica. "Lo sai, vero, che non puoi avvicinarti all'incubatrice?" le chiese il primario.

"Sì, lo so." VIETATO OLTREPASSARE LA VETRATA: il cartello lo diceva chiaro.

Varcata la porta del reparto, percorsero un breve corridoio che conduceva in una stanzetta con due poltroncine di plastica ingiallita accostate alla parete destra. Salvatrice ebbe l'impressione che le scoppiasse il cuore e si soffermò su questo particolare prima di sollevare lo sguardo sulla vetrata che occupava tutta la parete di fronte.

Il primario fermò la sedia a rotelle al centro e le disse

con voce gentile: "Maria è nell'incubatrice alla tua sinistra, quella più vicina."

Salvatrice aprì e chiuse gli occhi, respirando a fondo. *Coraggio, guarda.* Si sollevò dalla carrozzella e, aiutata dal sollecito professor Regis, riuscì a scendere.

I palmi delle mani allargati sulla vetrata, puntò lo sguardo all'interno dell'incubatrice. Il cuore le si fermò. Neppure la visione di Cristo sulla croce poteva evocare la sofferenza di quel piccolo corpo straziato, trafitto e imprigionato da un groviglio di tubi e di macchine. Non era spaventata, ma paralizzata dalla pena. Lentamente, con cautela, lo percorse tutto: la testolina appena reclinata, con un ciuffetto di capelli scuri, gli occhi chiusi sotto le ciglia lunghe, il naso con una cannula nelle narici, le labbra da cui era fuoriuscito un filo di muco nerastro, il torso nudo ricoperto di elettrodi, due piccole gambe che spuntavano da un pannolone.

Nei suoi primi sei giorni, Salvatrice pensò, ha conosciuto soltanto il dolore. *E la solitudine.* Ebbe d'un tratto la consapevolezza di quella solitudine, e le parve la violenza peggiore inflitta a quella piccolissima vita. Era passata dal calore del ventre materno all'interno di una incubatrice dove tutto, dalla temperatura all'alimentazione, veniva programmato meccanicamente.

Salvatrice la guardò ancora: sua figlia era lì dentro. *Sola*, pensò. Il plexiglas è una barriera impenetrabile che non le permette di conoscere il calore di un abbraccio, il tocco di una carezza, il conforto di una voce amorosa, il dondolio di una culla, il suono di una ninnananna.

Il primario la prese per un braccio. "Adesso devi tornare nel tuo reparto, Salvatrice."

"Sta soffrendo molto?"

"No, stai tranquilla. Devi rimetterti in forze anche tu."

Avrebbe voluto urlare: non sopportava più quella continua litania di rassicurazioni e inviti a curarsi. E non sopportava nemmeno la gentilezza con cui tutti la trattavano. La metteva a disagio. Dietro a ogni sorriso e ogni attenzione particolare avvertiva il passaparola: è un caso pietoso, una sfortunata ragazza da assistere.

"Andiamo" ripeté il primario. Salvatrice diede un ultimo sguardo alla figlia e sfiorò il vetro con le dita, come se quella carezza potesse giungere a lei.

Dopo averla aiutata a sedersi sulla carrozzella, il primario la condusse fino alla porta del suo studio. "Aspetta qui: telefono alla caposala di mandare qualcuno a prenderti" le disse.

"Professore, quando posso tornare a rivedere la bambina?"

"Se starai bene, anche domani."

Dopo pochi minuti arrivò la garrula infermiera-stagista che poco prima l'aveva portata lì. Salvatrice si era profondamente risentita sentendo le sue lagnanze per essere stata trasferita nel reparto dei "patologici". Ma adesso, dopo aver visto sua figlia, riusciva a capire quanto scoraggiante e difficile fosse il quotidiano contatto con i bambini immaturi, malformati, molto spesso condannati a morire ancor prima di cominciare a vivere.

La ragazza si avvicinò con una espressione più dispiaciuta che mortificata. "Scusami per quello che ti ho detto prima. Ha ragione mia madre, dovrei contare fino a dieci prima di aprire bocca."

"Non importa."

"So che la tua bambina si sta riprendendo alla grande. Sono proprio contenta" disse spingendo la carrozzella verso l'uscita del reparto. "Le hai dato un bel nome: anche mia nonna si chiama Maria" aggiunse.

Il passaparola ha colpito ancora, Salvatrice pensò con una punta di sarcasmo. Sicuramente sapeva tutto di lei, e questo spiegava il suo approccio improvvisamente confidenziale. Ormai anche per questa ragazza lei era un familiare caso pietoso.

"E tu come ti chiami?" le chiese. Meglio ascoltare le sue chiacchiere che inseguire i pensieri cattivi.

"Tilly. È un diminutivo di Matilde. Sarebbe bello se ogni persona potesse scegliersi il nome che preferisce."

"Hai proprio ragione. Tu che nome avresti scelto?"

"Sono indecisa tra Elisabetta e Claudia. Cambiando discorso, lo sai che ieri mattina è venuto un signore a chiedere tue notizie?"

Salvatrice cadde dalle nuvole: "Un signore?" ripeté. "Che cosa voleva?".

"Non lo so proprio. Me l'ha detto una mia amica che lavora nell'ufficio della direzione sanitaria. Se vuoi, posso informarmi meglio."

"Non importa."

"Io sono molto curiosa di natura. Tu no?"

"No."

Erano arrivate nella sua stanza, e Salvatrice desiderava soltanto stare sola per concentrare tutti i suoi pensieri su Maria.

"Hai la camicia sporca di latte" le fece osservare Tilly aiutandola a distendersi sul letto. "Devi chiedere all'ostetrica o alla caposala di fasciarti il seno e darti qualche farmaco per interrompere la secrezione lattea."

"Quando mia figlia uscirà dall'ospedale, voglio allattarla al seno."

Tilly la fissò costernata. "Non potrai più farlo! Con il passare dei giorni il latte ti andrà via anche senza cure. Non te l'hanno insegnato, al corso del Sant'Anna?"

Sì. Suor Maria aveva dedicato ben due lezioni all'allattamento, soffermandosi su tutti i benefici di quello al seno. Ma in quei giorni di tensione e di paure aveva avuto ben altro a cui pensare.

Scambiando il suo silenzio per una attesa di ulteriori spiegazioni, Tilly aggiunse con un tono da giovane e scrupolosa maestrina: "La secrezione lattea si stimola e si prolunga nel tempo soltanto con la suzione. Sei al limite per rimediare: vai nella nursery della Maternità e chiedi di farti usare l'apparecchietto per la suzione meccanica. Devi ripetere questa operazione almeno due volte ogni giorno, così sarai pronta per allattare quando ti ridaranno la bambina. E intanto ti svuoterai il seno". Si interruppe: "Scusa la domanda, ma non ti fa male? Non te lo senti gonfio e duro?".

In effetti era così. Toccandosi automaticamente le mammelle, Salvatrice provò una sensazione di indolenzimento e di peso. Ricordò di averlo avvertito anche nel corso della notte, ma con la mente lo aveva rifiutato, come accade a una memoria troppo piena per raccogliere altri messaggi. Molte altre parti del corpo le dolevano, ma – come diceva spesso suor Maria – se ti concentri su un male fisico, il cervello lo "ricorda" anche quando è passato.

Salvatrice non doveva fare alcuno sforzo per dimenticare il proprio corpo: tutti i suoi pensieri, tutti i suoi problemi, tutte le sue sofferenze erano concentrati sulla figlia. Non riusciva a fare programmi: la sola cosa che aspettava era stringere Maria tra le braccia e attaccarla al suo seno. Quello sarebbe stato il primo momento felice della sua vita.

Ringraziò Tilly per il prezioso suggerimento e aspettò l'arrivo di qualche inserviente o infermiera per farsi condurre al nido. Come aveva fatto a trovare antipatica quella stagista? Tilly parlava un po' troppo, forse, ma lo faceva con un linguaggio semplice e spontaneo "senza contare fino a dieci prima di aprire bocca".

Le sarebbe piaciuto avere avuto un'amica carina, estroversa, curiosa come lei. Ma adesso non le importava più, gli anni trascorsi da emarginata appartenevano a un passato remoto anche se erano trascorsi soltanto diciotto mesi da quando aveva abbandonato la scuola.

Dall'ematologo all'ostetrica, da suor Maria all'internista, tutti le sconsigliarono l'allattamento al seno. Attraverso i loro discorsi, si rese conto del pericolo che lei stessa aveva corso durante e dopo il parto. E capì anche perché si sentiva sempre tanto spossata, perché continuavano a farle iniezioni, fleboclisi e controlli.

Sulle prime non intese ragioni: sua figlia non sarebbe passata dal vetro dell'incubatrice a quello del biberon. Il suo latte avrebbe potuto non contenere le sostanze nutritive necessarie? "Lo faremo analizzare" era stata la sua replica a questo ennesimo tentativo di scoraggiarla. Ma alla fine dovette arrendersi.

Salvatrice, estenuata, sentì la tristezza dilagare in lei come un veleno. Non poteva fare nulla per aiutare sua figlia, nulla per contrastare la loro sorte avversa. Chiuse gli occhi e la tristezza la fece sprofondare nel sonno.

Si risvegliò due ore dopo, di soprassalto, quando Tilly entrò nella sua stanza. Per qualche istante la fissò senza riconoscerla. Si guardò intorno chiedendosi dove si trovava e perché erano spariti gli altri due letti.

Si sollevò dal cuscino spaventata. Era come galleggiare nel vuoto. "Dove sono?" chiese guardandosi nuovamente intorno.

"Nella tua stanza, Salvatrice."

"È... è *un'altra* stanza" balbettò.

"Ieri sera ti hanno portato nel reparto del dottor Capucci. Non ricordi?"

Salvatrice annuì. Capucci, l'ematologo: ma invece di tranquillizzarsi per quell'improvviso ritorno nella realtà, si sentì ancor più spaventata: che cosa le stava accadendo? Perché era sempre così stanca e stordita? Come spiegare le crisi di sonno da cui riemergeva ancora più stanca? Nei rari momenti di lucidità pensava con angoscia a sua figlia e al futuro che avrebbe potuto darle.

Tilly, scambiando il suo silenzio per il dispiacere del

cambio di reparto, le disse con voce allegra: “Qui ti cureranno meglio, e io verrò a trovarti tutte le volte che posso, tanto per fare due chiacchiere”.

“Ti ringrazio, sei molto gentile.”

“Sai, l’umanità non è cattiva come qualcuno crede. Ieri una coppia giovane, ma non giovanissima, è andata dal professor Regis chiedendo se è possibile adottare un neonato del suo reparto. Non succede mai: le coppie senza figli sognano il bambino sano e bello come quelli della pubblicità.”

“Tu sei sempre informata di tutto” le disse Salvatrice abbozzando un sorriso.

“Non proprio: l’amica di cui ti parlavo, quella che lavora alla direzione sanitaria, non ha voluto dirmi chi è quel signore che si è presentato un’altra volta a chiedere di te. Bocca cucita anche su quella coppia.”

“Non importa.”

“Adesso devo scappare nel mio reparto. Stai su col morale, Sally, vedrai che andrà tutto bene.”

Sally: le venne quasi da sorridere pensando ai tempi in cui quel diminutivo la mandava su tutte le furie.

Poco dopo che Tilly se n’era andata, arrivò madre Augusta. Non era mai accaduto che la Superiora andasse a visitare le ragazze madri del Sant’Anna, probabilmente perché le loro degenze erano brevissime.

Sto così male? Salvatrice si chiese. Nel viso rugoso ma sempre disteso da una espressione rassicurante e materna scorse *qualcosa* che non riuscì a decifrare: esitazione? Tristezza? Timore?

Non ebbe il tempo di darsi la risposta. La Superiora accostò la sedia al suo letto e con voce desolata le disse senza giri di parole: “Tra un mese il Sant’Anna smetterà di ricevere i contributi della Regione perché non ci riconoscono più l’idoneità per...”.

“Che cosa significa?” Salvatrice la interruppe. Aveva

intuito la terribile verità, ma voleva prendere tempo per averne la conferma, per illudersi di essersi sbagliata.

Madre Augusta sospirò. "Nel nostro Istituto non esiste un nido, un pediatra, uno psicologo, del personale specializzato... Questo significa che ci hanno tolto sia i mezzi sia il permesso di ospitare le ragazze in difficoltà e i loro neonati."

"Avrebbe dovuto protestare! Difenderci!" Salvatrice proruppe.

"Ho lottato con ogni mezzo... Ho fatto due ricorsi, bussato a tutte le porte. Ma inutilmente..."

Dopo una breve pausa riprese: "Ho dedicato quarant'anni della mia vita al Sant'Anna, trasformandolo in un rifugio per ragazze in difficoltà o incinte, abbandonate dalle loro stesse famiglie. A quell'epoca la gente era più generosa, più sensibile alle sofferenze del prossimo: ci facevano donazioni, offerte, lasciti... E poi ottenni anche le convenzioni e i contributi quale Ente legalmente riconosciuto. Lo sai quante ragazze ho accolto, salvato, convinto a non abortire e a non dare in adozione il loro bambino? Adesso ho dovuto arrendermi. Non potrò più aiutare nessuno..." concluse con la voce spezzata.

E io che cosa farò? Dove andrò con la mia bambina? Non osò chiederlo a quella anziana donna sconfitta.

Ma lei parve captare i suoi interrogativi. "Una soluzione ci sarebbe..." mormorò guardandola negli occhi. Il suo viso aveva la stessa espressione (esitante, triste, timorosa?) di quando era entrata.

Lo spiraglio di speranza si chiuse all'istante. "Quale?" chiese Salvatrice, rassegnata al peggio.

"La tua bambina ha un padre..." disse la Superiora. *Esitante.*

"No: le ho raccontato tutta la mia storia quando mi sono rivolta al suo Istituto perché non sapevo che cosa fare e dove andare" Salvatrice replicò sforzandosi di mantenere il controllo.

"So che il padre della piccola è morto tragicamente poco più di un mese fa" annuì. *Triste.*

"La piccola" ha un nome, avrebbe voluto urlare. Quel generico riferirsi a Maria come se una neonata non fosse ancora *una persona* la fece avvampare d'ira. "Se si riferisce a Fabio Dezzi, è sparito dalla mia vita prima di morire, quando l'avvocato di famiglia mi fece firmare un documento secondo cui..."

"Non serve che me lo ricordi, Salvatrice. È stata un'azione disumana di cui oggi i suoi poveri genitori si sono amaramente pentiti."

Salvatrice sobbalzò: i *poveri genitori? Pentiti?* Che cosa ne sapeva la Superiora? "Madre, lei ha accennato a una 'soluzione'. Per favore, mi spieghi quale senza prenderla tanto alla larga e tirare in ballo delle persone che non conosco e sono estranee ai miei problemi."

La Superiora la guardò nuovamente negli occhi, in silenzio. *Timorosa.*

"E allora?" Salvatrice la sollecitò.

"Dopo la morte del figlio Fabio, i Dezzi, straziati oltre che pentiti, hanno incaricato il loro avvocato di rintracciarti. Sono i nonni di tua figlia, Salvatrice, e intendono farsi carico di lei. Per favore, lasciami finire" disse con voce imperiosa impedendole di aprire bocca. D'un tratto aveva ritrovato voce ed energia.

"Non voglio né soldi, né aiuto da loro" Salvatrice sibilò.

"Non interrompermi!" la Superiora ripeté. "Il risentimento e l'orgoglio non hanno mai aiutato nessuno."

Salvatrice avrebbe voluto ribattere che stava confondendo la dignità con l'orgoglio e che lei non aveva alcun risentimento nei confronti dei genitori di Fabio: erano, semplicemente, due *estranei.*

Ma madre Augusta non gliene diede il tempo. "Quando tu e la tua bambina uscirete dall'ospedale, dove andrete? Io posso tenerti per qualche giorno al Sant'Anna, ma tua figlia sarà affidata direttamente ai servizi sociali. Non hai un lavoro, non hai una casa e purtroppo nemmeno delle prospettive concrete di potertela cavare da sola. Per quanto tempo tua figlia dovrà restare in un orfanotrofio?"

Il buco nero del futuro si spalancò nuovamente davanti a Salvatrice. La Superiora tacque. Consapevole di aver colpito nel segno, aspettò che prendesse atto, fino in fondo, di non avere alcuna via di uscita.

"Che cosa intendono i Dezzi per 'farsi carico' di mia figlia?" chiese Salvatrice a testa bassa e con un filo di voce.

"Ci lasci sole, stiamo facendo un discorso molto importante." La voce della Superiora non era una risposta. Salvatrice seguì il suo sguardo e vide suor Maria avvicinarsi al letto, sorda all'invito ricevuto.

E fu suor Maria a dare a Salvatrice la risposta che aspettava: "L'avvocato dei Dezzi ha chiesto che Maria sia adottata dai nonni e in questi giorni ha raccolto tutte le prove per dimostrare che tu non sei una madre idonea. Se non ti batterai, Salvatrice, perderai per sempre la tua bambina".

Rivolgendosi alla Superiora aggiunse con voce grave: "Io ha fatto voto di umiltà e di ubbidienza: ma spero che Dio mi perdoni se per la prima volta lo infrango. Lei sta cercando di convincere una ragazza che in questo momento non è in grado di reagire. Invece di incoraggiare una natura combattiva e coraggiosa, sta facendo leva sulle sue paure e i suoi problemi. Mi vergogno di lei, madre Augusta".

La fissò aspettando il giusto castigo di una sfuriata. Invece l'anziana Superiora abbassò la testa. "Come posso illudere una ragazza, esortarla a battersi per una causa persa in partenza? E penso anche al bene di sua figlia, costretta per chissà quanto tempo a restare in un Istituto. Anche io amo Salvatrice, suor Maria."

"Mi perdoni per quello che le ho detto. Lei è stremata dai brutti mesi che ha trascorso lottando per salvare l'Istituto e adesso vede tutto nero. Salvatrice deve reagire, perché non è affatto una causa persa in partenza. Ha un'arma infallibile in mano: il documento che l'avvocato le fece firmare, costringendola a disconoscere la paternità di Fabio Dezzi con una formula indegna. Quale giudice perbene può dare in adozione una neonata a due nonni che l'hanno rifiutata, hanno abbandonato al suo destino una ragazzetta incinta di diciassette anni e solo ora, perso l'unico figlio, sono usciti allo scoperto?"

Il cuore di Salvatrice batté forte mentre aspettava la replica della Superiora. Suor Maria aveva ragione!

Madre Augusta, invece, sembrò ancora indecisa. "I Dezzi si sono scelti il migliore dei legali" obiettò.

"Basta un giovane e sconosciuto avvocato per dimostrare che sono dei nonni inesistenti, indegni. E Salvatrice ha i soldi per pagarlo: quelli che si è guadagnata coi suoi lavori di cucito. Se non dovessero bastare, possiamo darle una mano noi..."

La Superiora rifletté qualche istante. "Ammettiamo pure che i nonni non ottengano l'affidamento. Ma che cosa sarà della bambina?"

"Salvatrice *non* la perderà." Suor Maria rispose con foga. "È bravissima nei lavori di cucito e uno dei molti negozi di abbigliamento che si rivolgono al Sant'Anna per questi lavori potrebbe assumerla: magari come commessa. Io ho fiducia in questa ragazza. Madre, ci rifletta."

"Va bene" disse la Superiora. Benché il tono fosse strano, poco convinto, Salvatrice provò il sollievo del condannato a morte che è appena stato graziato.

Dei giorni che seguirono Salvatrice avrebbe conservato pochi, frammentari ricordi.

La visita di Tilly che le diceva con voce allegra: "La mia amica si è decisa a parlare! Il signore che continua ad andare dal direttore sanitario è un famoso avvocato."

La sua dimissione dall'ospedale, due settimane dopo il parto, e il ritorno al Sant'Anna tra le poche ragazze che ancora erano rimaste.

Il trasferimento di Maria, finalmente riabilitata, nel reparto dei "bambini normali".

La prima volta che le fu permesso di cambiarla e di prenderla in braccio. Era *certa* che le avesse sorriso.

La sera in cui si sentì male e fu chiamata un'ambulanza per riportarla d'urgenza in ospedale.

Altre trasfusioni, altre fleboclisi. E tre giorni senza poter vedere Maria.

La visita di suor Maria accompagnata da un giovane avvocato dall'espressione sorridente e rassicurante.

Il primo, *vero* sorriso di sua figlia. Quando si curvò sulla sua culla e la chiamò per nome, lei agitò festosamente le braccine. E le sembrò una bambina *felice*.

La visita del primario: "Domani sarai dimessa e mi hanno detto che tra un paio di giorni manderanno a casa anche tua figlia".

Una stretta al cuore: *quale* casa? Entro quel mese, il Sant'Anna avrebbe cessato l'attività, tornando ad essere un convento di suore. E non poteva più ospitare i neonati, nemmeno per un giorno.

Nel tardo pomeriggio una donna sui quarant'anni entra nella sua stanza. Ha il viso pallido e struccato e lo sguardo tristissimo. "Sono la mamma di Fabio" dice avvicinandosi al suo letto. Scoppia in singhiozzi e Salvatrice prova una infinita pena per lei. Ora che è madre, sa che cosa vuol dire tremare per il terrore di perdere la propria creatura. Questa donna l'ha tragicamente perduta e le sembra la persona più infelice del mondo.

La supplica tra le lacrime di concedere a lei e al marito di adottare la loro nipotina. "Con noi avrà un futuro senza problemi... La *adoreremo*. Ma tocca a te decidere."

Con disarmante semplicità le spiega che il dossier presentato dal giovane avvocato li ha messi con le spalle al muro. "Se riesci a perdonarci, se vuoi davvero il bene di Maria, lascia che faccia parte della nostra famiglia."

L'ha chiamata *Maria*, non "la bambina", "la piccola".

"Se non ci permetterai di adottarla, tra due giorni un'assistente sociale verrà a prenderla e la porterà in un orfanotrofio. È questo che vuoi?"

Le parole fatali. "No... Prendetela voi..."

Come un falco, emerso da chissà dove, l'avvocato si avvicina al suo letto e le porge un documento da firmare. Salvatrice firma e, rimasta sola, crolla esausta. *Mia figlia sarà felice* è il suo ultimo pensiero.

Il ritorno al Sant'Anna. Il viso di ghiaccio di suor Maria, che neppure la saluta. La mano di madre Augusta che le porge una grossa busta chiusa e una carta da firmare per ricevuta. Salvatrice fa un'altra firma. Infila la busta nello zainetto con cui è uscita dall'ospedale e corre fuori. Lontano dal Sant'Anna, lontano dalla vergogna, lontano dallo sguardo sprezzante e di ghiaccio di suor Maria. *E fuori dalla sua stessa vita.*

X

OLIVIERO E SALVATRICE

Fuori dalla vita. Sally sposta delicatamente dalla sua spalla la testa di Oliviero e lo distende sul divano. È crollato all'improvviso, come un guerriero abbattuto, dopo sei ore di sfogo ininterrotto. E mentre le parlava dell'udienza, della crudeltà dell'ex moglie, della disonestà dell'avvocato, dell'amarezza del giudice per la decisione di rifiutare l'affido di suo figlio, Sally aveva rivissuto ogni attimo dei giorni trascorsi in ospedale, dal momento del parto fino alla rinuncia a Maria e alla fuga dal Sant'Anna.

Le era stato impossibile contrastare il flusso di quei ricordi: nel dolore di Oliviero rivedeva il *suo* dolore. Prevedeva via via gli interrogativi, i dubbi, le reazioni di lui come chi guarda per la seconda volta un film già visto.

Entrambi conoscono la desolazione della disfatta e la violenza che si infligge a se stessi lasciando il proprio figlio a persone che hanno manipolato la verità e i fatti.

A lei erano occorsi quattro anni per aprire gli occhi e tentare di riavere Maria con sé. Era stata assistita dallo stesso avvocato, aveva fatto valere i propri diritti con gli stessi documenti, ma aveva avuto contro una nemica in più. *Adesso basta!* Salvatrice, a quell'ordine, subito si acquatta come un cane addestrato.

Sally guarda la sveglia fosforescente sul cantonale: sono le due di notte. A luci spente, per non svegliare Oliviero, raggiunge la piccola stanza da letto. La casa in cui vive, pagando un affitto irrisorio, è tutta lì: un soggiorno con angolo cottura, la camera da letto e un bagno.

Era stata ricavata da un portico e arredata in economia: tranne due vecchi mobili di famiglia, molto belli, tutto era stato acquistato in un mercatone. Ma Anna e sua madre, prima che lei vi entrasse, avevano reso quel bilocale più allegro e accogliente con il tocco di cuscinoni colorati, riproduzioni d'arte, qualche soprammobile.

Sally si sdraia, vestita, sperando di addormentarsi. Ma la mente si rifiuta di cedere alla stanchezza. Sally pensa al bel palazzo nel cuore di Trastevere dove Oliviero vive e dove si trovano gli uffici delle sue aziende. Ricorda gli accenni che lui ha casualmente fatto, discorrendo con Anna, alle sue case di vacanza, ai "punti d'appoggio" a Parigi e a New York. Sally non riesce a quantificare tanta ricchezza e, soprattutto, a immaginare che cosa significhi potersi permettere *tutto*: vedi una cosa che ti piace, un quadro d'autore, un tappeto prezioso? Firmi un assegno e sono tuoi. Ma alla fine che cosa ti resta da desiderare, da sognare? C'è chi pensa di potersi comperare anche i figli, le donne, l'amore, e questo non sempre riesce.

Tuttavia Oliviero è molto diverso dai faccendieri e dai neomilionari che in quegli anni ha visto passare all'Irish Coffee: in lui non esistono ostentazione e arroganza e adesso lei capisce che le esagerate mance erano il gesto di chi ha conosciuto la fatica di arrivare alla fine del mese. È un uomo giunto alla vetta partendo dal "buco" in cui, poco più che ventenne, andò a vivere con la fidanzatina incinta. Messa in un cassetto la laurea faticosamente conseguita, si è concentrato sullo sviluppo dell'azienda paterna.

La sua sola colpa, pensa Sally, è stata di appassionarsi sempre più a un lavoro che inizialmente era stato costretto a fare, ampliandolo e dandogli nuovi sbocchi. Certamente la fortuna gli è stata amica, ma è con la creatività e il talento che è arrivato alla vetta.

A che cosa gli è servito? Adesso è un uomo solo e sconfitto. Può comprare altre case, aprire altri negozi, diventare ancora più ricco: ma a che cosa gli servirebbe? Che cosa cambierebbe nella sua vita? Sally lo conosce ormai abbastanza bene per capire che non appartiene a quel genere di persone che non pongono limiti all'ascesa, che vogliono sempre di più. Per arrivare dove?

Sally se l'è sempre chiesto. Lei confonde ancora le lire con gli euro e quando sente parlare di mezzo miliardo di euro fatica a capire che equivalgono a *mille milioni* delle vecchie lire.

Se io avessi mille milioni, pensa rigirandosi nel letto, avrei una casa di proprietà e mi riterrei già *ricchissima*. Guadagnare mille o centomila euro al giorno (come sentì una volta vantarsi un notissimo cliente dell'Irish Coffee) che differenza fa? Più di due pasti al giorno non puoi fare, più di un vestito e di un paio di scarpe alla volta non puoi indossare. E alla fine ti puoi stancare pure di comperare case e oggetti perché, preso come sei ad accumulare soldi, neppure li puoi godere.

Il suo stipendio di guardarobiera, considerato lavoro notturno, è di millecinquecento euro al mese, escluse le mance. Poiché ha poche esigenze e poche spese, in questi anni è riuscita a risparmiare una piccola fortuna: ma ogni volta che le arrivano i rendiconti della banca, prova una stretta al cuore pensando a quanto diversa sarebbe stata la sua vita se avesse avuto tutti quei soldi all'epoca del parto.

«Sally... Dove sei, Sally?»

La voce di Oliviero precede di pochi istanti un nuovo *basta*. Si solleva dal letto e se lo ritrova accanto. «Scusami» le dice. «Mi sono addormentato senza accorgermene. E ho fatto trascorrere anche a te una notte infernale.»

«Sono soltanto le tre. E domani ho la mattina libera...»

«Adesso vado a casa e ti lascio dormire.» Ha il viso tirato e gli occhi rossi di stanchezza.

«Non puoi guidare!» Sally grida, quasi. Subito spiega, in tono più pacato: «Hai avuto una giornata orribile e non sei in grado di fare tanti chilometri nel cuore della notte, sfinito come sei. Se ti adatti, apro il divano letto e...»

«Grazie, Sally.»

«Grazie sì o grazie no?»

«Accetto il tuo invito. Ma non serve che apri il divano, mi basta sdraiarmi.» Fa una breve pausa. «Sei sfinita anche tu. Ti ho scaricato addosso tutti i miei problemi.»

«Avrei voluto aiutarti. Ma come? Ci sono persone che...» Si interrompe. «Lascia perdere, stavo dicendo un'altra delle mie sciocchezze.»

«*Sciocchezze* perché? Mi interessa quello che pensi, e io per ore non ti ho lasciato dire niente.»

«Potevo soltanto ascoltarti, Oliviero.»

«Finisci il discorso che stavi facendo: *ci sono persone che...*»

«...che giudicano *superficiale* chi non affronta i problemi, non si mette in discussione, non si chiede perché le cose sono andate in un modo anziché in un altro. In realtà sono queste persone a essere superficiali. Non capiscono l'inutilità di porsi domande che non hanno risposte, problemi che è impossibile risolvere.»

Oliviero si siede sul bordo del suo letto e Sally si sposta per fargli posto. «Sono talmente abituata a stare sola e a rigirarmi nei pensieri che sono diventata mio malgrado sentenziosa» dice con un mezzo sorriso.

Sorride anche Oliviero. «*Sentenziosa*, hai detto? È proprio così che, ripensando a certe tue affermazioni, ti ho giudicata. Ma sbagliavo...» Oliviero si allunga sul letto e si gira verso di lei puntandosi su un gomito. «Non so niente di te» dice guardandola.

Questa osservazione, del tutto inaspettata, mette Sally a disagio anche per il modo in cui lui la sta osservando: non è curioso, ma sinceramente interessato.

«Non c'è niente da sapere» si schermisce.

«Alcune persone la riterrebbero una risposta molto superficiale» lui le rifà il verso. Ma non smette di guardarla in modo serio e attento.

«Il mio vero nome è Salvatrice. A sedici anni e mezzo sono scappata da casa, a diciotto sono diventata Sally e a ventidue ho cominciato a lavorare all'Irish Coffee.» Lo dice d'un fiato, quasi con cattiveria. «Vuoi sapere altro?»

«Che fine ha fatto Salvatrice?»

È qui! Da dieci anni sto cercando di seppellirla, ma in sei ore tu me l'hai ributtata addosso con i tuoi problemi!

«Non voglio parlare di lei. È un'altra persona.»

«Però continui a odiarla.»

«Smettila con questi giochetti! Ti farebbe stare meglio sapere che ho sofferto più di te? Vedermi crollare mentre rievoco quella che...» Sally scoppia in lacrime e Oliviero si solleva di scatto, come una molla. Vorrebbe stringerla tra le braccia, confortarla, giurarle che non la tormenterà più. Ma ha paura della reazione di Sally. Se ne sta immobile, muto. E le braccia gli fanno male per lo sforzo di trattenerle.

Adesso capisce perché, d'istinto, nel momento più difficile della sua vita ha pensato a Sally ed è corso da lei: la sola persona che lo avrebbe lasciato sfogare senza esasperare la sua rabbia con parole di giustificazione, senza prospettargli la speranza del "tutto si risolverà col tempo", senza cercare di alleviare la sua sofferenza con parole che, minimizzandola, l'avrebbero acuita. Per sei ore Oliviero ha preso atto della realtà, in una discesa libera verso il fondo dell'ira, dell'impotenza, del fallimento.

Sally ha aspettato che ne risalisse. Proprio questo è il conforto che cercava da lei: sapere che, risalendo, non sarebbe stato solo. C'era lei.

Io amo questa donna. Non è una scoperta improvvisa né una folgorante illuminazione, ma un sentimento che è cresciuto lentamente in lui dalla notte in cui "vide" per la prima volta la guardarobiera e la sentì parlare con suo figlio. È passato attraverso la sorpresa, la gratitudine, l'ammirazione, la curiosità, l'interesse e persino il rifiuto. La certezza di amarla gli riscalda il cuore. Ma *non può* confessarglielo. *Non può* portarla via dal guardaroba in cui si è rinchiusa: per difendersi da quali paure, per espiare quali colpe, per rimuginare su quali dolori? Vorrebbe saperlo soltanto per aiutarla, ma Sally respinge chiunque penetri nel suo passato.

Forse senza accorgersene, sta ancora scendendo verso il fondo, pensa. Il solo aiuto che può darle è quello che ha appena ricevuto: farle *sentire* che, quando risalirà, troverà qualcuno ad aspettarla. Oliviero non ha fretta. Sally è il primo amore della sua vita e questo sentimento gli ha aperto la mente e il cuore. Gli basta starle vicino. Si curva su di lei: si è addormentata. Le si distende accanto, attento a non avvicinarsi troppo. E lentamente anche lui scivola nel sonno.

Quando si risveglia guarda l'orologio: le nove e un quarto. Sente lo scrosciare della doccia e poi il ronzio del phon. Gli sembra di essere tornato indietro di sedici anni, quando viveva con Lucia incinta in un piccolo spazio dove tutto era amplificato: non soltanto i rumori, ma anche le tensioni, il disagio, la sciatteria e lo squallore del "buco".

Ma in *questo* bilocale ha avvertito, nello stesso momento in cui vi è entrato, ordine, calore e quiete.

È il nido di Sally, pensa, il luogo in cui trascorre le giornate senza dover salutare, sorridere, assistere al viavai di ragazzi, coppie e uomini in cerca di evasione. Finalmente libera e non "in un'altra gabbia", come Anna dice scherzosamente. Oliviero si alza e va ad aprire la finestra.

Sally sopraggiunge in quel momento. È vestita e pettinata. «Sono già le nove e mezzo: forse avrei dovuto svegliarti, ma...»

«Ero sveglio, non preoccuparti.»

«Il bagno è lì» Sally dice indicandogli la piccola porta a sinistra. «Sotto lo specchio ti ho messo uno spazzolino da denti e l'accappatoio per la doccia è sullo sgabello.»

«Un servizio a cinque stelle!» la prende in giro Oliviero. È sollevato per quel buongiorno senza disagio, senza alcun cenno alla dolorosa notte che hanno trascorso.

«Il servizio comprende anche la prima colazione.»

La sera precedente né lei né lui hanno cenato. «Ho una fame da lupi. Perché non andiamo da qualche parte a fare una ricca colazione?» le propone.

«Perché in nessun bar puoi trovare le mie squisitezze.»

Un quarto d'ora dopo, quando esce dal bagno, Oliviero trova il tavolo rettangolare che fa da divisorio tra l'angolo cottura e il soggiorno già apparecchiato, con marmellate, biscotti, ciambella e yogurt in bella vista.

«Lo sgabello è sotto al tavolo» dice Sally deponendo sul tavolo un padellino con una dorata omelette.

«Sei una fonte inesauribile di sorprese!» Oliviero esclama mentre si siede. «Non avrei mai pensato che tu...»

«Fossi così ben rifornita? La spiegazione è semplice: alla mattina, quando torno dall'Irish Coffee, faccio colazione e poi vado a letto. Per me è il pasto principale della giornata e al supermercato faccio man bassa di marmellate e dolciumi: i migliori. Qualche volta i biscotti li preparo in casa.»

«Sei una brava cuoca?»

«Assaggia questa omelette e poi giudica tu» Sally risponde mettendola nel suo piatto.

Oliviero affonda la forchetta e assapora con ostentazione il primo boccone. «Davvero eccellente» commenta. «Chi ti ha insegnato a cucinare così bene?»

«Da bambina passavo molte ore con Rosa, la nostra vecchia domestica. Mi voleva molto bene.» Sally si accorge di non avere risposto alla domanda e di avere fatto un insidioso accenno al passato. «Rosa era una brava cuoca» conclude in fretta.

«E tu sei stata un'ottima allieva» le sorride Oliviero continuando a mangiare. Ha capito di essersi involontariamente inoltrato in una zona proibita e associa quel *mi voleva molto bene* al *sono scappata di casa a sedici anni e mezzo.*

«Vuoi una spremuta d'arancia?» chiede Sally. «La madre di Anna me ne ha regalata una cassetta. È una donna straordinaria, sempre in movimento, molto impegnata anche con le attività parrocchiali. Peccato che abbiamo orari tanto diversi e ci possiamo vedere poco.»

«Davvero un peccato» commenta Oliviero, fingendosi molto interessato. Ha capito che Sally vuole distoglierlo da quell'infelice accenno alla sua infanzia e sta parlando a raffica per cercare altri argomenti.

«Allora, Oliviero, te la faccio la spremuta?» lo sollecita.

«Lascia stare. Prendo un altro caffè e poi vado a casa a cambiarmi: il tuo "cinque stelle" non contempla set da barba e biancheria personale» scherza.

«Non spargere la voce altrimenti mi tolgono tutte le stelle» scherza anche Sally.

«Puoi chiedere ai Vasile una serata libera?»

«Sì...»

Oliviero legge nel suo sguardo esitante quello che lei silenziosamente pensa: perché me lo domanda? Che c'entra con il discorso che stavamo facendo? Gli occhi di Sally sono veramente uno specchio e non esiste stato d'animo, emozione e pensiero che non vi siano riflessi.

«Vuoi venire a Roma con me? Faccio un salto a casa,

firmo un paio di documenti in ufficio e poi andiamo... dove vuoi tu. E ceneremo insieme.»

Sally scuote la testa. «Sono molta stanca, Oliviero. Un'altra volta.»

Un'altra volta. È una frase che gli suona tristemente familiare. Negli ultimi mesi vissuti con Lucia, quando ancora si illudeva di poter salvare il loro matrimonio, lei respingeva ogni proposta, ogni richiesta di chiarimento, ogni tentativo di approccio con *un'altra volta*.

Con l'amarezza del passato riemerge, come un pugno in mezzo allo stomaco, la desolazione dell'ultimo scontro davanti al giudice, delle parole piene di odio di suo figlio.

«Sally, ti prego, non lasciarmi solo» dice Oliviero. «So di essere egoista e...»

«Va bene» lei lo interrompe. Non può resistere indifferente a quel tono supplice, non può chiudere gli occhi per non vedere quel viso segnato e stanco. «Ti aspetto qui» aggiunge.

Oliviero si illumina. «Verrò verso sera, così avrai tutto il tempo per riposare. E poi andremo a cena fuori.»

«Devi riposare anche tu. Preparerò qualcosa io.»

Oliviero ritorna alle sei del pomeriggio. Parcheggiata la macchina, vede sopraggiungere la Aygo di Sally. Le fa un gesto di saluto e aspetta che parcheggi anche lei.

«Sono andata a fare qualche spesa» gli dice.

Oliviero la aiuta a svuotare il bagagliaio e quando entrano in casa prova la stessa sensazione di calore e di quiete del giorno prima.

Sally lo invita a sedersi. «Sei riuscito a dormire qualche ora?» gli chiede aprendo il frigorifero.

«Ho guardato un vecchio film alla televisione e mi sono rilassato.»

Mentre Sally svuota i sacchetti e ne sistema il contenuto, Oliviero le fa un dettagliato resoconto di quelle ultime ore. Arrivato a Roma, è andato subito dal direttore della banca che, con un ordine di bonifico permanente, versa gli alimenti sul conto dell'ex moglie. Grazie alla sua collaborazione, ("è un vecchio amico") ha scoperto che da sei mesi Lucia è in rosso di ben duecentomila euro e ha dato come garanzia ("ma non *ipotecato*") la casa di via del Corso.

«Le ho fatto accreditare trecentomila euro e spero che, aperti gli occhi sul Mecci, non si faccia derubare da un altro mascalzone» conclude Oliviero.

Sally si blocca: è sorpresa per la pacatezza con cui Oliviero parla di scoperti e bonifici. Ma, soprattutto, è esterrefatta per l'enormità delle cifre. Come è possibile andare in rosso di *quattrocento milioni delle vecchie lire* in sei mesi? Oliviero (come ha appreso durante lo sfogo della scorsa notte) paga, oltre agli alimenti, le spese condominiali, la coppia di domestici filippini, la scuola privata di Michele.

«Sally, che c'è?» chiede Oliviero.

Lo guarda scuotendo la testa. «Mentre tu parli, io mi sento una aliena. Tu e la tua ex moglie vivete in un mondo che... che...» Non trova le parole per esprimere quello che sente.

«Non io» precisa Oliviero. «Io non ho mai messo piede in un locale dove si pagano quattromila euro per una cena, non ho mai speso più di trecento euro per un paio di scarpe, non ho mai avuto una macchina che costa come un appartamento e ho una domestica a ore che viene a fare le pulizie di casa e a portare in tintoria la roba sporca.»

«Però permetti alla tua ex moglie di...»

«La mia ex moglie mi deruba e sperpera i miei soldi. Capisco bene il tuo sottinteso rimprovero: dovrei porle un freno. Scoperto il guaio in cui si è cacciata, avrei dovuto lavarmene le mani, lasciare che continuasse a indebitarsi fino a farsi pignorare la casa.»

«E perché non l'hai fatto?»

«Non l'ho fatto e non lo farò mai perché a pagarne il prezzo sarebbe mio figlio. Io mi comporto come le migliaia di uomini ricchi che, per portarsi a letto una ragazzina o tenere buona un'amante che non possono sposare, sperperano una fortuna in assegni, gioielli, case intestate. La differenza tra me e loro è una sola: io sperpero il mio danaro per amore di mio figlio. Farei *qualunque cosa*, anche la più abietta, per tutelare la sua serenità. E non mi ripetere, come tutti fanno, che...»

«Non dico più niente. Ti capisco» Sally mormora. Non ha fatto la stessa cosa anche lei? Gira le spalle perché non vuole che Oliviero la veda piangere. *Basta*, si ordina. Ma per la prima volta Salvatrice rifiuta di obbedirle. E d'un tratto Sally capisce che non esistono più brecce. Il muro è crollato e non ha difese contro il passato. C'è una sola domanda che *Sally* non si è mai posta e riesce ancora a non porsi.

Oliviero non fa caso al suo silenzio. Tace anche lui, assorto nei suoi pensieri. Soltanto più tardi, quando si siedono a tavola per la cena, sembra prendere atto della tristezza in cui sono sprofondati. «Scusami, Sally. Non sono un ospite molto brillante.»

«Non lo è nemmeno la mia cena.» Ha dimenticato di mettere il sale nell'acqua di cottura della pasta, lo sformato di verdure si è bruciacchiato e i formaggi dall'aspetto tanto invitante sanno di plastica.

«Ti concederò una prova d'appello» dice Oliviero, avvertendo per primo il patetico sforzo di ravvispare l'atmosfera.

Sally attacca la spina del ventilatore: non bastasse, è una sera umida e afosa. «Devo decidermi a comperare un condizionatore» dice.

«Come vanno i lavori della piscina?»

«Tra due giorni sarà finita e io riprenderò il mio solito lavoro al guardaroba. Se non altro, starò al fresco.»

Quel *se non altro* non sfugge a Oliviero. La fissa esitante, e Sally precede la domanda che non osa farle. «È un lavoro che faccio ormai da sei anni e mezzo. Continua a piacermi, ma certamente non ho realizzato il mio sogno di bambina.»

Qual era il tuo sogno?

Oliviero tace aspettando che sia lei a proseguire. Se lo vorrà. «Io da bambino avrei voluto fare il pilota» dice, quando il silenzio diventa troppo lungo.

«Ho usato un luogo comune. In realtà io non avevo sogni. Ero una bambina solitaria e senza fantasie. Quando Rosa, la nostra domestica, mi raccontava la favola di Cenerentola che andava al ballo con le scarpette di cristallo, provavo molta pena per lei. Doveva essere molto doloroso ballare con le scarpe di cristallo e mi chiedevo perché mai la sua fata non gliene avesse dato un paio di camoscio o di seta.»

«Perché sei fuggita da casa, Sally?» Oliviero chiede: diretto, senza preamboli. È cosciente di avere spericolatamente oltrepassato la barriera dei tabù, ma è pronto a correre il rischio. Ama Sally e vuole aiutarla. È *certo* che ne abbia bisogno. Scruta con ansia il suo viso e vi scorge l'espressione assorta di chi cerca le parole per spiegare qualcosa di difficile e doloroso.

«Me ne sono andata quando ho smesso di detestare i miei genitori...» risponde dopo qualche istante. «Per anni li ho odiati per la loro indifferenza, il loro egoismo, i loro castighi impietosi. Poi ho capito che erano nati *incapaci* di amare, così come si può nascere ciechi o muti o malformati... Senza averne colpa, mi avevano massacrato la vita. Scappai da Avellino, dove ero nata e dove abitavamo, e facendo l'autostop raggiunsi Orte.»

«Perché proprio Orte?»

«Perché durante una vacanza al mare, due anni prima, avevo conosciuto la mia unica amica che abitava in quella cittadina. I suoi genitori erano adorabili... Mi accolsero e mi ospitarono come se fossi un'altra figlia. Restai a casa loro per...»

«E tuo padre? Tua madre? Come reagirono?»

«Quando la mamma della mia amica li avvertì che ero da loro, si misero tranquilli. Non mi hanno mai cercato e io non so più nulla di loro.»

Oliviero è stravolto. «Eri poco più grande di mio figlio... Non riesco a immaginare una ragazzina che fa l'autostop abbandonata a se stessa, per raggiungere un'amica che non vede da due anni, una famiglia che forse non abita neppure più a Orte.»

«Volevano che riprendessi gli studi, ma io rifiutai. Per me "scuola" significava solitudine, emarginazione. La mia famiglia era benestante, eppure ero l'unica della classe a non... Ma basta fare la vittima. Trovai un posto da cameriera in una pizzeria. Mi pagavano in nero: allora non c'erano tanti controlli né sull'età né sui contratti di lavoro.»

Sally tace, perduta nei ricordi, e Oliviero capisce che il peggio non è ancora arrivato. Ma non vuole forzarla a proseguire. E si rende conto, purtroppo troppo tardi, di avere sbagliato violando il tabù del suo passato.

«Conobbi un ragazzo che mi mise incinta... Lasciai la pizzeria e la famiglia di Orte al quarto mese di gravidanza» Sally dice di getto, con una voce arrochita e dura che colpisce Oliviero come una raffica.

Si alza, la solleva dalla sedia e la stringe tra le braccia. «Sally, mi dispiace. Non volevo.»

Sally si divincola. «Andai a Viterbo. Avevo sentito parlare del Sant'Anna, un Istituto di suore che ospitava le ragazze come me, e restai lì fino al giorno del parto. È successo quado avevo diciassette anni e mezzo. La bambina nacque con una malformazione e venne operata due giorni dopo la nascita. Quando è stata fuori pericolo, l'ho data in adozione. E sai a chi?»

Oliviero è terreo. «Sally, ti prego, smettila di farti ancora del male.»

«Me l'hai fatto tu! Perché non mi hai lasciata in pace nel mio guardaroba? Perché hai cominciato a parlarmi, a cercarmi, a interessarti a me, a coinvolgermi nella tua vita?» Sally urla. Ha perduto ogni controllo.

Perché ti amo!

«Non volevo... Non sapevo di farti soffrire» dice piano.

«E invece lo hai fatto. Non provavo niente... *Niente* poteva più raggiungermi, cambiare le mie giornate, costringermi a prendere delle decisioni. Ero riuscita a difendermi anche dall'assalto dei ricordi...» La furia di Sally si è placata, e adesso c'è solo dolore nella sua voce.

Fa una breve pausa e lo guarda negli occhi. «Tu sei stato come un maleficio, Oliviero: dal momento in cui sei sbucato fuori dal gazebo e hai cominciato a parlarmi di te, io ho cominciato a rivivere minuto per minuto il mio passato. Adesso non riesco più a salvarmi dai sensi di colpa... Ma nemmeno dalle emozioni, dai sentimenti... Ho perso il controllo di me stessa.»

Fa un'altra pausa. «Non voglio vederti più. Devi sparire dalla mia vita. *Subito*» conclude, di nuovo furiosa. E lo spinge verso la porta.

Oliviero percorre esitante il breve tratto di strada che lo separa dalla macchina. Apre la portiera, si siede e appoggia le mani sul volante. Resta così per qualche minuto, stordito e paralizzato dalle parole di Sally. La sola idea di non vederla più gli è insopportabile. *Tu sei stato come un maleficio.* Non sopporta nemmeno di renderla tanto infelice. Ma mentre mette in moto avverte uno strano malessere; e quando imbocca il sentiero che porta alla statale questo disagio diventa un malessere fisico. Non è mai stato superstizioso, ma si sente lui stesso oggetto di un maleficio: *nel momento in cui arriverai alla statale avrai perduto Sally per sempre.*

Procedendo lentamente, vede uno slargo alla sua destra: gli sembra un segnale scaramantico, una irripetibile opportunità di fare retromarcia e salvare il rapporto con Sally. Ripercorre il sentiero, in senso inverso, con la smania di arrivare: se rifiuterà di aprirgli la porta, resterà ad aspettarla per tutta la notte. Se gli ordinerà di andarsene, *subito*, questa volta non lo farà. Se reagirà con un'altra sfuriata, non si farà spaventare. Se si rinchiuderà dietro il muro che ha eretto per difendersi dal passato, lo abbatterà.

Non riesco più a salvarmi dalle emozioni, dai sentimenti.

Quella frase, che lo aveva colpevolizzato e convinto ad andarsene, adesso gli allarga il cuore: non era una accusa, ma una involontaria ammissione di cedimento. L'amore che prova per lei ha *già* abbattuto quel muro.

Raggiunge la casa di Sally e preme il campanello una volta soltanto, imperiosamente, forte di questa improvvisa certezza. Sally non gli ripeterà di andarsene, non lo lascerà davanti alla porta chiusa.

E non sbaglia. La porta si apre dopo pochi istanti. Sally sussurra, quasi lo chiedesse a se stessa: «Sei tornato...». Nella sua voce c'è incredulità, sorpresa.

Oliviero allunga le braccia e se la stringe contro sopraffatto dall'emozione e dal sollievo. Gli sembra di avere girato a vuoto anni e anni solo per raggiungere questo momento. Dopo una vita di battaglie, di sconfitte e di successi senza gioia, adesso è arrivato al traguardo: stringe a sé il bene più prezioso, e vorrebbe che quell'abbraccio non finisse mai.

«Ti amo» le dice piano.

Sally solleva il viso inondato di lacrime. «Ti amo anch'io.»

Si scioglie dalla sua stretta e aggiunge: «Devi sapere tutto di me».

È come il crollo di una diga. È Oliviero, adesso, ad ascoltare in silenzio l'inarrestabile sfogo di Sally. Giorno dopo giorno, momento dopo momento, lei rievoca per la prima volta il suo passato. Sally è di nuovo Salvatrice e, mentre parla, riallaccia il filo con la vita che aveva interrotto la sera della fuga dal Sant'Anna. E, per la prima volta, ricolma il buco nero dei quattro anni trascorsi prima di arrivare all'Irish Coffee.

«Nella busta lasciata dall'avvocato dei Dezzi c'erano ottanta milioni di lire. Andai alla stazione e aspettai non so quanto tempo un treno per Roma. All'arrivo, mi feci portare da un taxi nell'albergo più vicino. Mi misi a letto e caddi addormentata. Restai lì due giorni. Non ricordo se mangiai, se feci una doccia, se uscii... Al terzo giorno il portiere dell'albergo mi indicò una pensione dove avrei potuto trovare vitto e alloggio. C'era una stanza libera e una padrona molto gentile. Dormivo, mi alzavo per i pasti e tornavo a dormire...»

Sally fa una pausa. Poi riprende: «Per quattro anni ho vissuto come in trance. Senza sentimenti, senza esigenze, senza altra fatica se non quella di scacciare i soprassalti di disperazione e di sensi di colpa. Ho un solo ricordo preciso: quello dell'incontro con il giovane avvocato che mentre ero in ospedale aveva raccolto tutte le carte per dimostrare che i Dezzi non avevano alcun diritto di adottare mia figlia... Non sapeva che la madre di Fabio, approfittando del mio stato di stordimento e di debolezza, mi aveva convinto a rinunciare a mia figlia. Impedendomi poi di rivederla... Indignato, si offrì di presentare un ricorso. Mi disse che il solo ostacolo poteva essere la mia impossibilità di mantenere mia figlia. *Dovevo* presentarmi all'udienza con un contratto di lavoro. La speranza di rivedere Maria mi fece uscire dal sopore di vegetale... Cominciai a leggere gli annunci con le offerte di lavoro... Lessi che in un locale di imminente apertura, l'Irish Coffee, cercavano del personale...».

Sally si interrompe, come a ricercare il filo di quegli eventi. «Prima dell'udienza il giudice volle parlare con me. Era un uomo anziano, molto paterno e comprensivo. Mi disse che i Dezzi non potevano *comunque* vietarmi di avere dei contatti con mia figlia.»

Sally si interrompe nuovamente, estenuata. I suoi occhi si riempiono di lacrime. «Quel bravo giudice disse ai Dezzi che, prima di decidere, doveva capire quale fosse il bene della minore... E dispose che Maria trascorresse dieci giorni con me, in una colonia marina dove mi avrebbero ospitato gratuitamente. Ci diedero una bella stanza con una terrazza affacciata sul mare... Ma dopo tre giorni la riportai dai nonni. La bambina mi respingeva... Non voleva nemmeno che la toccassi... Di notte piangeva, chiamava la sua tata. Non intendevo rinunciare a lei... Speravo che col tempo si abituasse a me... Purtroppo il giudice mi tolse anche il diritto di visita. Come dargli torto? L'avvocato dei Dezzi aveva raccolto un dossier contro di me. Risultava che ero una ventiduenne oziosa, nullafacente, inaffidabile, indegna... Una madre sventurata che, ricevuta alla mano, aveva *venduto* la figlia...»

Il racconto di Sally si conclude in un pianto irrefrenabile.

«Mio Dio...» Oliviero è sconvolto. «Mio Dio...» ripete. Non trova parole per esprimere l'indignazione e la pena che prova.

Circonda amorosamente le spalle di Sally. «E Maria? Sai dov'è, come sta?»

È la domanda che Sally si è sempre vietata di porsi. *La sola* che neppure Salvatrice ha osato porle nelle sue impietose ricomparse dal passato.

«Adesso ha undici anni. Non so altro di lei» risponde, irrigidendosi.

«Ma è ingiusto! Sally, ti troverò il migliore degli avvocati. Tu hai il diritto di rivedere Maria, di riaverla con te!»

Sally lo guarda con amarezza, scuotendo la testa. «Anche tu avevi questo diritto. Hai addirittura vinto una causa... Ma hai lasciato Michele con sua madre.»

«Ma io so dov'è. Posso vederlo, aiutarlo se ne avrà bisogno. Per te è diverso. Quello che ti hanno fatto è infame. Come puoi vivere senza sapere nulla di tua figlia?»

«So che i nonni le vogliono bene e io ricordo il suo strazio di bambina quando la allontanai da loro. È alla *sua* vita, al *suo* bene che penso. Per Maria io non esisto: ricomparendo dal nulla, le provocherei solo turbamenti, problemi, insicurezza, rancore...» *Vattene via. Sei cattiva.*

«Sally, adesso ci sono io. Posso aiutarti, parlare con Maria, farle capire che...»

«*Basta*» lo interrompe, dura, Sally. «Stasera, parlando di Maria e di quello che ci ha divise, ho capito di avere già toccato il fondo del dolore. Da molto tempo mi sono rassegnata alla sua perdita. Sono sicura che lei cresce serenamente e io non voglio continuare a farmi del male.»

«Scusami, Sally. Ti giuro che...»

«Non parliamone più. È la sola cosa che ti chiedo.»

Seconda parte

LE VITE RITROVATE

L'umanità (sei miliardi di persone) si
divide tra coloro che dicono "ancora"
e coloro che dicono "basta".
Un miliardo di derelitti muore
senza poter dire nulla.

XI

BUON ANNO

È una diatriba che dura da sei mesi. Secondo Oliviero, la nostra storia è cominciata il 30 giugno, giorno in cui gli feci trovare un set da barba sul ripiano del bagno e un pigiama da notte sotto al cuscino. Io la faccio invece risalire a una settimana prima, il 23, quando facemmo l'amore per la prima volta. Alla fine ha ceduto lui, ma continua a difendere la propria versione.

Stasera siamo a cena a casa di Anna e Alberto e, arrivati al dessert, Oliviero coinvolge anche i Vasile nella diatriba: solo *per principio*. Secondo loro, che cosa distingue una relazione da un rapporto di coppia, un'avventura da un amore vero? Si dà le risposte da solo. «È la consapevolezza di non avere *mai* provato un sentimento tanto forte, la certezza di aver trovato la persona giusta, il desiderio di vivere per sempre con lei. In una parola, il senso della *stabilità*. Non siete d'accordo con me?»

Sono io a rispondere. Sempre per principio. «Certamente sì. Però mi sembra limitativo vedere la *stabilità* in un set da barba e in un pigiama!»

Oliviero reagisce come fa sempre a questa mia obiezione: scuote la testa e mi lancia un'occhiata rassegnata e compassionevole, come il professore che ascolta l'allieva dura di comprendonio: «Quei tuoi acquisti avevano un significato simbolico!» esclama. «Mi avevi fatto posto nella tua casa e nella tua vita.»

Alberto gli dà manforte: «Prima di conoscere mia moglie, capitò anche a me un'esperienza simile con una donna: ma alla comparsa di un rasoio le mandai una bella orchidea e non mi feci più vivo. Altro che gesto simbolico, era un segnale inequivocabile di acchiappo!».

Anna, ovviamente, sta dalla mia parte. «Sally non è certo una donna da "acchiappo" e Oliviero, a suo modo, dimostra un certo romanticismo con la sua interpretazione "simbolica". Ma credo che non avesse bisogno di un rasoio e di un pigiama per capire, di essere *già* entrato nella sua vita!» Si rivolge a me: «Sbaglio?».

«Assolutamente no. Purtroppo, a differenza di Oliviero, non posso entrare nei particolari per spiegarvene la ragione» ridacchio.

Il 23 giugno Oliviero volle portarmi a vedere Parigi. Durante il volo mi parlò di tutte le cose che mi avrebbe fatto scoprire, di tutti i posti che avremmo visitato. Dall'aeroporto andammo direttamente al suo "punto di appoggio": due locali nel cuore di Montparnasse, la soffitta d'un vecchio palazzo trasformata in mansarda, con un piccolo terrazzo tra i tetti.

Restammo chiusi in casa per tre giorni, e vidi Parigi solamente dall'alto, negli splendidi scorci panoramici che quel terrazzo offriva.

Oliviero consegnò al *concierge* una lista di spese (per lo più vini e bevande varie) ed era il *concierge* stesso, all'ora dei pasti, a portarci i piatti ordinati a un vicino ristorante.

Sia a mezzogiorno sia alla sera mangiavamo sul terrazzo. Mi guardavo intorno, e mi sembrava di essere in paradiso.

Fu a Parigi che facemmo l'amore la prima volta. Per me *era* la prima volta, perché non avevo mai conosciuto altro che i veloci approcci di un ragazzo eccitato dall'alcol o impasticcato.

Oliviero mi raggiunse a letto e mi raccolse tra le braccia. Sentivo il suo cuore battere forte. E quando il suo corpo fu sopra il mio, mi aggrappai a lui con un gemito di sollievo. Non avevo alcun ricordo di un abbraccio, di un gesto tenero, di un corpo appassionatamente stretto al mio: mentre Oliviero entrava dentro di me, questa solitudine fisica sparì e fui sommersa da una dilagante sensazione di calore e di beatitudine.

In quel momento capii di appartenergli.

La voce di Oliviero, allegra ma con un filo di ansia, mi riporta alla realtà. «Ehi, Sally, dove sei?»

Ha ancora paura dei miei momenti di silenzio. Se mi vede assorta o distratta, subito si allarma pensando che io non mi sia ancora liberata del passato. Non gli viene neppure in mente che io possa essere concentrata sulla lista delle spese a chiedermi che cosa manca nel frigorifero. Oppure, semplicemente, pensare a quanto mi sento felice.

«Pensavo che sono molto felice» ripeto a voce alta. «A poche donne capita la fortuna di conquistare l'amore di un uomo con un set da barba.»

Vedo il sollievo sul viso di Oliviero.

Anna incalza ridendo: «Io insisto sui "particolari": che cosa è successo il fatidico 23 giugno?».

Alberto affonda la paletta nella millefoglie. «Sono andati a Parigi, non ti ricordi?»

«È la seconda fetta, smettila di strafogarti!» Anna riprende il marito. Subito aggiunge: «Ricordo bene quel loro viaggio. Ma quando un uomo e una donna fanno una vacanza romantica, sono *già* una coppia» insiste.

«Mi arrendo. Il nostro anniversario sarà il prossimo 23 giugno» sbotta Oliviero fingendosi irritato.

Gli sorrido. Mi sto davvero *abituando* a essere felice.

Nel mio "cinquestelle" ho liberato due cassetti e metà dell'armadio per fare posto alla biancheria e a un paio di abiti di Oliviero.

Tra me e lui esiste un altro "contenzioso", molto personale e affrontato seriamente una sola volta due settimane dopo quell'indimenticabile viaggio a Parigi. Nel primo pomeriggio (stavo annaffiando l'orto della madre di Anna) vedo arrivare un furgoncino: è quello di un fiorista. Il ragazzo mi consegna con un'espressione quasi divertita un mazzo di rose rosse col gambo lungo, talmente enorme che sono costretta a cercare un secchio per sistemarle.

Soltanto dopo averle liberate dall'involucro e dal nastro che le teneva strette trovai un sacchetto di velluto rosso: senza alcuna intestazione. Conteneva un bigliettino senza firma, con un interrogativo di due parole: *Vuoi sposarmi?* Scivolata nel fondo, trovai una veretta d'oro bianco circondata di brillanti così luminosi da sembrare uno dei gioielli che trovi a cinque euro nei negozi dei cinesi. Invece era di Bulgari.

Aspettai il ritorno di Oliviero sospesa tra ansia, confusione, disagio. Arrivò più tardi del solito, alle nove, quando ormai avevo ben chiaro quello che dovevo fargli capire.

Non potevo sposarlo, non potevo lasciare il mio lavoro all'Irish Coffee, non potevo trasferirmi nella sua lussuosa casa romana a fare la ricca signora oziosa. Con l'aiuto del suo amore ero riuscita a ritornare al passato, a colmare gli anni che erano trascorsi senza me, affrontando, senza crollare, tutti i sentimenti e le sofferenze che avevo tentato di respingere.

Adesso stavo cominciando a riabilitarmi alla vita, come una paralitica che miracolosamente riesce a sollevarsi dalla carrozzella ma non è ancora in grado di camminare. E, a ogni passo che tenta di fare, ha paura di inciampare o di perdere l'equilibrio. Io non ero *pronta*. Miracolata dall'incontro con Oliviero, dovevo avere il tempo per *abituarmi* anche alla sicurezza, a tutte le cose belle che non avevo mai conosciuto.

Fu quello che gli spiegai: e Oliviero capì. La sola cosa che mi chiese fu di portare la sua veretta. Me la infilò lui stesso all'anulare destro ("quello sinistro lo teniamo libero per la fede nuziale").

Capirono anche i Vasile: tuttavia Anna mi diede della masochista e della pazza e Alberto riassunse le mie spiegazioni come "seghe mentali". E accettarono subito la mia richiesta di cambiare orario di lavoro.

Lasciai il guardaroba e, per lo stesso stipendio, affiancai Anna, dalle due del pomeriggio alle dieci di sera, con il vago ruolo di sua assistente. Nel volgere di poche settimane lo concretizzai, riuscendo a capire che cosa potevo fare o ideare per sentirmi davvero utile.

All'Irish Coffee era appena arrivato un nuovo chef e io proposi ad Alberto di *non* lasciargli mano libera negli acquisti e nella scelta dei punti di vendita: controllando con Anna le fatture, dovette convenire che i costi della cucina erano effettivamente eccessivi e che lo chef precedente, per incuria o per calcolo, si rivolgeva a fornitori notoriamente esosi.

Dopo qualche giorno di ricerche e di contatti, Anna ed io trovammo un punto vendita di alimentari all'ingrosso con carni, pesce, verdura fresca di ottima qualità. Alberto andò a firmare un contratto e ottenne un ulteriore sconto rispetto ai prezzi di listino già molto convenienti.

Al lunedì, giorno di riposo del nostro locale, facevo con Anna la lista delle spese settimanali, che ci venivano recapitate direttamente dal venditore, e ogni due giorni, in base alle indicazioni dello chef, preparavamo la lista di alcuni ingredienti o cibi che io andavo personalmente a ritirare con il Suv dell'Irish Coffee.

L'antica irrequietezza di Alberto aveva qualche soprassalto anche nelle sue manie di cambiare periodicamente sia il tipo di tovaglie sia le aziende specializzate nella fornitura e nei cambi giornalieri. Ma nessuna tovaglia lo soddisfaceva. Io proposi di rinunciare a quel servizio: potevamo sceglierle in base al tessuto e al colore che Alberto riteneva "il massimo" e lavarle e stirarle per conto nostro.

Ancora una volta Anna ed io, dopo un giro di ricerche, gli portammo tre cataloghi di campionature e Alberto, con un urlo di esultanza, identificò la tovaglia dei sogni: un rigatino avorio-azzurro-arancione in uno speciale tessuto antipiega e antimacchia. Andò letteralmente in estasi quando io (approfittando di ogni minuto libero) riuscii a ricamare in un angolo il logo dell'Irish Coffee. Oliviero stesso restò a bocca aperta nell'ammirare i miei ricami.

Ma vi sono anche le incombenze della quotidianità: le apparecchiature dei tavoli; lustrare i bicchieri usciti dalla lavastoviglie col segno, pur impercettibile, del calcare; preparare i centrotavola con fiori che devono essere sempre freschi e di genere diverso; prendere nota delle prenotazioni e assegnare il tavolo più idoneo a ciascun cliente; scrivere a mano i menu indicando i "consigli dello chef".

Quest'ultima aggiunta, che mi sembrava già troppo usata in molti ristoranti, su mio suggerimento è stata recentemente sostituita dalle "*ricette*" dello chef: Alberto ha scritto al computer – e via via lo aggiorna – un opuscoletto che spiega gli ingredienti, la preparazione e il contenuto calorico di ogni piatto servito all'Irish Coffee.

Per la clientela più giovane ho avuto un'altra idea: i ragazzi che cenano al pianobar ricevono in omaggio un CD con gli evergreen della musica pop e rock. Nicola, l'animatore, ci è stato di grande aiuto: ha trovato un distributore che ce li fornisce a un prezzo speciale, cinque euro: il distributore guadagna sulla quantità dei CD che ordiniamo e per l'Irish Coffee è una cifra irrisoria rispetto al costo delle consumazioni e all'incremento della clientela. Sui CD abbiamo applicato un'etichetta con il logo del locale, cosicché sono diventati un *cult*, un segno di appartenenza alla casta dei privilegiati che possono permettersi una notte all'Irish Coffee.

Ieri sera Alberto mi ha detto che sono una ragazza *molto ingegnosa*. Anna ha replicato che è un complimento riduttivo: secondo lei ho il talento di una imprenditrice nata!

Si comincia a parlare di recessione e di crisi, ma nel nostro locale non si avverte ancora. Come afferma cinicamente Alberto, i milionari restano milionari anche se diminuiscono il fatturato, e per loro centomila euro equivalgono a un centesimo di un povero pensionato.

Grazie al mio nuovo orario, io e Oliviero possiamo condurre l'esistenza di tutte le coppie che lavorano: ci svegliamo insieme, facciamo colazione e ci ritroviamo alla fine della giornata: sempre lunga anche per lui, sia che lavori nel suo ufficio romano, sia che debba visitare una delle sue fabbriche. Può accadere (però negli ultimi sei mesi è accaduto soltanto una ventina di volte) che debba andare all'estero o troppo lontano per poter rientrare alla sera. In questo caso mi fa una telefonata interminabile prima che mi addormenti. Di norma, mi raggiunge all'Irish Coffee verso le nove, mangiamo qualcosa con Anna e Alberto e poi torniamo nel nostro "nido", come lo ha ribattezzato.

Dopo le settantuno rose rosse col gambo lungo e la spiegazione che seguì, non mi ha più fatto pressioni. Ma in modo scherzoso (è diventato ormai una specie di gioco tra noi) mi fa rimarcare quello che io stessa so bene: la mia riluttanza a sposarlo e trasferirmi nella sua casa, il mio rifiuto di qualunque aiuto economico possono apparire quanto meno stravaganti. Oliviero continua a darmi il tempo di cui ho bisogno, ma mi punzecchia raccontandomi, in una versione paradossale, il finale delle favole più note.

La Bella Addormentata, aprendo gli occhi al bacio del principe, reagisce con furia: come si è permesso di risvegliarla? Stava facendo un sogno bellissimo. E quando lui si difende dicendole "sono il tuo principe azzurro", lei lo invita ad andarsene: è solo un gran cafone.

Cenerentola, scappata dalla festa allo scoccare della mezzanotte, ritorna nei suoi stracci: e coi piedi indolenziti dalle scarpine di cristallo, ricomincia a fare la serva alla matrigna e alle sorellastre. Ma nel cuore ha il ricordo del bel principe... Il suo sogno si infrange quando viene a sapere che lui la sta cercando facendo misurare la scarpetta perduta a tutte le ragazze del circondario: quello non è un principe, ma un feticista che si è innamorato di un bel piedino! Metti caso che la scarpetta fosse andata bene a una nana o a una cinesina, se la sarebbe presa come un deficiente! *Pussa via*, gli dice Cenerentola quando questo deficiente la invita a seguirlo al Castello.

Biancaneve, salvata dagli adorati nanetti che vanno a lavorare duramente nella miniera, vive felice nella loro bella casetta. E quando il principe la invita a seguirlo al Castello si sente trattata come un pacco postale. Perché non ha esteso l'invito anche ai sette nani? Meglio restare nella casetta che salire sul cavallo di quel tirchio privo di buoni sentimenti e di rispetto per i "diversi".

Cappuccetto Rosso è stata segnata a vita dalla crudeltà con cui il cacciatore ha ucciso il lupo per tirargli fuori dalla pancia la nonna. A parte che la cara vecchietta era una rompiballe che la costringeva ad attraversare il bosco con un cestino pieno di leccornie per soddisfare la sua gola, la ragazzina ama e comprende gli animali. È certa che diventano feroci soltanto se vengono spinti dalla fame o dalla crudeltà degli umani.

La morale delle favole (che mi fanno sempre ridere, ma anche riflettere) sta nel sottinteso messaggio di Oliviero: sei una "principessa" cocciuta, eccentrica e pazza. *Ma ti amo. Non potrei più vivere senza di te.* Me lo ripete ogni sera, prendendomi tra le braccia.

Uno degli eventi più rasserenanti di questi mesi è stato il riavvicinamento, pur sporadico e ringhioso, di Michele a suo padre. Anna mi ha raccontato quello che Oliviero non sa e io mi guarderei bene dal riferirgli: dietro la prima telefonata del figlio, avvenuta nel settembre scorso, c'è una iniziativa personale di Lorenza Auletti, e cioè una lettera inviata alla ex moglie. In modo formalmente amichevole ma sostanzialmente esplicito, il "mastino" le ricordava di essere uscita perdente dalla causa per l'affido e che soltanto per una spontanea decisione, dettata da sensibilità e generosità, il suo assistito le aveva lasciato il figlio e manteneva, inalterati, sia l'assegno alimentare sia tutti gli oneri che, sempre spontaneamente, si era da anni assunto. In cambio, il suo assistito chiedeva soltanto la possibilità di incontrare il figlio, quando e dove questi avesse voluto.

Lucia, troppo sveglia per non captare il sottinteso aut-aut (niente incontri, niente "elargizioni") fu costretta a cedere. Michele fece la prima telefonata al padre pochi giorni dopo l'intervento dell'avvocato Auletti e in tre mesi vi sono stati tre incontri.

Il primo risale a una serata "speciale" organizzata per festeggiare il quindicesimo compleanno di Michele. Alle sette del pomeriggio, dopo aver aiutato Anna e Alberto a preparare i tavoli, scegliere i gadget da far trovare a ognuno dei quaranta invitati sotto al tovagliolo, io ritornai a casa: sorda alle insistenze di Oliviero "resta anche tu, non capisco perché vuoi sparire, mio figlio ti rivedrà volentieri".

Mi raggiunse all'una di notte, mentre la festa era in pieno svolgimento. "Non ho mai visto un casino simile" fu il solo commento. La sua espressione si schiarì quando gli porsi una tazza di tisana e gli dissi che i ragazzi fanno sempre "un gran casino".

Il giorno successivo Alberto mi raccontò che gli invitati di Michele sembravano essere stati raccattati a casaccio: le femmine direttamente dal marciapiede, i maschi da un assembramento di balordi. Erano arrivati già sbronzi e alle tre avevano tentato di dare l'assalto al bar.

Occorse una intera giornata per rimettere in ordine il pianobar e la sala ristorante.

Del secondo incontro tra padre e figlio non so nulla. Oliviero è tornato più cupo che mai. "Il solo male che mi evito è vederlo casualmente per strada, tra quindici o vent'anni, e non riconoscerlo" è quello che mi ha detto.

Il terzo incontro risale a due settimane fa, preceduto da una lunga telefonata che Lucia gli ha fatto sul cellulare alle dieci di sera. Attraverso le secche risposte di Oliviero e il particolareggiato resoconto che lui stesso mi ha fatto subito dopo, ho appreso che l'ex moglie gli chiedeva di ristabilire un rapporto "civile" per il bene del loro figlio. Con questo termine, "civile", intendeva vedersi periodicamente, concordare le decisioni e i comportamenti come fanno tutti i genitori divorziati, e partecipare agli incontri tra padre e figlio. Il finale e duro "Non se ne parla nemmeno!" era il rifiuto dell'ultima proposta: iniziare il disgelo con una cena "in famiglia" nella casa di via del Corso.

La prima lite tra me e Oliviero è avvenuta in quella occasione, quando gli ho fatto notare che, declinando con tanta violenza quell'invito, avrebbe ottenuto un solo risultato: radicare definitivamente in Michele la certezza del suo odio per l'ex moglie, al punto da respingere anche un generoso e civile atto di resa.

"Quale *civile*? Quale *generoso*?" si è infuriato.

"Così la pensa Michele. Probabilmente Lucia lo ha fatto assistere alla vostra telefonata."

"Ne sono certo! Ma io non casco nella trappola, non voglio riavvicinarmi a mio figlio con la sceneggiata della famigliola riunita!"

Dopo un'ora di discussione, Oliviero ha richiamato la ex moglie e la sera dopo è andato a cena da lei. È tornato poco dopo la mezzanotte, estenuato e tetro. "Michele ha raggiunto gli amici a metà della cena e per due ore io e Lucia siamo tornati ai bei tempi andati: recriminazioni, lagnanze, palate di sensi di colpa."

"E Michele come si è comportato? È stato contento di..."

"Più che contento: felice di vedermi a disagio e di aver toccato con mano che sono ancora ricattabile."

L'Irish Coffee chiude per ferie quindici giorni all'anno, dal 23 dicembre al 6 gennaio.

Alberto, suo fratello, le loro famiglie e i loro genitori si riuniscono per le vacanze di Natale a Maiori, sulla costiera salernitana: è il luogo d'origine dei Vasile, e la vecchia casa dei trisnonni è stata via via ingrandita e ristrutturata da quattro generazioni. Con gli ultimi lavori eseguiti dal fratello di Alberto, da un inutilizzato deposito per attrezzi è stata ricavata una stanza per gli ospiti con un piccolo bagno.

Quest'anno, per la prima volta, Oliviero ha accettato l'invito a festeggiare l'anno nuovo con i Vasile e quella stanza sarà riservata a noi. Partiremo il 29 dicembre e ritorneremo il giorno dell'Epifania con Anna e Alberto.

Passeremo invece a casa le feste di Natale. Oliviero è stato dieci giorni negli Stati Uniti e cinque in Germania.

Ai molti problemi di lavoro (ritardi nella consegna dei filati, contenzioso con il direttore marketing, produzione difettosa di tre capi-spalla) si sono aggiunti quelli famigliari: Michele ha ricominciato a fargli la guerra dopo il rifiuto di passare le feste a Cortina con lui e la madre.

Qui tutte le mie argomentazioni e le mie insistenze si sono rivelate inutili: "Questa volta non permetterò a Lucia di ricattarmi servendosi di nostro figlio per farmi un invito *inaccettabile*!".

Anna gli dà ragione. È il tardo pomeriggio del 20 dicembre e ci troviamo a Roma impegnate in un giro frenetico di negozi alla ricerca dei regali di Natale. Come fa da quando la conosco, Anna giura che *mai più* si ridurrà all'ultimo minuto. La sua lista è lunghissima, mentre io ho una sola persona a cui pensare. Ma che cosa si può regalare a un uomo che ha tutto?

Un colpo di fortuna mi fa posare l'occhio sulla vetrina di un piccolo negozio di antiquariato: vi è esposto, tra un paralume, un candeliere a cinque fiamme e una tovaglia di pizzo, un vecchio librone rilegato in cuoio e col titolo in rilievo, a caratteri dorati: *Dall'aspo alla sartoria*. È stato stampato nel 1898 e racconta, con preziose illustrazioni d'epoca, l'ingresso della lana nell'alta sartoria. Costa una piccola fortuna, ma sono certa di aver scovato l'unica cosa che Oliviero non ha.

Siamo di ritorno all'Irish Coffee alle otto di sera, cariche di pacchi, pacchetti e bustoni griffati. Anna sale a portarli in casa e io mi dirigo verso l'Irish Coffee: Oliviero è ancora in ufficio e arriverà verso le nove. Ceneremo con i Vasile e poi torneremo a casa. Nel frattempo prenderò un aperitivo e farò due chiacchiere con Alberto.

Varco il gazebo e spingo la porta d'ingresso: mi trovo di fronte Michele. Superato qualche istante di sorpresa e di disagio, gli rivolgo un sorriso: «Ciao, sono contenta di rivederti».

Anche lui mi sorride, ma con una espressione provocatoria: «Anch'io, Sally. Riferisci a mio padre che sono venuto a cercarlo e che dopo un'ora mi sono rotto le palle».

«L'hai avvertito che...»

«No. Ma un uccellino mi ha detto che tutte le sere, a quest'ora, il dottor Belli passa da qui.» Mi guarda sarcastico.

«I cellulari funzionano meglio degli uccellini» ribatto con lo stesso tono. «Se avevi bisogno di vederlo, bastava che lo chiamassi e ti saresti risparmiato di arrivare fino a Settebagni.»

«Io non ho *bisogno* del dottor Belli.»

«Volevi vedere me? L'uccellino ti ha detto che...»

«Tutti sanno che ti fai mio padre» spara. «Me l'ha detto lui stesso. Complimenti, ti sei piazzata bene: spremilo, finché dura.»

«Tuo padre non è uno spinello né un limone. Tradotto in gergo meno giovanile, sono innamorata di lui e mi mantengo da sola.»

«Fichissimo! Reciti la parte della...»

«Michele, ne ho *piene le palle* del tuo sarcasmo. Vuoi odiare anche me? Mi ritieni una sfruttatrice o una puttana? Pensi che la vostra bella famiglia sia stata distrutta da me? Tanto per essere capita, *non me ne frega un cazzo*. Io non sono tuo padre, che si danna l'anima per te e cerca il tuo affetto come un mendicante. Tu per me sei un estraneo e, detto questo, non ho altro da aggiungere.» So di aver perso le staffe, ma non faccio alcuno sforzo per controllarmi.

Michele mi guarda stranito. Sicuramente non si aspettava questa mia reazione.

«Ti saluto» gli dico. Faccio per andarmene.

«Un momento» mi trattiene. «Il padre "mendicante" non vuole trascorrere le vacanze di Natale con me. Come conciliamo il grande amore con il grande rifiuto?»

«Il grande amore non include tua madre. È *con lei* che non vuole passare le vacanze. Ma non chiedermi di esprimere giudizi o opinioni. I tuoi genitori vivono separati da più di dieci anni, e io voglio starne fuori.»

Oliviero arriva all'Irish Coffee dieci minuti dopo che suo figlio se n'è andato.

Solo più tardi, a casa, gli riferisco parola per parola il nostro scontro.

Oliviero ascolta senza dare segni di grande sorpresa. «Mi dispiace che Michele abbia appreso da un pettegolezzo la nostra storia» dice «ma quando ha buttato lì un commento irridente sulla mia nuova inclinazione per le Cenerentole, gli ho spiegato con molta chiarezza il mio rapporto con te, ben diverso dalle casuali e sporadiche relazioni che ho avuto negli ultimi dieci anni. A quanto pare, non ero stato abbastanza chiaro.»

«A me dispiace essere stata molto dura con lui. Ma non potevo tollerare certe accuse.»

«Sapevo già del vostro scontro. Due ore fa, mentre parcheggiavo dietro l'Irish Coffee, ho visto Michele: era appoggiato al suo motorino e stava fumando con aria truce. Credevo che fosse appena arrivato, e gli ho chiesto se volesse cenare o bere qualcosa con noi. A quel punto mi ha ripetuto, più o meno, le cose che ha detto a te, dandomi dell'ingenuo e del donnaiolo irretito dalla furba guardarobiera. Mi sono trattenuto a stento dal ricordargli la storia di sua madre col Mecci e con i molti "grandi amori" che hanno preceduto l'incontro con quel mascalzone. Con molta calma gli ho ribadito che sono innamorato di te e intendo sposarti al più presto. "Non posso costringerti a stimare Sally e ad affezionarti a lei" gli ho detto testualmente "ma da ora in avanti tieni per te i tuoi commenti e le tue malignità." Quando mi ha chiesto, provocatoriamente, se tengo più a te che a lui, gli ho risposto che l'amore per una donna non esclude l'amore per un figlio.»

«Michele ha vissuto molto male il tuo rifiuto di trascorrere le vacanze di Natale con...»

«Lo so. Ma su questo punto sono stato molto esplicito: tra me e sua madre si è creato un abisso incolmabile e il solo rapporto che posso avere con lei è gestito dalla banca che accredita sul suo conto il bonifico mensile. Appena Michele ha riattaccato con l'apologia della madre nobile, santa, tradita e abbandonata gli ho girato le spalle e me ne sono andato.»

«Te la farà pagare... Si rifiuterà di incontrarti ancora» mormoro. Sono desolata per lui.

Ma Oliviero ha una reazione inaspettata. «Stasera ho capito che questi incontri, a cui sua madre lo costringe, servono soltanto ad allontanarci. Lui mi butta addosso tutto il suo livore e io ne esco sempre più afflitto. Continuo a volergli bene, certo, ma è un amore malinconico e rassegnato. Non posso obbligarlo a stimarmi o a creare un rapporto che rifiuta.»

«Crescendo, sicuramente aprirà gli occhi. Capirà che...»

«Può darsi. Ma non voglio coltivare questa speranza né continuare a farmi del male. Ho perso mio figlio e devo rassegnarmi a questa sconfitta.»

La mattina del 23 dicembre i Vasile partono per Maiori con la madre di Anna: ci rivedremo lì per festeggiare l'anno nuovo. Io e Oliviero, dopo aver fatto una maxispesa nel vicino supermercato, ci chiudiamo in casa. Niente ristoranti, passeggiate, cinepanettoni: abbiamo, entrambi, bisogno di riposo e di intimità.

Non abbiamo mai trascorso tanto tempo insieme, giorno e notte, e sono sorpresa di quanto possa essere rassicurante e felice la routine per una coppia che sta bene insieme. Ci svegliamo, facciamo colazione, torniamo a letto, facciamo una doccia, guardiamo la televisione, chiacchieriamo, mangiamo quando abbiamo fame. E tra una pausa e l'altra facciamo l'amore: l'attrazione fisica dei nostri corpi è sempre più coinvolgente, così come il piacere di parlare, di raccontare noi stessi.

C'è stata una sola pausa in questa intimità gioiosa: la sera della vigilia di Natale, quando ci siamo scambiati i doni. Oliviero è rimasto entusiasta del vecchio libro sulla storia della lana e io ho aperto il pacchetto di un noto orefice sicura che contenesse un costoso gioiello, e perciò con una sensazione di vago disagio.

Mentre scartavo la confezione ho avvertito su di me lo sguardo attento e come ansioso di Oliviero. La bella scatola di legno foderata in velluto rosso conteneva due fedi nuziali del modello classico: grandi, arrotondate, in oro giallo.

Oliviero non mi ha dato neppure il tempo di reagire. «Sally, è arrivato il momento di sposarci e di diventare una *vera* coppia. Non possiamo prolungare all'infinito questa situazione di precarietà, tu che lavori all'Irish Coffee, io che faccio il pendolare da Roma a Settebagni dopo essere passato da casa mia per ritirare altri due vestiti e un altro pacco di biancheria. Qui non c'è posto per un secondo armadio, né per un tavolino dove sistemare il mio computer, né...»

«Messaggio ricevuto. Tu sei il ricco industriale che si è stancato di vivere come un poverello.»

«Messaggio impreciso: non sono mai stato bene come in questi mesi. Ogni volta che sono stanco, ho un problema o rifletto con amarezza sul mio fallimento di padre, mi basta pensare a te per ritrovare energia e serenità. Se mi chiedessero di rinunciare a tutto quello che ho per poter restare sempre con te in questa casa, lo farei senza un attimo di esitazione...»

«Ma...?» chiedo. «Dove sta il vero problema?»

«Sally, nessuno mi chiederà mai di scegliere tra te e quello che posseggo. Di fatto, sono un uomo ricco e trovo assurdo, oltre che molto frustrante, non condividere il mio benessere con la donna che amo.»

«Come la Bella Addormentata che rifiuta di essere svegliata?»

Oliviero non sembra gradire la battuta. «Tu sei un raro esemplare di femminista sopravvissuta alle barricate con l'identico rifiuto del maschio padrone. Che ne sia consapevole o no, consideri una mia sopraffazione o un segno della tua "inferiorità" il mio desiderio di portarti in una casa più confortevole, farti un bel regalo, offrirti un'esistenza migliore.»

«Mi sono sempre mantenuta da sola, quello che guadagno mi basta e comunque, sposata o no, non potrei mai rinunciare a lavorare. Così come, se dovessimo divorziare, non ti chiederei una lira di alimenti o, peggio ancora, una parte di quello che hai. Per come la penso io, il matrimonio non è né una sistemazione né una società da cui si esce con una quota di azioni. Ciò detto, non ti considero affatto un maschio padrone, e mi dispiace che...»

«Alt! Ho sentito bene? Hai parlato di *matrimonio*?» mi interrompe Oliviero. L'espressione si è rischiarata di colpo e la voce non ha più la solennità del predicatore.

«Quando ho torto lo ammetto, e tra le tante cose che hai detto qualcosa di giusto c'è... Insomma, posso capire e persino condividere certe tue frustrazioni... Il fatto che qui non ci sia posto per un altro armadio e anche...»

«Ti stai perdendo nelle parole. Vuoi stringere?» ride Oliviero.

«Va bene... Sono pronta per sposarti. Sono *felice* di sposarti» sottolineo subito, temendo di apparirgli quella che fa cadere dall'alto la grandiosa concessione, la Cenerentola che si degna di seguire il principe azzurro nel suo Castello.

«Se vuoi una sontuosa festa, devi decidere subito la data perché occorreranno parecchi mesi per i preparativi» dice Oliviero. È un modo scherzoso per spingermi a programmare il matrimonio. Nel caso non avessi capito, aggiunge esplicitamente: «Un mese occorrerà comunque, per i documenti e le pubblicazioni».

«Prima di sposarci, Oliviero, dobbiamo chiarire alcune cose.»

«Le tue condizioni?»

«È un discorso serio. Il nostro matrimonio funzionerà se potrò continuare a lavorare e tu rispetterai le mie idee e il mio modo di essere.»

«Questo è ovvio: mi sono innamorato di te proprio per il *tuo modo di essere*. Però fare ogni giorno la pendolare da Roma a Settebagni mi sembra...»

«Lascerò l'Irish Coffee, ma soltanto dopo aver trovato un altro posto di lavoro. E continuerò a pagare l'affitto di questa casa: sono le mie radici, come la casa di Maiori dei Vasile. Qui ho...»

«Capisco quello che vuoi dire, Sally. E credo che la madre di Anna accetti di vendercela: ti vuole bene e il sapere che...»

«Che cos'è, il primo dei regali che intendi farmi? Dopo questo, mi aspettano lo chalet in Svizzera, il collier di diamanti, un armadio di vestiti all'altezza della signora Belli? È questo che intendevo per accettarmi come sono: io non diventerò mai una raffinata signora. Detesto il mare, soffro il freddo, non so sciare, mi vesto a modo mio. Le case che già hai mi bastano e sì, qui hai ragione, i regali costosi mi fanno sentire "inferiore".»

«Sei stata chiarissima. Non c'è altro da aggiungere, Sally.»

«Manca l'essenziale: ti amo come nemmeno puoi immaginare.»

«Qui sbagli: mi basta pensare a quanto ti amo io.»

Dopo questa breve parentesi di chiarificazione, abbiamo aspettato la partenza per Maiori trascorrendo giornate (e notti) di indimenticabile gioia.

Il 29 dicembre stiamo sistemando le valigie nel bagagliaio dell'automobile quando squilla il cellulare di Oliviero. È la sua ex moglie. Mi allontano di qualche passo, discretamente, ma è una telefonata brevissima. Oliviero mi raggiunge, stravolto. «Mio figlio ha avuto un incidente, devo correre da lui.»

XII

VERSO CASA

Michele ha avuto un incidente, corri subito a Roma. Quale incidente? È grave? Dove è stato ricoverato? Fatto il lapidario annuncio, Lucia ha interrotto la comunicazione e il numero del suo cellulare risulta non raggiungibile.

Oliviero è salito in macchina ed è partito a razzo. Alterna i tentativi di mettersi in contatto con l'ex moglie alle telefonate a me.

Attraverso il vivavoce, condivido la sua crescente angoscia. Mi guardo bene dal tranquillizzarlo: il solo aiuto che posso dargli è condividere anche il crescendo degli interrogativi senza risposta. Michele non doveva essere a Cortina con sua madre? Quando è accaduto l'incidente? Dove "correre subito"? Se Lucia intendeva nella casa di via del Corso, il solo punto di riferimento di Oliviero, significa che non è in ospedale con il figlio: è un buon segno, nel senso che Michele sta meglio? Oppure il peggio è già avvenuto?

«Ho una telefonata in entrata» Oliviero dice concitatamente. «Ti richiamo subito.»

Questo è uno dei rari momenti della mia vita in cui ho

bisogno di credere nell'esistenza di Dio. Mi rifiuto di pensare che tutto sia affidato al caso o a una fortuna cieca. Oppure che, in un Universo dove tutto ruota e si muove secondo leggi perfette, possa esistere un piccolo pianeta abitato da un'umanità abbandonata a se stessa e a folli disegni senza giustizia né regole.

È inconcepibile che a un buon padre come Oliviero venga inflitta tanta sofferenza. E la mia mente si ritrae, inorridita, all'ipotesi che ora possa subire la violenza estrema. *Ti supplico, Dio, non togliergli suo figlio.*

Lo squillo del cellulare mi sembra la risposta divina.

«Michele è stato ricoverato tre ore fa alla Santa Tecla. Lucia mi aspetta lì.»

«Come sta? Che cosa è successo?»

«Lucia non mi ha detto altro. Il fatto che sia stato ricoverato nella piccola clinica di un suo vecchio amico, senza un reparto di rianimazione, mi fa sperare che non sia grave. Ti richiamo appena so qualcosa.»

Nella sua voce, adesso, avverto una nota di sollievo.

Dio, ti ringrazio.

Perché la sua ex moglie non gli ha detto subito dove Michele era stato ricoverato? Perché ha tenuto spento il cellulare per oltre un'ora, lasciandolo macerare nell'angoscia? Le risposte non esistono, e trovo conferma a ciò che ho sempre pensato: la malvagità è come un handicap dell'anima. Cattivi si nasce e la disgrazia colpisce anche chi si ritrova a vivere con queste persone.

Alle due e mezzo di notte, durante una festa, Michele si è improvvisamente accasciato sul divano. Era pallidissimo, con gli occhi spenti e non rispondeva a chi tentava di farlo parlare, di rianimarlo. Dopo mezz'ora di panico collettivo, una delle ragazze si è decisa a telefonare a Lucia.

Lucia ha chiamato un taxi, si è infilata una pelliccia sulla camicia da notte ed è corsa all'indirizzo indicato.

Lo scenario che si è presentato ai suoi occhi (bottiglie vuote, aria appestata di fumo, segni di strisciate, ragazzi e ragazze dai visi spaventati e inebetiti) le ha fatto subito capire che suo figlio era stato atterrato da un micidiale miscuglio.

Con la lucidità e la freddezza dell'emergenza, Lucia ha telefonato al direttore sanitario della Santa Tecla spiegandogli la situazione e chiedendogli se la sua clinica era attrezzata per un'emergenza come un collasso da overdose. Un'ora dopo Michele era già in clinica.

Oliviero mi racconta tutti questi particolari due giorni dopo il ricovero, quando il figlio è ormai fuori pericolo e lui ha potuto fare una scappata a casa.

«Lucia è stata un'incosciente» commenta. «Al posto suo io avrei immediatamente chiamato il pronto soccorso. E a questo proposito abbiamo avuto un ennesimo scontro. Ma Lucia ha dato dell'incosciente a me: fare arrivare un'ambulanza equivaleva ad aprire la porta alla sanità pubblica e mettere in moto indagini e denunce. Volevo questo per nostro figlio? Farlo finire in cronaca e, di forza, in un centro di recupero tra tossici e balordi? I fatti le hanno dato ragione, perché tutto si è risolto con discrezione e in silenzio. Ma io continuo a pensare al rischio che Michele ha corso.»

Oliviero ha la barba di due giorni, gli occhi cerchiati e barcolla per la stanchezza.

«L'importante è che non sia successo niente» gli dico. Non trovo altre parole per confortarlo e non oso dirgli che avrebbe bisogno di dormire per qualche ora.

«Stamattina ho parlato a lungo con il dottor Levi, l'amico di Lucia, e conto sull'ascendente che sembra avere su di lei per farle capire che nostro figlio deve iniziare una terapia di disintossicazione. Non posso permettere che, dimesso dalla Santa Tecla, tutto continui come prima e sua madre si illuda che non sia successo niente. Levi è stato chiaro: Michele è ormai *dipendente* da alcol e droga. Se non corriamo ai ripari e chiudiamo gli occhi su questa realtà, un giorno o l'altro ci telefoneranno dall'obitorio.» È rabbioso e affranto.

«Anche se Lucia lo ha lasciato troppo libero, anche se non ha saputo controllare le sue amicizie e si è rifiutata di coinvolgerti nella sua crescita, una cosa è certa: vuole bene a suo figlio. E non credo proprio che per fare un dispetto a te, neghi...»

Mi interrompe. «Qui si pone il vecchio quesito delle coppie peggiori: è più forte l'amore per i figli o l'odio per l'ex coniuge? Nel caso di Lucia non so rispondere.»

«Puoi costringerla.»

«E in che modo, Sally?»

«Ci sono molti modi: chiedere il ricovero sanitario obbligatorio, ridurle l'assegno mensile, fare leva sulla sua paura degli scandali con...»

«E alla reazione di Michele non pensi?»

«In questo caso no» rispondo decisa. «L'unica cosa che conta è salvargli la vita.»

Il mio pensiero va a Fabio. Sono diventata abbastanza forte per ricordare la sua inarrestabile corsa verso il degrado e l'autodistruzione, l'ira che provavo per la cecità dei suoi genitori. *I nonni di Maria*. Ormai ho smesso di odiarli e penso che i nipoti possono essere una specie di esame di riparazione per i cattivi genitori. Mi rasserena, addirittura, pensare a quale conforto sia stato, per i Dezzi, potersi occupare amorosamente della crescita di un'altra creatura.

«Sally, a che cosa pensi?»

«Devi smetterla con gli scrupoli e i dubbi e cercare subito un posto adatto per disintossicare tuo figlio. La madre di Anna dedica tutto il tempo libero al volontariato e sicuramente può darti qualche indicazione.»

Arriva, da lontano, il fischio di un razzo a cui fa seguito una sequenza di botti.

«È cominciato l'anno nuovo» Oliviero dice con voce quasi stupita.

«È vero...» gli faccio eco. Anch'io ho perduto la nozione del tempo. «Anna e Alberto hanno telefonato due giorni fa... E hanno richiamato più volte per avere notizie di Michele. Scusa, mi ero dimenticata di dirtelo. Ci fanno tanti auguri. Per tutto.»

«Sally, ci lasceremo alle spalle anche questi brutti giorni» Oliviero mi stringe tra le braccia. «Sei... sei...» Non finisce la frase. E sento le sue lacrime bagnarmi il viso.

La disintossicazione di Michele inizia alla Santa Tecla e, a tre settimane dal ricovero, non è ancora stato dimesso. Oliviero va a trovarlo tutte le mattine e si trattiene con lui fino a mezzogiorno, quando arriva Lucia.

Michele è passato dal patologico sopore dei primi giorni all'intontimento degli psicofarmaci che evidentemente fanno parte della terapia.

«Forse per questo accetta le mie visite senza protestare e non mi ha ancora detto una frase villana» dice Oliviero.

Cerca di mostrarsi rilassato e persino di scherzare. Anna mi ha confessato che Oliviero si sente profondamente in colpa nei miei confronti: avrebbe voluto darmi sicurezza e serenità, e invece è lui ad appoggiarsi a me.

Tradirei la fiducia di Anna se gli spiegassi quanto si sbaglia. Quello che mi ferisce è il non sentirmi coinvolta nei suoi problemi, quasi le sofferenze del passato mi avessero segnata per sempre rendendomi troppo fragile per affrontare nuovi dolori o condividere quelli delle persone che amo.

So da Alberto che la crisi della moda ha colpito anche le aziende di Oliviero e che il nuovo direttore del marketing, assunto per il suo prestigioso curriculum, si è subito scontrato con il direttore commerciale per un "piano di rilancio" che Oliviero non ha ancora avuto il tempo di valutare. Ha sospeso i viaggi di lavoro, sta in ufficio poche ore e soltanto per gestire le grane della quotidianità. E alla sera è troppo stanco per lavorare: così afferma. Ho invece il sospetto che non lavori a casa soltanto per poter stare con me e non farmi sentire trascurata.

Non sono una psicologa né una esperta di convivenza (Oliviero è il mio primo compagno) però credo che una coppia si incrini anche per eccesso di premure e di protezione: un uomo non vuole una seconda mamma e una donna si sente sminuita se il marito tiene per sé le difficoltà e i malumori. Alla fine la vita a due diventa una recita e arriva il momento in cui il reciproco disagio esplode, la recita finisce e, buttato il copione, uomo e donna non sanno più che cosa dirsi.

La fortuna mi assiste offrendomi, ai primi di gennaio, l'opportunità di spiegargli tutto questo prima di rimuginarci sopra troppo e senza fargli capire che Alberto e Anna si sono confidati con me.

Sono le dieci di sera e ci siamo appena seduti davanti al televisore per vedere un documentario quando squilla il cellulare di Oliviero. Dalle risposte che sento ("Non disturbi affatto", "Siamo ancora alzati", "Chiedo ad Alberto Vasile di farti accompagnare qui, altrimenti non trovi la strada") capisco che qualcuno è andato a cercarlo all'Irish Coffee e ha urgenza di parlargli.

«È il mio direttore commerciale» dice Oliviero. «Spero che non ti dispiaccia se lo faccio venire a quest'ora, ma ha urgenza di parlarmi e domattina sono alla Santa Tecla da Michele.»

«Assolutamente no!» Vorrei aggiungere che, al contrario, sono piacevolmente sorpresa e persino inorgoglita dalla naturalezza con cui ha invitato un importante dirigente nella mia piccola casa: graziosa e pulita, certo, ma non all'altezza di una ricca residenza.

Evito di esprimere questa considerazione perché prevedo quello che Oliviero, piccato, mi risponderebbe.

Il direttore commerciale arriva "guidato" da un cameriere dell'Irish Coffee e subito ricordo di averlo visto un paio di volte con la moglie nel nostro locale. Oliviero ci presenta: il dottor Molino, la mia fidanzata.

Esauriti brevemente i convenevoli, si mettono seduti e Oliviero mi invita gentilmente a restare con loro. (L'alternativa sarebbe allontanarmi di cinque passi per chiudermi nella stanza da letto dietro una porta a soffietto...)

Molino si dice addirittura "lieto" di sentire anche una opinione femminile. E arriva al dunque: il direttore marketing, assunto per occuparsi di ricerche, nuove promozioni e strategie di vendita, ha esordito come se fosse un "inviato da Dio" a dirigere l'azienda. Ha riunito i vertici illustrando il suo piano di rilancio come se fosse già stato approvato.

«Questo piano» spiega Molino con voce alterata «contempla tra l'altro l'apertura di uno stabilimento in Cina, il ridimensionamento del personale e il lancio di tre nuove linee: una maschile, una riservata alle nuove ricche (e perciò dai prezzi stratosferici) e l'ultima per i bambini da zero a quattro anni. Il risultato di questo incontro lo toccherai con mano domani pomeriggio: sei lettere di dimissioni. In pratica tutto il vertice, più quella del nostro stilista di punta. Per quanto riguarda me, ho aspettato di parlarti prima di...»

«Non ci saranno né dimissioni né demenziali lanci e rilanci» lo interrompe Oliviero dopo averlo ascoltato in silenzio. «Domani verrò in ufficio alle nove e la prima cosa che farò sarà licenziare questa mina vagante.»

«Ha un contratto di tre anni» obietta Molino, sollevato ma perplesso. «Licenziarlo costerà una fortuna e rischiamo anche di aprire un contenzioso legale.»

«Sono disposto a pagare e a correre questo rischio: è il male minore, rispetto al quadro che mi hai appena fatto del suo esordio.»

Combattuta tra l'inopportunità di intervenire e il bisogno di suggerire una soluzione che eviti uno sperpero di danaro, alla fine anch'io scelgo il "male minore". «Secondo me non c'è bisogno di licenziarlo» dico schiarendomi la voce.

«Hai sentito anche tu, Sally, quali guai sta combinando!» obietta Oliviero.

«E tu glielo impedisci: lo togli dal marketing e, facendo finta di promuoverlo, gli inventi un ruolo che non gli permetta di decidere niente. Per esempio, butto lì le prime cose che mi vengono in mente, puoi nominarlo tuo "consigliere" personale, oppure affidargli l'organizzazione dei tuoi rapporti con l'estero: l'importante è che tutto quello che propone o fa sia controllato da te.»

«Sally, lei è un genio!» esclama il direttore commerciale.

Questo Molino mi piace sempre di più. Mi piace che sappia il mio nome, che mi tratti confidenzialmente e con scoperta ammirazione.

«*Promoveatur ut amoveatur!*» esclama Oliviero ridendo. Anche il suo commento esprime ammirazione.

Alle medie ho studiato il latino, ma il senso di questa frase mi sfugge e mi sento (altro ricordo scolastico) come Renzo dei *Promessi Sposi* alle prese con il *latinorum*. «Mi pare di capire che la mia proposta non è da scartare» gli dico con un certo sussiego.

È Molino a rispondere: «È eccellente. Magari ne avesse qualche altra, Sally!».

E qui è lui a parlare della crisi della moda e della sola

possibilità che il loro settore ha per contrastarla: la creatività. Ovvero linee nuove, rilancio e personalizzazione delle boutique, rapporto sempre più competitivo tra qualità e prezzo.

Rifletto qualche istante. «La linea in cashmere per bambini piccoli mi sembra fallimentare in partenza. A quanto leggo o sento in tv, oggi anche in inverno la lana è stata sostituita dal cotone: sono di cotone le magliette, le tutine, i pagliaccetti. E in inverno, sopra il cotone, i piccoli indossano cappottini o giacche a vento in un tessuto speciale, isolante e traspirante.»

«Prosegui» mi esorta Oliviero.

«Secondo me è da scartare anche la linea costosissima e raffinatissima. È vero che esiste un mercato di nuove ricche, ma buttare i soldi non piace neppure a loro. Il cashmere non è una pelliccia di zibellino, e non si presta per creare abiti di rappresentanza o da gran sera.»

«Giustissimo» osserva Molino.

«Una linea maschile l'avete già, mi sembra: cappotti, maglie, cardigan, giacconi... Non me lo vedo proprio un uomo con un completo giacca-pantaloni o uno spolverino in cashmere...»

Molino annuisce. «In dieci minuti, Sally, lei ha fatto un'analisi di mercato azzeccatissima.»

«Analisi che purtroppo tocca il tasto dolente dei nostri problemi» commenta Oliviero. «*Creatività* è un concetto suggestivo, ma all'atto pratico devi fare i conti con la concorrenza dei cinesi, con la crisi dei mercati esteri, con il proliferare di griffe famose a basso costo. Noi partiamo da costi di produzione molto alti che non possono essere ridotti, sia per l'eccellenza delle materie prime sia per un rigoroso "made in Italy". Molti stilisti, e non solo di casa nostra, hanno smesso di usare il nostro cashmere optando per una qualità più economica. E lo stesso avviene per i capi d'abbigliamento che produciamo e vendiamo direttamente. Resta lo zoccolo duro della clientela che vuole l'eccellenza, ma il fatturato delle boutique è a rischio di discesa libera.»

Guardo Molino: «Dovreste concentrarvi proprio nel settore dell'abbigliamento con la vostra griffe. Creare alcuni capi che diventino un *must*, come dice Anna: senza *quei* capi, sei tagliata fuori.»

«Hai qualche idea?» chiede Molino, interessato e serio.

«Io non sono una stilista! Ogni tanto qualche idea mi viene, ma sarebbe ridicolo puntare il rilancio della Belli Cashmere sui miei sussulti di creatività!»

Il direttore commerciale se ne va a mezzanotte passata. *Impazzito di me*, come sottolinea orgogliosamente Oliviero rientrando a casa dopo averlo instradato verso la statale per Settebagni.

Non posso perdere questa opportunità, irripetibile, per parlargli con franchezza di tutte le cose su cui vado rimuginando: non voglio essere *protetta* da lui, mi addolora che non mi parli mai dei suoi problemi, del suo lavoro, delle sue visite quotidiane a Michele.

Oliviero si difende. «Non credi di essere stata fin troppo coinvolta nei miei sfoghi e nei miei guai? Avrei voluto darti la serenità, aiutarti a dimenticare le terribili esperienze del passato e ora mi sento come il principe che arriva sul suo bel cavallo bianco per portare la fanciulla amata a spazzare e lavare le scale del Castello...»

«Basta con le favole!» esplodo. «Una *coppia vera*, come dici tu, si forma quando un uomo e una donna decidono di cominciare una nuova vita insieme. *Insieme* affrontano il presente e fanno progetti per il futuro: il passato è alle spalle, appartiene a una parte di vita che se n'è andata. Io mi sono sentita *pronta* per sposarti soltanto quando mi sono liberata dai brutti ricordi.»

«Devi darmi atto che ti ho dato tutto il tempo per farlo, Sally.»

«Certamente sì. Ma continui a proteggermi, a trattarmi come se fossi una convalescente bisognosa di attenzione e di cure.»

«Questo non è vero! Se non ti faccio il resoconto dei guai quotidiani e se non ti parlo delle difficoltà del lavoro è perché alla sera, quando torno a casa, ho bisogno di una pausa. Tu sei la mia oasi di pace: con te ritrovo energia, serenità e...»

«È quello che i ricchi frequentatori dell'Irish Coffee chiedono alle amanti: la notte di relax dopo una dura giornata di lavoro, l'oasi in cui dimenticare la moglie rompiscatole e i casini dei figli. Io non ci sto. Tutto questo mi umilia. Non sono un delicato fiore di serra e nemmeno la bambolona scacciapensieri. E con questo ho detto tutto.»

Mi sento finalmente liberata dal grumo di scontenti e di silenzio.

«Sally, adesso sono io a sentirmi umiliato. Pensi davvero che ti consideri una *bambola scacciapensieri*?»

«No. Ma il nostro rapporto si stava impostando in modo sbagliato e ho voluto raddrizzarlo per tempo. Sono certa che hai capito e perciò l'argomento è chiuso. Non vorrei imboccare la strada della rissosità: si comincia a parlare, che so, del colore di un calzino o della pastasciutta troppo cotta e ci si ritrova a litigare furiosamente, mettendo tutto in discussione.»

Oliviero finalmente sorride: «Riecco la mia ragazza saggia e sentenziosa!».

«Tra i tanti talenti, ho anche quello del buonsenso. adesso vorrei che mi dicessi come sta Michele e che cosa farete quando sarà dimesso dalla clinica.»

Oliviero mi aggiorna diligentemente. «Le ultime analisi sono rassicuranti ma non tutti i valori sono rientrati nei parametri della normalità.» (Questa frase mi è familiare e per qualche istante mi riporta ai tempi in cui Maria lottava nella sua gabbia di plexiglas.)

Torno a concentrarmi sul racconto di Oliviero. «Il dottor Levi ha deciso di prolungare ancora il ricovero di Michele: trattandosi di una clinica non convenzionata e con pazienti a pagamento, non esistono tempi e normative da rispettare, neppure per le dimissioni. Lucia è fortunatamente d'accordo sulla necessità di trasferire nostro figlio in un Centro specializzato, ma si sente più tranquilla se rimane il più a lungo possibile alla Santa Tecla.»

Lo interrompo. «L'hai vista? Avete identificato un Centro idoneo?»

«Nonostante l'evidenza, Lucia si rifiuta di considerare Michele un tossicodipendente e non esistono centri "idonei" nel senso che intende lei: ben frequentati e confortevoli come un hotel di lusso.»

«Hai appena detto che ha capito la necessità di trasferirlo in...»

«È così. Il dottor Levi le ha spiegato con chiarezza che alla disintossicazione fisica deve seguire il recupero psicologico e che la sua clinica non è una struttura abilitata per questo recupero.»

Un breve silenzio e riprende con un sospiro: «Due giorni fa mi sono fermato in clinica fino alle due del pomeriggio per aspettare l'arrivo di Lucia e affrontare seriamente questo problema. Ma lei si è rifiutata di farlo: è un problema che io esaspero "drammaticamente" e che, in ogni caso, può risolvere soltanto una persona esperta e affidabile. Nel congedarsi da me, ha lanciato l'ultima accusa: se avessi accettato di trascorrere le vacanze di Natale a Cortina, Michele non sarebbe finito in quella orribile ammucchiata di ragazzi tossici e ubriachi. Avrei voluto ribattere che Michele da molto tempo fa parte di quella *orribi-*

le ammucchiata, ma ero troppo stanco per aprire un altro fronte di combattimento.»

«Tuo figlio come si comporta con te?»

«Come un paziente che riceve la visita di un vicino di casa: formalmente gentile. I nostri discorsi, se così si possono chiamare, si limitano allo scambio delle solite domande banali con le relative risposte. Credo che né sua madre né Levi gli abbiano ancora parlato del Centro in cui dovrà essere trasferito e restare per parecchi mesi.»

Andiamo a letto alle tre del mattino. Sono trascorse soltanto cinque ore da quando il dottor Molino è venuto da noi, ma è proprio vero che il tempo non si misura con gli orologi e i calendari: in una settimana puoi affezionarti a una persona come se la conoscessi da una vita, in tre minuti puoi essere folgorato da un colpo di fulmine e in cinque ore – come è accaduto a me e a Oliviero – puoi chiarire più cose di quante alcune coppie riescano a fare nel corso di un anno.

Oliviero mi stringe contro di sé. «Più ti conosco e più ti amo... Stasera ho imparato molte cose da te» sussurra.

Nonostante la stanchezza e l'ora tarda, mi desidera. E prima di abbandonarmi a lui, penso a quanto siano estenuanti la vita e gli orari a cui lo costringo. *Adesso basta.*

Quattro ore dopo, quando suona la sveglia, è la prima cosa che gli dico: «Oggi parlerò con i Vasile: appena avranno trovato una persona con cui sostituirmi, lascerò l'Irish Coffee e mi trasferirò a Roma, a casa tua».

Oliviero si solleva dal cuscino come una molla e nei suoi occhi ancora assonnati vedo incredulità e sorpresa. «Ne sei sicura? Non voglio che...»

«Ho avuto tutto il tempo per pensarci.»

Tutto il tempo sono stati i pochi istanti in cui, dopo tante titubanze, ho capito con chiarezza che il nostro rapporto doveva avere uno sbocco concreto.

Anna mi ha risparmiato sia la malinconia del lento distacco sia il periodo di stallo che precede i grandi cambiamenti: trascorri le giornate in bilico tra ansietà e timori, ormai sradicata dal presente e non ancora proiettata nel futuro.

«Potrebbero passare dei mesi prima di trovare una persona che ti possa sostituire» Anna mi ha detto. «Perciò va' subito a Roma senza preoccuparti dell'Irish Coffee.»

Alberto avrebbe voluto organizzare una cena per festeggiare la mia *nuova vita*, ma Anna si è rifiutata: «Mi sembrerebbe una tristissima festa degli addii! Sally non parte per l'Australia, ma cambia solamente casa. E in tre quarti d'ora di macchina lei e Oliviero saranno qui per tutte le cene che vogliono».

Sua madre è felice quanto lei che io non abbandoni il mio "nido" e vi lasci la biancheria, le stoviglie e tutti gli oggetti che ho acquistato nel corso degli anni.

Porto con me soltanto gli indumenti personali: tre valigie che, due giorni dopo, Oliviero carica nel bagagliaio della sua macchina lanciando qualche battuta scherzosa. In realtà cerca di mascherare l'emozione del momento, e di tanto in tanto, anche dopo aver messo in moto, mi lancia un'occhiata ansiosa.

Anna non è venuta a salutarmi. Si è limitata a una telefonata al volo: ciao, ci vediamo. ("Ha passato tutto il pomeriggio in lacrime" Alberto mi avrebbe confidato qualche giorno dopo.)

Quando Oliviero parcheggia la macchina nel cortile del suo palazzo, il portiere si avvicina e, dopo avermi salutata cerimoniosamente, scarica le valigie e le porta all'ultimo piano con l'ascensore di servizio.

Alle cinque del pomeriggio (guardo istintivamente l'orologio) entro nell'attico di Oliviero. Ancora una volta lui mi scruta con apprensione. E gli leggo in faccia gli interrogativi che si pone: le piacerà abitare qui? Si sentirà a casa sua? Non le sembrerà troppo grande e troppo lussuosa?

«Stamattina ho fatto venire la domestica a ore per dare una ripulita e cambiare la biancheria» si premura di dirmi. Dimentica di avermelo già detto: non è il solito divorziato ricco che vive con una coppia di domestici a tempo pieno.

La smania di farmi sentire a mio agio mi intenerisce. Ma, paradossalmente, mi suscita anche una sottile irritazione: è vero che detesto l'ostentazione della ricchezza e degli status symbol, ma ho un connaturato senso estetico. E, mentre Oliviero mi fa visitare il suo attico, sono incantata dall'armonia e dalla bellezza che vi si respira.

L'arredamento è minimalista e si nota l'assenza di un tocco femminile: niente ninnoli, niente soprammobili, nessun centrino di pizzo o tavolino ricoperto di fotografie di famiglia. È la casa di un uomo solo e di buon gusto che si è potuto permettere di acquistare i mobili, i tappeti e i quadri d'autore che gli piacevano e li ha messi al posto giusto senza l'aiuto di un architetto alla moda.

«Se c'è qualcosa che vuoi cambiare o non ti piace» dice Oliviero «non ci sono problemi. Da oggi questa è la tua casa e...»

«Mi piace tutto! Sinceramente, mi immaginavo una casa diversa da questa.»

«Con rubinetteria d'oro, trionfo di argenti, vetrinette con collezioni di cristalli o ninnoli d'epoca?» ride Oliviero. È visibilmente sollevato dalla mia approvazione.

«Non pensavo agli sceicchi o ai coatti dell'esibizionismo. E nemmeno a te. Avevo soltanto paura di non essere a mio agio nell'attico di un palazzo e circondata dal lusso.»

«E invece...?»

«Qui non c'è lusso, ma cose che costano perché sono belle. E non c'è l'effetto museo... Insomma, è come guardare Parigi dai tetti, un tramonto rosso fuoco, un albero secolare, un prato in aprile... *Mi sento bene*.»

«Anche qui c'è un terrazzo tra i tetti, Sally.»

Dopo un giro veloce, Oliviero si sofferma nelle varie stanze. Oltre al grande salone-soggiorno e allo studio (con due librerie sistemate ad angolo e un tavolo con computer, cartelle impilate e carte sparse), vi sono quattro stanze da letto. Quella matrimoniale, la nostra, ha una portafinestra che dà sul terrazzo.

Oliviero mi conferma quello che risulta evidente: suo figlio non ha mai dormito da lui, e infatti l'arredo, mai cambiato, è tipico delle camere per bimbetti delle elementari.

Della nostra stanza mi colpisce anche il grande letto in noce con la testiera ricurva, impreziosita da un medaglione centrale intagliato nel legno che raffigura due angeli.

«Era il letto dei miei bisnonni» mi spiega Oliviero. «L'ho portato qui dalla soffitta di Poppi. Un artigiano l'ha ripulito e ha sostituito la vecchia rete di metallo con una struttura a doghe.»

Con questi particolari Oliviero vuole farmi capire che la sua ex moglie non ha mai dormito in quel letto: la sua sensibilità mi allarga il cuore.

Alla nostra camera è annesso un locale guardaroba con due lunghi armadi e una scarpiera. «Quello a sinistra l'ho fatto svuotare per te» Oliviero dice.

«Dovrei passare un mese a comperare vestiti per riempirlo!» rido.

La cucina è spaziosa e perfettamente attrezzata, ma ha l'aria sterile di una sala operatoria. Si vede che Oliviero non l'ha mai usata: fa persino la prima colazione al bar!

XIII

IN PRIMA PAGINA

Mi è sembrato corretto informare la mia ex moglie che Sally si è trasferita a casa mia e stiamo preparando i documenti per sposarci.

«Ti sembra il momento?» è stata la sua reazione. «Tuo figlio è ricoverato in clinica e sta lottando per guarire e tu inizi allegramente una nuova vita!»

Lucia è la sola persona che riesce a farmi perdere le staffe. Qualunque cosa dica o commenti, il suo tono è sempre aggressivo, acido o sarcastico.

«Di quale *lotta* parli?» sbotto. «Michele è imbottito di psicofarmaci e passa le giornate a letto, intontito o addormentato. È ricoverato da più di un mese e ho l'impressione che nessuno abbia fretta di dimettere un degente che paga duemila euro al giorno!»

«È questo che ti preoccupa? La tua guardarobiera ha paura di veder assottigliare il suo bottino?»

Conosco ormai bene le dinamiche delle nostre risse: quando Lucia supera i limiti della decenza e arriva alle provocazioni estreme, io ritrovo istantaneamente la calma. «Mi preoccupa che si viva alla giornata senza più alcun cenno al "recupero psicologico" e alla ricerca di un Centro idoneo. Le rare volte in cui sono riuscito a parlare con il dottor Levi, è stato molto vago al proposito. Vorrei almeno sapere se ha un'idea di quando Michele potrà essere dimesso.»

«Stai facendo il padre amoroso per cambiare discorso: perché non torniamo al lieto annuncio delle tue nozze?»

«Perché non c'è altro da aggiungere. Volevo solamente dirti che sto per risposarmi: il resto, sono fatti miei.»

«Sbagli! Parlerò subito con il mio avvocato per tutelare gli interessi di Michele.»

«Michele è mio figlio e non ha bisogno di un avvocato per essere *tutelato*.»

Lucia fa una smorfia di irrisione e di superiorità. «So bene come certi uomini, manipolati dalla donna per cui hanno perso la testa, riescono a far sparire proprietà, azioni e liquidi!»

Potrei risponderle che lei è una maestra della manipolazione e ricordarle la fortuna che ha dilapidato per il farabutto di cui si era invaghita: ma non ho voglia di proseguire questo scontro e mi sembrerebbe quasi blasfemo difendere o nominare Sally a una donna meschina come la mia ex moglie.

«Rivolgiti pure al tuo legale» taglio corto. «E di' al dottor Levi che chiederò un consulto medico se non mi spiegherà a quali terapie sta sottoponendo mio figlio e per quanto tempo intende tenerlo nella sua clinica.»

Mi sono impegnato con Sally a coinvolgerla in tutti i miei problemi e a costruire un rapporto di coppia basato sulla confidenza e sulla lealtà. Ma per la prima volta non rispetto questo patto: riferendole le velenose accuse di Lucia e la sua reazione nell'apprendere che stiamo per sposarci non soltanto le arrecherei un dolore inutile, ma solleverei una nuova ondata di scrupoli e di dubbi.

Sally ha riluttato a lungo prima di richiedere i documenti necessari per il matrimonio: "Come reagirebbe tuo figlio? Non possiamo aspettare che sia guarito? Noi siamo già una coppia. Io non ho bisogno di mettere una firma per sentirmi tua moglie...".

"Nemmeno io" le ho risposto. Ribattendo, punto per punto, alle sue obiezioni: "Se consideri il matrimonio *una formalità*, che senso ha rimandarlo? Michele non ha mostrato alcun turbamento quando gli ho detto che ti sei trasferita a casa mia (*forse perché intontito dalle porcherie che gli somministrano*. Se mai riuscirò a stabilire un vero rapporto con mio figlio, deve essere basato sul rispetto reciproco. Se ha rischiato l'autodistruzione è perché, illudendomi di proteggerlo, ho consentito a sua madre di mentirgli, condizionarlo, alimentare il suo livore contro di me".

Dopo queste parole Sally ha tentato di interrompermi, ma io non gliel'ho permesso. "Il risultato è evidente: Michele è cresciuto ignorando il rispetto per se stesso e per gli altri. Rimandando il matrimonio, gli darei una ennesima prova di essere un padre succubo e ricattabile."

Alla fine, Sally ha ceduto. E adesso mi rifiuto di ributtarla in balia dei dubbi e dei sensi di colpa.

Due giorni dopo lo scontro con la mia ex moglie, il dottor Levi mi fissa un appuntamento. Mi spiega che Michele è sottoposto a una *speciale* terapia di disintossicazione che non contempla il metadone: le crisi di astinenza vengono trattate con l'uso di *speciali* farmaci che hanno un effetto sedativo. Mi fa l'esempio della cura del sonno, "molto praticata" all'estero, grazie alla quale eventi luttuosi come un abbandono, un lutto o uno stupro vengono elaborati in gran fretta. Al risveglio, è come se fossero accaduti tre o quattro anni prima.

Non sono un esperto, ma queste argomentazioni mi lasciano molto perplesso e il dottor Levi adesso mi sembra, più che un medico, un ciarlatano.

A tranquillizzarmi è la conclusione del suo monologo: la terapia di Michele terminerà entro due settimane e, quando sarà fisicamente "pulito", potrà iniziare il recupero psicologico.

Mi guardo bene dal chiedergli l'indicazione di un Centro qualificato: correrei il rischio di far finire mio figlio in una congrega di curanderi o in un'altra clinica di incompetenti.

Lasciato lo studio di Levi, vado a fare una visita a Michele. È sveglio, ma ha lo sguardo spento e la voce impastata. «Ho saputo che stai per sposarti» mi dice quando mi curvo per abbracciarlo.

«È così. Te l'avrei detto io stesso.»

Fa un segno come a dire che non importa. «Sally... mi era simpatica. È una che sa quello che vuole...»

«È una brava persona. Spero che continuerà a esserti simpatica.»

«Ho sonno.»

«Fa parte della terapia. Ho parlato poco fa con il dottor Levi: ti dimetteranno tra due settimane.»

«Sì, lo so... E poi andrò in un'altra clinica. Mamma dice che...»

Aspetto che finisca la frase, ma dopo qualche istante mi accorgo che si è addormentato. Un quarto d'ora dopo, quando lascio la sua stanza, dorme ancora.

Vado direttamente a casa e riferisco a Sally, parola per parola, il monologo del dottor Levi con tutti i suoi *speciali* e i suoi esempi.

Sally è preoccupata quanto me. «Credo che dovremmo consultare uno specialista e sapere se questo bombardamento di farmaci sedativi è una terapia corretta. In caso contrario, non possiamo lasciare Michele in quella clinica per altre due settimane!»

Sally riesce a rasserenarmi anche quando condivide le mie preoccupazioni: quella sua abitudine di parlare sempre al plurale ("possiamo", "dobbiamo", "faremo"...) esprime un coinvolgimento istintivo che non mi fa mai sentire solo.

«Il fratello di Alberto Vasile» prosegue Sally dopo qualche istante di riflessione «ha un amico psichiatra che è venuto qualche volta a cena all'Irish Coffee. Se non sei troppo stanco, potremmo andare stasera stessa da Alberto a chiedergli come raggiungere subito questo psichiatra.»

I Vasile, dopo aver ascoltato il mio racconto, condividono le mie perplessità sul direttore sanitario e i miei dubbi sulla sua terapia sedativa. Alberto telefona subito al fratello chiedendogli come possiamo metterci in contatto con l'amico e poco dopo è lui a richiamarlo: lo psichiatra Garetta è in partenza per un congresso, ma si interesserà personalmente per indicarci un bravo specialista.

Restiamo all'Irish Coffee fino a mezzanotte. Sia Anna sia Alberto mi distolgono dal pensiero di mio figlio coinvolgendomi abilmente (così credono) in chiacchiere e pettegolezzi: l'inutile ricerca di una sostituta di Sally, l'ultima conquista del commendator Marziale, il divorzio degli Emmer, l'asta benefica di gioielli organizzata nel loro locale, il *fa-vo-lo-so* regalo a sorpresa che Anna ci farà il giorno del matrimonio...

Quando saliamo in macchina per tornare a casa vedo il sorriso di Sally spegnersi. E capisco che, come me, non ha smesso un istante di pensare a Michele.

«Non è normale che dorma sempre» dice a un tratto, come se stessimo proseguendo un discorso mai interrotto. «Non sappiamo niente della Santa Tecla, se non che è una clinica piccola e costosissima. È strano che non sia convenzionata con la sanità pubblica...»

Le prendo una mano. «Sally, domani Anna ci dirà a chi rivolgerci e chiariremo tutto.» Mi stringe il cuore vederla così tesa. Volevo darle una vita finalmente felice, e invece da quando stiamo insieme le ho tolto quel poco di serenità che era riuscita a ritrovare.

«Devo imparare a usare il computer» dice a un tratto.

Sulle prime non capisco. Che cosa c'entra il computer?

Me lo spiega prima che glielo chieda. «Se sapessi usarlo come Anna, scoprirei se quella clinica ha avuto delle denunce, di quali attrezzature dispone, quanti medici lavorano lì.»

«Esistono dei controlli anche per le strutture private e senza convenzioni. Smettila di arrovellarti, Sally. Domani risolveremo tutti i problemi.»

Sally annuisce e reclina la testa sullo schienale. Proseguiamo il breve tragitto in silenzio.

Un'ora dopo siamo a letto. Sally si è addormentata, ma io non riesco a prendere sonno. *Non potrei mai vivere senza lavorare, come una ricca e oziosa signora.*

Questa decisa affermazione di Sally mi viene in mente all'improvviso, forse perché siamo appena tornati dall'Irish Coffee e associo quel locale al suo lavoro e ai nostri primi incontri.

Cercherò subito un altro posto a Roma. Non l'ha ancora fatto e mi sento in colpa anche per questo.

Mi sveglio alle sette, più stanco di quando mi sono addormentato. Sally è già alzata e mi sta preparando la colazione. «Grazie di tutto» le dico.

Sally sorride. «Prima o poi ti presenterò il conto! Adesso sbrigati, ci aspetta una giornata molto importante.» Vorrei abbracciarla per la forza che mi dà.

Alle otto vado in ufficio per firmare la posta in partenza e per concordare con il capo del personale la liquidazione del direttore marketing, ufficialmente dimissionario. Da quando Michele è stato ricoverato, la mia segretaria e i vertici dell'azienda si sono dovuti adeguare ai miei orari, e non mi scuso nemmeno più.

Alle nove e mezzo vado alla Santa Tecla: per la prima volta trovo mio figlio sveglio e con il viso cupo dei giorni peggiori. Il mio sollievo è tale che vivo come un segnale positivo persino il suo sgarbato "che cosa vieni a fare tutte le mattine?". Michele si è risvegliato e sta ritornando alla normalità.

Mi siedo accanto al suo letto, come faccio sempre, ma diversamente dalle altre mattine non debbo guardarlo dormire oppure ascoltare la sua voce impastata. Avverto in Michele qualcosa di diverso che va oltre la sua improvvisa lucidità, ma non voglio fargli domande. Ho la strana sensazione che sia lui a volermi parlare e non osi. Ci scrutiamo a vicenda, in un silenzio pieno di disagio e di interrogativi sospesi.

«Sally è sempre a casa tua?» mi chiede dopo un'eternità.

«Sì, certo.»

«La sposi davvero?»

«Le voglio molto bene.»

«Okay. Adesso puoi andare, ho bisogno di...»

«Michele, se vuoi che parliamo di Sally e del nostro matrimonio io...»

«Non voglio parlare. Stop.»

Alle undici e mezzo (sono appena entrato in ufficio) Anna mi chiama sul cellulare: Garetta le ha indicato un medico internista, Mirko Finzi, che lavora al Fatebenefratelli ma da molti anni dedica il tempo libero a una Comunità di ragazzi minorenni e tossicodipendenti.

«In fatto di droghe e di terapie ne sa più di molti specialisti» Anna spiega «e mi sembra sinceramente interessato ai problemi di tuo figlio. Aspetta una telefonata per fissare un appuntamento, oggi stesso.»

Annoto il nome e numero di cellulare e ringrazio Anna. «Lo chiamo subito e poi ti faccio sapere.»

Il dottor Finzi mi aspetta per le cinque del pomeriggio: il tempo di chiedermi alcune informazioni essenziali e poi verrà con me in clinica per vedere Michele e, se possibile, parlare anche con il suo medico curante.

Richiamo Anna, la informo dell'appuntamento e la ringrazio ancora per avermi segnalato un medico che mi ha fatto un'ottima impressione.

Prendo l'ascensore e salgo a casa, per dare la buona notizia a Sally. Le racconto della mia visita a Michele, del suo inaspettato ritorno alla lucidità e del suo strano comportamento.

«Dillo al medico, Oliviero. E lascia fare a lui.»

«Prima dell'appuntamento, sbrigo un po' di lavoro in ufficio, poi vado all'Hilton per incontrare Samuel Burne: è un giovane stilista americano di cui volevo parlarti e...»

«Me ne parlerai un'altra volta. Adesso corri a lavorare così non arriverai in ritardo dal dottor Finzi.»

Alle quattro e un quarto interrompo l'interessante colloquio con lo stilista, dandogli un appuntamento per l'indomani nel mio ufficio. Sto attraversando la hall quando squilla il cellulare. È Sally.

«Dove sei, Oliviero?» chiede con voce concitata.

«Tranquilla, sto andando all'appuntamento.»

«Lascia perdere. Torna subito a casa.»

Trattengo il fiato. «È successo qualcosa?»

«Niente di grave. Ma abbiamo un problema urgente da risolvere. Non perdere tempo con obiezioni e domande inutili.»

È la prima volta che Sally usa un tono spazientito e questo mi preoccupa, se possibile, ancor più del problema che dobbiamo risolvere.

Per non perdere tempo, salgo sul taxi che ha appena scaricato due clienti all'ingresso dell'Hilton.

Mentre frugo nelle tasche alla ricerca delle chiavi di casa, che non trovo, suono il campanello. Sally mi apre dopo un istante, come se mi stesse aspettando dietro la porta.

«Michele è qui» mi dice senza preamboli.

«Michele è qui?» ripeto inebetito, per dare alla mia mente il tempo di elaborare l'incredibile notizia. Chi l'ha accompagnato? Perché è venuto da noi? Chi lo ha dimesso dalla Santa Tecla? Corro verso il soggiorno smanioso di vederlo e di avere da lui queste risposte. Ma Sally mi trattiene per un braccio.

«Michele è molto stanco e l'ho portato a dormire nella nostra stanza. Parla piano e lascialo tranquillo.»

«Mi puoi spiegare che cosa è successo?»

«Parla piano!» mi ripete. «All'una Michele ha chiamato dalla clinica, molto agitato, supplicandomi di andarlo a prendere.»

«E il dottor Levi ti ha permesso di portarlo via?»

«Sì. Michele non voleva che gli parlassi, ma gli ho spiegato che scappando senza dire nulla avrebbero denunciato la sua scomparsa ed entro poche ore sarebbe dovuto rientrare in quella clinica.»

«Ma perché voleva scappare? E che cosa hai detto al dottor Levi per convincerlo a dimetterlo?» Non riesco a capire che cosa è successo e sono sempre più preoccupato e confuso.

Sally mi guarda negli occhi: «Sono domande a cui non posso rispondere. E se vuoi che tuo figlio si rassereni, non devi chiedergli niente».

«Come posso aiutarlo, se non so di quale aiuto ha bisogno e perché ha deciso all'improvviso di lasciare la Santa Tecla?»

Vedo Sally esitare. «Io so tutto» sospira. «Ma non posso tradire la sua fiducia.»

«Sono suo padre, Sally! Se Michele ha un problema, ho il diritto di saperlo.»

«Michele ha *soltanto* problemi.»

«E tu parlamene! Non andrò certamente a dirgli che mi hai messo al corrente della situazione.»

Sally mi guarda con severità. «Non eri tu quello che parlava di lealtà e di rispetto? Se ti riferissi quello che mi ha confidato, gli mancherei di rispetto. E tu, fingendo ipocritamente di non sapere nulla, lo tratteresti come un idiota.»

Si accorge di avermi ferito e mi chiede subito scusa. «Vedi, Michele ha bisogno di riprendere fiato. Poi parlerà con il dottor Finzi e farà quello che lui decide. Sono stata molto chiara con tuo figlio: alla Santa Tecla ha dormito, adesso deve curarsi davvero.»

Il suo discorso mi fa ricordare il mancato appuntamento con il medico. Vado nel mio studio e gli telefono subito. Dopo essermi scusato, gli spiego che Michele ha voluto lasciare la clinica e non so che cosa è successo né che cosa fare.

«Mi richiami il più presto possibile: nessuna terapia si può sospendere bruscamente» mi raccomanda.

Faccio una seconda telefonata alla mia segretaria per avvertirla di non aspettarmi in ufficio e torno da Sally.

È in cucina: sento la sua voce e poi quella di mio figlio. Deve essersi appena alzato, perché le chiede se disturba. «Avrei una cosa da dirti» aggiunge.

«Non disturbi affatto! E puoi parlare liberamente.»

Resto dietro la porta, combattuto tra la curiosità di sapere che cosa sta per dire Michele e il disagio di stare lì a origliare. Ripenso al discorso che Sally mi ha fatto sulla mancanza di rispetto e decido di proseguire oltre.

Ma una frase di mio figlio mi inchioda: «Poco fa mi sono svegliato e passando dal soggiorno ho sentito quello che hai detto a mio padre. Ti sei persa una bella occasione per sputtanare la sua ex moglie!».

«Nessuno ti ha insegnato che non si ascolta dietro le porte?»

«Il discorso era troppo interessante, non potevo perdermelo.»

Una volta tanto sono d'accordo con mio figlio. Non posso perdere questa opportunità di sapere che cosa è successo e perché Sally avrebbe potuto *sputtanare* la mia ex moglie.

Ancora la voce di Michele: «Mi avevi promesso di stare zitta, ma non ci credevo. Quasi quasi mi dispiace di essermi sbagliato».

«È meglio diffidare di tutti? Vivere come cani ringhiosi?»

«Di sicuro non si prendono fregature.»

«Michele, se ti riferisci a quello che è successo ti sbagli. Tua madre è una donna divorziata e ancora giovane: è naturale che si innamori, che cerchi di ricostruire un rapporto di coppia.»

«Facendosi scopare dal mio medico curante nel cesso della stanza? Non ci ho dormito tutta la notte, e mi viene da vomitare solo a ripensarci.»

Lo squallore di questa scena, la voce desolata e rabbiosa di mio figlio mi fanno capire all'improvviso quello che è successo. È come un puzzle che si è ricomposto: la notte "da vomito" di Michele, la sua cupa lucidità del mattino, la sua smania di lasciare la clinica, la decisione di chiedere aiuto a Sally.

L'ultimo tassello è il permesso di dimissione ottenuto subito e senza resistenze dal dottor Levi: Sally lo ha praticamente ricattato mettendolo con le spalle al muro. E Lucia, informata da lui, ha avuto la decenza di non farsi viva.

Tendo le orecchie. Sally sta spiegando a mio figlio quello che io stesso le ho detto, e cioè che Lucia e il dottor Levi si conoscevano fin da ragazzi. «Probabilmente hanno avuto un ritorno di fiamma, Michele.»

«In un cesso?»

La domanda è brutale e decisamente imbarazzante: al posto di Sally non saprei come cavarmela.

Lei la butta sullo scherzo. «Il sesso è sesso, e il *famolo strano* è molto praticato a tutte le età: ascensori, pavimenti, pagliai, frigoriferi. Ho letto che in Oklahoma una coppia di paracadutisti ha concepito un figlio durante una caduta libera!»

«Non sei divertente, Sally. Si vede proprio che hai avuto una vita facile, non prendi niente sul serio.»

Qualche attimo senza risposta che mi stringe il cuore. E poi la voce neutra di Sally: «Cercavo di sdrammatizzare. Scusami.»

«Lascia stare. Mia madre un uomo perbene l'aveva trovato, e anche questo mi fa imbufalire. Forse non conosci la storia. Oppure mio padre te l'ha raccontata a modo suo.»

«Sono fatti che non mi riguardano, Michele.»

«Questo lo pensi tu! Se sposi il dottor Belli, devi sapere che, anche quando ti lascerà, tu dovrai restare *roba sua*. Ti ribelli? Trovi un altro? Lui ti ricatterà e si darà da fare fino a quando non sarai ritornata infelice e sola.»

«Ridotta a scopare nei cessi?» commenta Sally, con una vibrazione di sarcasmo e di rabbia che soltanto io riesco a percepire.

La conosco bene e so che reagisce con violenza alle ingiustizie. A quel punto esco allo scoperto per evitare che tra Sally e Michele il discorso degeneri. Torno nuovamente in studio e poi mi dirigo con naturalezza verso la cucina.

Nel frattempo, "ripasso" in gran fretta la situazione: ufficialmente Michele deve credere che io so che lui non sa che io so della sua uscita dalla clinica. Questo calcolo, ridicolo e troppo complicato, mi porta alla conclusione che devo fingermi molto sorpreso di vederlo in cucina con Sally.

La chiamo come se fossi appena tornato dall'ufficio e lei mi risponde: «Sono qui! E ho una sorpresa per te!». Se mai mi fossi distratto, con questo avvertimento mi suggerisce come devo comportarmi.

Soltanto dopo cena, quando Michele è tornato a dormire nella nostra stanza, la finzione finisce e affrontiamo concretamente i problemi che vanno risolti subito: tra questi, non rientra (*non ancora*) la pessima opinione che mio figlio continua ad avere di me, ritenendomi addirittura responsabile degli indecenti amplessi di sua madre.

Arriviamo all'ovvia decisione: Michele deve essere affidato a una comunità o a un centro per tossicodipendenti e Finzi, il medico consigliato da Anna, ci sembra la persona più adatta per parlare con Michele e indicarci la struttura migliore.

Quella notte dormiamo nella stanza degli ospiti. Il solo momento rilassante (e persino divertente) della serata è stato quando Sally ha mostrato a mio figlio la stanza che arredai per lui e che nel corso degli anni è rimasta identica: con il banco e la sediolina per studiare, le videocassette dei cartoni giapponesi, il copriletto con Superman in azione. Michele è scoppiato a ridere.

Ma quando siamo a letto, soli, Sally mi chiede: «Non ti sei accorto della sua reazione quando hai aperto la porta? Per qualche istante è rimasto senza parole, colpito e *felicemente* sorpreso che tu, trasferendoti qui, avessi pensato a lui.»

«No, non me ne ero accorto» confesso. «In ogni caso continua a detestarmi.»

«Nel muro si è aperta una piccola breccia: fidati di me, so per esperienza che questo muro finirà per crollare.»

Si accoccola contro di me: «Fidati anche di te stesso: sei un picconatore implacabile, Oliviero» aggiunge con quel suo sorriso solare che mi riscalda il cuore.

All'indomani mattina, alle nove e mezzo, telefono dall'ufficio al dottor Finzi, gli racconto brevemente quello che sono riuscito a scoprire e ancora una volta si mostra disponibile e comprensivo: è la sua giornata di riposo e può venire anche subito a vedere Michele.

Sally ha già preparato mio figlio a quell'incontro e così non oppone le solite resistenze.

Mirko Finzi arriva tre quarti d'ora dopo. È anche fisicamente una persona accattivante: sorriso aperto, viso rotondo, capelli corti e ricciuti, dimostra assai meno dei suoi quarant'anni.

Lo lasciamo solo con Michele e restiamo chiusi nel mio studio fino a mezzogiorno.

Alla fine dell'incontro mi aspetto che Finzi ci voglia parlare. Lo fa, ma chiede che Michele sia presente al nostro colloquio. Sally si allontana discretamente. Mio figlio fa per trattenerla, ma lei gli fa segno che si sentiranno dopo.

«Aspetto Michele domattina alle otto, nel mio reparto» dice il giovane medico. «Gli farò un'ecografia e un'analisi completa del sangue. Dopo questi controlli, valuteremo che cosa fare. Michele è disposto a essere ricoverato in una clinica oppure in un centro ma pone una sola condizione: la sua famiglia deve restarne fuori. Sarò il suo unico interlocutore e dovremo concordare ogni decisione, ogni terapia.»

«Michele è minorenne» obietto. «E credo che occorra la firma di un genitore per...»

Michele mi interrompe: «Firmerete quello che il dottor Finzi vi chiederà. Sono deciso a curarmi e ti chiedo fiducia».

«Va bene. La mia obiezione era soltanto formale.» Vorrei aggiungere che mi fido di lui, ma temo che questa affermazione possa irritarlo o apparirgli retorica.

Prima di congedarsi, Finzi dice a Michele di non dimenticare di prendere le compresse che gli ha lasciato: una subito, e una prima di coricarsi. Non faccio domande. E non obietto nulla quando più tardi, a tavola, mio figlio dice che vorrebbe essere accompagnato da Sally per i controlli a cui deve essere sottoposto.

È a Sally che si rivolge mentre spiega perché Finzi gli ha raccomandato di prendere quelle compresse: «Non posso sospendere di colpo gli psicofarmaci. Sono come la droga, c'è il rischio di una crisi di astinenza».

Sally annuisce e gli chiede: «Adesso che sei cosciente, non senti la mancanza della droga? Non hai voglia di farti?».

Aspetto la risposta atterrito per l'audacia di Sally.

«Per il momento no. Ma Finzi dice che solo tre su dieci ce la fanno a liberarsi per sempre dalla dipendenza: per questo intendo collaborare al massimo.»

Sospiro di sollievo. Mio figlio mi guarda con una strana espressione tra il provocatorio e il minaccioso: *vuole* che gli dica qualcosa di sbagliato per potermi rispondere qualcosa di cattivo. Ma io sto zitto.

«Bravo, dottor Belli. Hai letto il manuale del padre perfetto?» chiede dopo aver inutilmente atteso.

Sally trasforma la frecciata in una battuta: «Ci hai preso, Michele! Devi ammettere che anche lui si sta impegnando *al massimo*».

«Io stavo di merda. Ogni giorno mi facevo...»

«Il passato è passato» tronca Sally. «Adesso usa le energie che ti restano per tirartene fuori. Non c'è niente di cui vantarsi.»

Mi sbalordisce che Michele accetti da lei domande e rimbrotti che a me costerebbero la lapidazione.

Dopo pranzo, Michele va a dormire e io scendo in ufficio. I problemi di lavoro sono ancora irrisolti, ma mi sento troppo stanco per concentrarmi nei progetti di innovazione e di rilancio. Il giorno dopo avrei però capito il senso di una delle tante "sentenze" di Sally: "Quando ti senti a terra e ti sembra di non farcela più, l'aiuto vero per risalire te lo dà, paradossalmente, l'arrivo di un'ingiustizia, una brutta notizia, un problema che devi risolvere subito: la stanchezza passa come per miracolo, e ritrovi tutta l'energia per lottare!".

Alle otto Sally accompagna Michele a fare i controlli nel reparto del dottor Finzi.

Alle undici Burne, il giovane stilista americano incontrato all'Hilton, non si presenta al nostro appuntamento: ha cambiato idea, preferisce lavorare negli USA.

Alle tre del pomeriggio Sally mi avverte che Michele resterà ricoverato per qualche giorno. Deve essere sottoposto ad altri controlli; mi spiegherà a voce i particolari.

Alle cinque l'avvocato della mia ex moglie mi preannuncia telefonicamente una denuncia per sottrazione di minore se Michele non sarà riconsegnato alla madre entro le prossime ventiquattro ore.

Alle sei l'avvocato Auletti mi accompagna all'ospedale: vuole parlare personalmente con il dottor Finzi e avere una dichiarazione sullo stato di salute in cui il ragazzo si trova e sui controlli a cui deve essere ancora sottoposto. Il dottor Finzi ci dice che ha chiesto alla Santa Tecla di avere per e-mail la cartella clinica con la specifica di tutte le terapie, ma dopo nove ore non è arrivato nulla.

Michele è fisicamente debilitato dalla lunga immobilità e presenta i chiari sintomi di un abuso di psicofarmaci: due ore prima ha avuto la tipica crisi da brusca interruzione: sudorazione, spasmi muscolari, disturbi respiratori, crisi d'ansia, stato confusionale.

Mentre l'avvocato continua la conversazione con Finzi, io raggiungo mio figlio nella stanzetta in cui è stato ricoverato. Sally mi viene incontro: «Sta riposando» sussurra.

Mi siedo accanto a lei e le prendo una mano. Guardiamo Michele, pallido e smagrito, senza dire una parola.

Il silenzio è spezzato dalle voci concitate che giungono dal corridoio. Nello stridulo "non potete impedirmi di entrare!" riconosco quella di Lucia.

Irrompe nella stanza vanamente trattenuta da un infermiere e si catapulta sul letto di Michele. Lo riscuote con furia. «Come hai potuto farmi questo? Sono tua madre! L'unica persona che ti vuole bene! Non me lo meritavo!»

Il dottor Finzi la afferra per le spalle e la trascina di forza fuori dalla stanza mentre lei continua a gridare e a inveire.

Michele si solleva dal cuscino e scoppia in lacrime.

È in quel momento che riemergo dal fondo: la stanchezza delle ultime settimane sparisce di colpo. Sono indignato e addolorato, ma pronto a fare guerra al mondo per riavere mio figlio e insegnargli che la vita non è *merda*.

Michele smette di piangere. «Voglio restare solo» dice. «Andate via tutti» aggiunge.

Rispetto la sua richiesta. Non mi lascio sopraffare dall'impotenza. Lascio la stanza con Sally e raggiungo il dottor Finzi per ringraziarlo del suo intervento e avvertirlo che Michele è rimasto solo.

Mi risponde che forse è meglio sospendere le nostre visite: telefonerà ogni giorno per tenermi informato e sarà lui a dirci quando potremo rivedere Michele. La prospettiva di una lunga degenza non mi spaventa: so che adesso è in buone mani.

Con l'energia ritrovata, nei giorni che seguono affronto tutti i problemi. Incarico Lorenza Auletti di chiedere un incontro con il giudice minorile: già fatto, mi risponde il "mastino". Alla richiesta ha allegato un dossier con la diagnosi di ricovero del dottor Finzi per "intossicazione da psicofarmaci", la fotocopia delle analisi eseguite al Fatebenefratelli e la cartella clinica che descrive le condizioni di Michele all'uscita dalla Santa Tecla.

Mi complimento con la Auletti e le dico che dovrà chiedere al giudice anche una drastica riduzione dell'assegno alimentare. «Era l'ora!» è il suo commento.

Affronto di petto anche i problemi irrisolti della mia azienda, in ordine di priorità: liquido il direttore marketing con la mediazione (e il ricatto) di un legale indicatomi dalla stessa Auletti. "Blocco" lo stilista americano, in partenza, con una offerta economica e un ruolo che sarebbe insensato rifiutare. Decido la chiusura di quattro boutique e metto in vendita i locali.

Affronto il piano di rilancio con la prima iniziativa: creare un grande e attrezzato outlet in una fabbrica dismessa con relativa area che si trova a due chilometri dall'Irish Coffee: è stata Sally a suggerirmi l'idea di un punto vendita. E la segnalazione dell'area mi è arrivata dai Vasile. Il direttore commerciale è riuscito a risalire ai proprietari (tre eredi in annoso disaccordo) e le trattative sembrano bene avviate.

Sul Messaggero appare un trafiletto che parla del rilancio del mio marchio e della prossima apertura di un outlet.

Le notizie che il dottor Finzi mi dà quotidianamente sono sempre più tranquillizzanti e non fanno che accrescere la mia ritrovata energia.

La Auletti mi telefona mentre sto esaminando i primi bozzetti di Samuel Burne: il giudice ha fissato l'udienza all'indomani mattina alle undici.

Lucia ha inviato un secondo certificato medico per giustificare la sua impossibilità a presentarsi, ma stavolta non ottiene il richiesto rinvio: il giudice mi concede *temporaneamente* l'affido di Michele, riservandosi di ascoltare la mia ex moglie.

«È una clausola formale» precisa la Auletti al termine dell'udienza. L'assegno alimentare è stato dimezzato. E qui la Auletti è meno soddisfatta. «Se lei mi avesse lasciato mano libera, dottor Belli, avrei potuto diminuirlo ulteriormente. O, addirittura, ridurlo a zero euro.»

Sono più che felice di quello che ho ottenuto. Come la mia sentenziosa Sally afferma, stravincere significa sempre infierire contro chi hai sconfitto: alla fine, devi pagare il conto di questa inutile crudeltà.

Qualche giorno dopo tocco con mano un'altra delle "verità rivelate" di Sally: le buone notizie sono come quelle cattive, non arrivano mai sole.

Il dottor Finzi mi telefona che Michele desidera vedermi con Sally. I rissosi eredi si sono accordati sulla vendita della fabbrica e il notaio sta eseguendo i controlli necessari per l'atto di vendita. E Sally accetta senza alcuna riluttanza di sposarmi: le avvenute pubblicazioni hanno un termine oltre il quale perdono validità.

Ormai assuefatto ad accettare "condizioni", cedo anche alle sue: dovrà essere una cerimonia semplice, noi due e i Vasile, che ci faranno da testimoni. Niente sorprese, niente regali, niente pranzi: la vera festa sarà il ritorno a casa di Michele.

Nel frattempo possiamo finalmente rivederlo. Prima di accompagnarci da lui, il dottor Finzi ci dà un'altra buona notizia: Michele, ormai disintossicato e fisicamente ristabilito, è pronto per entrare nella comunità di minorenni a cui lui stesso collabora come volontario.

Ci sconsiglia di dire a Michele che ci sposiamo tra pochi giorni. «Questo è un momento di cambiamenti molto delicato per lui» ci spiega «e non è bene sovraccaricarlo emotivamente con un annuncio che potrebbe deconcentrarlo, destabilizzarlo.»

Nonostante la crisi che sta vivendo, Michele ci sembra un'altra persona. Si è irrobustito, ha perso il colorito giallastro da malato, il suo sguardo è vivo, si muove agilmente. Non indossa il pigiama, ma i suoi vestiti.

Si lascia abbracciare e ci chiede se vogliamo andare a bere un caffè o una cioccolata con lui. «Sono delle macchinette, ma non fanno schifo.»

Strada facendo (cammina spedito e sicuro) ci racconta che fa due ore di palestra ogni giorno, è diventato molto amico della figlia del dottor Finzi ("Si chiama Margherita e si faceva di spinelli anche lei"), ha visto le fotografie della comunità e gli sembra "niente male".

«Ci andrò la prossima settimana e, se volete, mi ci potete accompagnare voi.»

Usciamo dall'ospedale rasserenati come non ci sentivamo da mesi. «Domani tornerò a trovarlo» decide Sally mentre ci dirigiamo verso la macchina.

Ma il susseguirsi di eventi positivi ha bruscamente fine. Sally torna dall'ospedale stravolta: Michele l'ha mandata via accusandola di essere un'ipocrita "in combutta" con me. Non vuole vederci *mai più*.

Chiamo subito Finzi sul cellulare per sapere che cosa è successo. E lui, con avvilimento e disagio, mi spiega che la mia ex moglie è riuscita a eludere la sorveglianza e a entrare nella stanza di Michele. «Non so che cosa gli ha detto» conclude «ma nei venti minuti che ha trascorso con lui, prima di essere allontanata, è riuscita a distruggerlo psicologicamente.»

Anche questo è un puzzle facile da ricomporre: Lucia gli ha parlato dell'udienza a cui non ha potuto partecipare, gli ha trasmesso il suo livore per la riduzione del bonifico mensile e per l'affido che le è stato tolto con prepotenza. E infine si è riproposta come una povera madre che io condanno all'infelicità.

Sally mi impedisce di abbattermi. «Le recite hanno sempre una fine» dice «e Lucia sta sparando gli ultimi colpi all'impazzata, come chi sa di avere i giorni contati.»

Ci sposiamo nel Comune di Settebagni alle sette del mattino. Alle otto facciamo colazione a casa di Anna e Alberto e poi torniamo a Roma: io vado in ufficio e lei sale a casa. Sally ha sempre ragione, ma per quanto riguarda il matrimonio ha sbagliato: non è una *formalità* o un *pezzo di carta*, e per tutto il giorno sono pervaso da una sensazione di sicurezza e di benessere fisico che non avevo mai provato.

Guardo più volte la lucida fede d'oro che mi ha infilato nell'anulare: Sally è *mia moglie*. La mia vita ha trovato un'ancora, non sarò mai più solo. Qualunque cosa accadrà, non mi lascerò più abbattere.

Il dottor Finzi mi telefona ogni sera per darmi notizie di Michele. Da una settimana si trova nella comunità e, dopo le iniziali difficoltà, comincia ad ambientarsi.

L'avvocato Auletti ha avvertito il giudice minorile della rovinosa irruzione di Lucia nella stanza (e nella vita) di Michele ed è subito partita una diffida: non potrà avere alcun rapporto col figlio senza previo permesso del Tribunale minorile.

Ai ragazzi della comunità non è consentito tenere il cellulare: possono comunicare con l'esterno solamente attraverso il telefono della direzione. Questa informazione mi tranquillizza.

Il mese di maggio inizia con un'ondata di caldo eccezionale. Alberto inaugura con una cena a inviti l'apertura della piscina e io e Sally figuriamo nella selezionata lista. Trascorriamo una serata assordante e fantasmagorica.

«Sembra di essere al Luna Park!» ride Anna. A mezzanotte Alberto fa esplodere i botti, come a Capodanno, e i ragazzi cominciano a ballare su una grande pedana con palchetto per l'orchestra: è la sua ultima "innovazione".

A quel punto Alberto si ritira e lo seguiamo all'interno del locale. Noi quattro di nuovo insieme, stavolta con i "botti" del gossip: il tempo vola. Torniamo a casa alle due e mezzo del mattino.

Faccio una breve deviazione per mostrare a Sally la vecchia fabbrica che tra breve sarà nostra.

Alle otto ci sveglia il suono del telefono. Sono io a rispondere: è Anna. «Compera subito i giornali di oggi!» dice. «C'è una notizia clamorosa che il Corriere della Sera pubblica in prima pagina!»

Citofono al portiere chiedendogli di portarmi a casa, subito, tutti i quotidiani che arrivano in ufficio.

Sally va alla porta ad aspettare e, quando sente l'ascensore fermarsi, apre prima ancora che il portiere suoni il campanello.

Torna in camera con il fascio dei giornali e cerchiamo subito il Corriere. La notizia è davvero clamorosa: *ARRESTATO IL RE DEI PLAYBOY*. Il "re" in questione è Giovanni Mecci, l'ex amante di Lucia. Dopo la denuncia di una ricca signora milanese, altre sei donne sono uscite allo scoperto, smascherando il truffatore e raccontando una storia che ben conosco: è identica a quella della mia ex moglie. Spacciandosi per un ricco signore in attesa di far rientrare i propri capitali dall'estero, l'irresistibile Mecci recitava la parte dell'amante appassionato e desideroso di formare una famiglia. Questa recita gli fruttava inizialmente vitto e alloggio gratuito e col trascorrere del tempo "anticipi" mai inferiori al milione di euro.

Trascorriamo oltre un'ora nella lettura dei quotidiani, apprendendo indiscrezioni e particolari sempre più sbalorditivi.

«Devo telefonare immediatamente a Finzi» dico a Sally. «Michele non può leggere questa squallida storia.»

Sally riflette qualche istante. «Non fare nessuna telefonata. Lascia che le cose vadano come devono andare» replica pacatamente.

XIV

L'AMICA

Se Michele non ha rinunciato a *impegnarsi al massimo*, è soltanto per puntiglio. In tre su dieci ce la fanno, come gli ha detto il dottor Finzi. In quella Comunità sono ospitati trenta tossicodipendenti e lui non vuole essere tra i ventuno sfigati destinati a ricascarci.

Un mese gli è bastato per identificarli: sono quelli che hanno rifiutato di seguire i corsi scolastici di recupero, portano l'anellino all'orecchio o il piercing di strass nella narice, esibiscono orgogliosamente i loro sgargianti tatuaggi, hanno la testa zebrata (come lui un tempo!) o il ciuffo a pappagallo indurito dal gel, danno del tu a tutti e chiamano familiarmente il dottor Finzi col suo nome di battesimo, Mirko.

Michele ha preso subito le distanze da loro, e non gliene può fregare di meno se lo chiamano "il Bellino" o se li vede infrattarsi nel boschetto per tirarsi una canna arrivata da chissà dove. Ragazzi "fuori" come loro ne ha frequentati molti, ma mai tutti insieme e soltanto per il gusto di trasgredire.

Ha preso le distanze anche dagli otto che si impegnano come lui e perciò, statisticamente, resteranno puliti per sempre. In una Comunità per minorenni, vicini per età e con gli stessi problemi, socializzare significa ammettere l'appartenenza al mondo dei tossici, essere marchiati come i figli problematici che nessun genitore vorrebbe avere.

Per questo Michele detesta i giovani volontari che li seguono negli studi, organizzano tornei di calcetto, si improvvisano psicologi, coach, infermieri, accompagnatori, conferenzieri. Invadono i loro spazi come cavallette, sempre disponibili e incoraggianti: sono i bravi ragazzi, i *diversamente fancazzisti* che hanno trovato un modo benemerito per riempire il tempo libero.

La comunità ha dieci anni di vita e si trova nella periferia nord di Roma: è un grande prefabbricato rettangolare sorto in quattro mesi su un terreno incolto donato da tale Aristide Martinelli. Una lapide ne perpetua il nome e il "generoso gesto". Sono stati i volontari a piantumare il terreno, montare le pareti di cartongesso delle stanze da letto, suddividere il resto del prefabbricato in appositi spazi: la cucina, la mensa, il soggiorno, la biblioteca, l'infermeria, l'aula scolastica, la palestra.

La comunità si autofinanzia con le rette pagate dalle famiglie, a seconda delle loro possibilità, con le offerte spontanee e con i fondi raccolti attraverso iniziative benefiche. Michele si chiede spesso quanti soldi suo padre sborsi per tenerlo fuori dalle palle, ma riesce sempre a scacciare il pensiero.

Un prete viene alla domenica per celebrare la messa nel salone-soggiorno e per confessare e comunicare i ragazzi che lo desiderano: il personale è tutto laico e soltanto cinque persone (i volontari più anziani) vivono stabilmente nella comunità.

Il dottor Finzi e altri colleghi si fanno carico dell'assistenza sanitaria e psicologica dei ragazzi.

Michele ha un rapporto privilegiato con Finzi. L'approvazione e la fiducia che lui gli dimostra non fanno parte della "terapia di rassicurazione", ma sono supportate dai fatti: non ha mai ostacolato l'amicizia nata tra lui e Margherita quando era ricoverato al Fatebenefratelli e consente a sua figlia, senza problemi, di trascorrere qualche pomeriggio nella biblioteca della Comunità. Studiano, leggono, chiacchierano. Margherita arriva con suo padre e torna a casa con lui.

È il solo contatto che Michele ha con il mondo esterno, a parte la lettura dei quotidiani e delle riviste che si possono leggere in biblioteca. A sua madre è stato proibito di vederlo, e suo padre e Sally *non esistono*: è stato lui a cancellarli.

Quello che apprezza del dottor Finzi è che non gli fa pressioni e non li nomina mai. E quello che gli piace della Comunità è il *rispetto* con cui tutti i tossici vengono trattati.

Esistono, è vero, orari e regole ferree: sveglia alle sette, colazione alle otto, scuola o "attività libere" dalle otto e mezzo fino all'una, ora del pranzo. Il pomeriggio inizia con una conferenza e prosegue con due ore di attività sportiva, l'incontro con lo psicologo o il medico di turno, due ore di studio o altre attività. Termina alle sette e mezzo, con la cena, e dopo le otto e mezzo ciascuno è libero di trascorrere il tempo come crede: giocando a calcetto, guardando la televisione, riunendosi in gruppi per chiacchierare. Alle ventitré e trenta, tassativamente, tutti a nanna: tre per ogni stanza e luci spente.

La differenza con altre Comunità sta soprattutto, a quanto Michele ha sentito dire, nel non imporre lavori manuali come zappare l'orto, potare le piante, tosare l'erba o costruire ridicoli mobiletti. È un optional: chi ci prova gusto, libero di farlo; chi nemmeno si sognerebbe, come lui, altrettanto libero di chiamarsi fuori.

L'unica imposizione è consegnare, nel momento stesso dell'arrivo, il proprio cellulare. E l'unico obbligo è rifarsi i letti e rassettare la stanza. Per evitare discussioni con i due ragazzi che dormono con lui, è sempre Michele a fare le pulizie e a cambiare l'aria, appestata dalle puzzolenti scarpe da tennis che i due sfigati non cambiano mai.

Mirko Finzi conosce le vicissitudini erotico-finanziarie della madre di Michele: il dottor Belli, con comprensibile imbarazzo ma grande franchezza, nell'affidargli il figlio ha dovuto raccontare le manipolazioni e i condizionamenti della figura materna, il livore con cui è stato cresciuto, la truffa di un sedicente milionario che Michele continua a considerare una brava persona, l'amplesso che lo ha spinto a fuggire dalla Santa Tecla.

Finzi stesso ha toccato con mano l'analfabetismo psicologico e umano dell'ex signora Belli il giorno dell'irruzione nella stanza di Michele.

Come hai potuto farmi questo? La frase tipica dei genitori inesistenti che, costretti ad aprire gli occhi, vivono i problemi dei figli come un affronto fatto alla loro persona, e il male che i figli si sono fatti e continuano a farsi come un castigo senza delitto, un peso di cui rifiutano di farsi carico. *Non lo meritavo!* Finzi non ha mai osato dire al povero padre di Michele che tacendogli la verità non lo ha protetto, bensì avviato all'età adulta come un bambino al volante di un bolide, predestinandolo a un rovinoso cozzo contro la realtà.

Sta facendo queste malinconiche riflessioni alle otto del mattino, nel suo studio, dopo aver dato una sfogliata ai quotidiani. D'un tratto sobbalza: il cozzo è avvenuto. Nel "re" dei playboy Finzi ha immediatamente identificato l'uomo che, tra le tante donne, ha sedotto e derubato anche la ex moglie del dottor Belli. Michele, durante i loro incontri, ha nominato spesso Giovanni Mecci, la brava persona con cui sua madre avrebbe potuto ricostruirsi una vita serena se "il dottor Belli" non glielo avesse impedito.

Per la prima volta in quindici anni di lavoro Mirko Finzi non sa che cosa fare. Né la medicina né la psicologia sono scienze esatte, ma alla fine ha sempre dovuto fare una diagnosi, prescrivere una terapia o delle analisi.

Adesso è paralizzato dall'incertezza sul da farsi: chiedere al volontario della biblioteca di far sparire i quotidiani? Telefonare al dottor Belli di raggiungere subito il figlio e avere finalmente un chiarimento con lui? Le due soluzioni gli appaiono ugualmente sbagliate. I quotidiani non molleranno l'intrigante vicenda, e riferiranno nuovi particolari, nuovi nomi. Inoltre se ne parlerà nei telegiornali e se ne discuterà con i soliti opinionisti: prima o poi Michele saprebbe comunque la verità.

Sperare in una improvvisa chiarificazione tra padre e figlio è illusorio. Non potrebbe esistere momento meno opportuno: Michele lo ha cancellato anche dai loro discorsi.

La terza soluzione, raggiungere subito il ragazzo e cercare di prepararlo alla notizia per attutirne l'urto, gli suscita molte perplessità. Michele è un ragazzo suscettibile e orgoglioso. Tutti i suoi comportamenti lo dimostrano: il rigoroso attenersi alle regole, il rifiuto del metadone, il continuo impegno per dimostrarsi "il migliore".

Vivrebbe il suo intervento come un atto di compassione. Se ne sentirebbe sminuito, umiliato.

La cosa migliore è consentirgli di apprendere la notizia come capiterà e dargli il tempo di elaborare, da solo, la sconvolgente realtà dei fatti.

A questo punto Finzi può soltanto telefonare al padre per suggerirgli l'identico comportamento. Guarda l'orologio e decide di aspettare una mezz'ora: sarebbe imbarazzante se il dottor Belli non avesse ancora letto i giornali. Finzi ha il tempo per fare il giro del suo reparto.

Alle nove e mezzo rientra in studio e chiama Belli al suo cellulare. Risponde dopo due squilli.

Alla fine della lunga telefonata Oliviero raggiunge Sally. «Il dottor Finzi la pensa esattamente come te. E non ci resta che aspettare.»

«Ehi, Bellino, come mai non sei a scuola?»

«È sabato.»

«E allora?»

«Non ci sono i corsi.»

«Io e Giorgio alle dieci andiamo a Frascati con un volontario. Vuoi venire anche tu?»

Michele non ricorda chi è Giorgio e del ragazzetto che lo ha raggiunto in giardino sa soltanto che ha quattordici anni e mezzo ed è il più giovane ospite della Comunità.

«Sì o no, Bellino?»

«No.»

«Che cosa fai qui tutto il giorno?»

Fatti miei. Togliti dalle palle.

«Aspetto un'amica.»

«La figlia di Mirko?»

«Fatti miei.»

«È proprio vero che te la tiri, Bellino. Be', io ci ho provato a...»

«Il mio cognome è *Belli*.»

«Lo sappiamo tutti che sei il figlio di un industriale della moda. Ma qui sei un tossico come noi. E stai sulle palle a tutti.»

«Come ti chiami?»

«Christian Almici.»

«'Fanculo, Christian.» Gli gira le spalle e si dirige verso il cancello.

Margherita è appena scesa da una macchina e si sta dirigendo verso di lui. La sua vista basta a far sbollire la rabbia di Michele.

«Mi ha accompagnato mia cugina e verrà a riprendermi a mezzogiorno» gli dice mentre aspetta davanti al videocitofono che scatti il pulsante d'apertura.

Michele odia quel cancello: lo fa sentire un carcerato dietro le sbarre, *un tossico come gli altri* separato dal mondo dei bravi ragazzi che Margherita dovrebbe frequentare.

Il pulsante scatta e la barriera sparisce. «Ti ho portato qualche giornale e due tavolette di cioccolato nero. Come va, Michele?»

«Fino a pochi minuti fa di schifo. Ma tengo duro.»

«Andiamo a sederci laggiù?» chiede Margherita indicando la panchina nel boschetto degli aceri.

«Va bene.»

Appena seduti, Michele si guarda intorno. «Dopo cena, questo è il posto preferito dei recidivi.»

«*Recidivi?*» Margherita chiede posando i giornali sulla panchina.

«Già. Qualcuno riesce a procurarsi della roba e...»

«Ma qui non se ne accorgono? Mio padre non lo sa?»

«Sicuramente lo sospetta: è molto difficile disintossicarsi. Pare che soltanto tre su dieci, usciti da centri e comunità, riescano a non drogarsi più.»

Michele sta molto attento a come parla. Margherita non sopporta, glielo ha detto chiaramente, il gergo dei tossici, l'intercalare dei "cazzo", i termini come "abbalconato" o "impanicato", "strafatto", "schizzato": non per snobismo di brava ragazza borghese, ma semplicemente perché le *suonano male*. È un modo brutto di parlare.

«Mi deluderesti molto se ricominciassi a drogarti, Michele.»

«Puoi giurarci che non succederà.»

Margherita scarta una tavoletta di cioccolato. «Cacao nero: pare che stimoli la produzione di endorfine. Sarà suggestione, ma due quadratini prima di un'interrogazione o un compito in classe fanno miracoli.»

Mentre assaporano il cioccolato lo sguardo di Michele cade sul fascio dei giornali. «Che cosa succede nel vostro mondo?» chiede estraendone uno a caso. È il Corriere della Sera.

«Il mondo include anche te e questa Comunità.»

Michele scorre i titoli di prima pagina e ridacchia: «Qui dentro si vede di tutto, ma non playboy milionari!».

Margherita si curva verso di lui per guardare il titolo indicato da Michele. «Chi sarebbe questo *re dei playboy*?»

«Un tale Mecci che...» Si interrompe di colpo.

Margherita lo vede sbiancare. «Questo Mecci è l'uomo che...?»

«Lasciami leggere» Michele risponde con una strana voce arrochita, come se gli mancasse il respiro.

Lei rialza la testa e si scosta leggermente. Michele sembra ipnotizzato da quell'articolo e ne cerca il seguito all'interno. Sfoglia il giornale con le mani che gli tremano e quando ha trovato la pagina riprende la lettura. Margherita vede il suo viso avvampare. *Devo chiamare qualcuno, forse sta male.* Ma non riesce a muoversi.

«Mio Dio...» Un grido strangolato.

«Michele, che cosa succede?»

Solleva gli occhi dal giornale e la fissa con uno sguardo stralunato. Poi volta la testa.

Margherita lo prende per le spalle, ma lui si alza di scatto e si allontana correndo.

«Fermati!» Margherita grida cercando di raggiungerlo. «Per piacere, non farmi stare male!»

E Michele si ferma ad aspettarla. Ha il viso inondato di lacrime. «Voglio stare solo.»

«No. Devo sapere che cosa è successo.»

«Stanne fuori, Margherita. È uno schifo.»

«Vuoi che chiami mio padre?»

«No.»

«Aspettami qui.» Margherita raggiunge a grandi passi la panchina dove erano seduti, raccoglie i giornali e torna da lui.

«Buttali via, non voglio leggere più niente!»

«Io sì. Questo Mecci è lo stesso di cui mi hai parlato? L'uomo che tua madre non ha potuto sposare?»

Michele fa di sì con la testa. «Nella pagina interna c'è anche la fotografia.»

«Perché lo hanno arrestato?»

«Raggirava le donne ricche e sole e poi...» Si copre il viso con le mani. «Dio, che vergogna...»

«Tu non c'entri!» Margherita protesta.

«Sbagli. Quell'uomo ha vissuto a casa mia per mesi: *vitto e alloggio gratis*, come ha fatto con tutte. Per me era il padre che non avevo mai avuto: lo stimavo, gli volevo bene. E non vedevo l'ora di trasferirmi a Milano nella casa che...» Si interrompe di nuovo, come folgorato.

Margherita lo guarda esitante. «Le persone come il Mecci carpiscono la fiducia e l'affetto delle vittime proprio perché si comportano e si presentano come persone perbene. Non devi sentirti in colpa per esserci cascato anche tu.»

Michele fa di no con la testa. «Non è questo che pensavo» replica brusco. «Con quali soldi ha comprato la casa? Quanti "prestiti" gli ha fatto mia madre? Negli ultimi tempi si lamentava sempre perché era senza soldi... Accusava mio padre di...»

«Stai correndo troppo, Michele. Non hai alcuna prova che tua madre sia stata raggirata anche economicamente.»

«Ha fatto così con tutte. Devo vederci chiaro, leggere gli altri giornali che mi hai portato per avere altri particolari» dice quasi con affanno.

Tornano a sedersi sulla panchina e passano un quarto d'ora leggendo e scambiandosi i giornali.

Michele è il primo a parlare. «La storia delle donne che hanno denunciato il "re dei playboy" sembra il replay di quella di mia madre: gli stessi regalini, gli stessi pensierini, gli stessi discorsi sui capitali che dovevano rientrare dall'estero, le stesse proteste contro "la lentezza e la burocrazia" delle banche.»

Margherita è arrivata alla certezza che il Mecci abbia derubato anche l'ex moglie di Oliviero Belli, ma conoscendo l'adorazione che Michele ha per la madre tenta di insinuargli qualche dubbio per dargli il tempo di arrivare gradatamente all'impatto con la verità. «E va bene: il Mecci ha raccontato un sacco di bugie anche a tua madre. Ma questo non significa che sia riuscito ad andare oltre.»

«E perché no? Anche lei ha creduto alle stronzate del playboy e si *fidava*» Michele sbotta, incapace di controllare l'irritazione e il linguaggio.

Margherita si irrigidisce. «Succede di innamorarsi di un uomo sbagliato e non è una colpa fidarsi del prossimo. Pensa a quello che tua madre proverà leggendo i giornali di oggi.»

«Quello che ho sempre ammirato di lei è la grinta. Ha sempre tenuto testa a mio padre, a costo di subire qualunque rappresaglia e ricatto. Cosa dovrei fare, adesso? Configurarmela come Alice nel Paese delle meraviglie? Dovrebbe essersi chiesta da tempo perché il Mecci è sparito da un giorno all'altro! Ammesso che sia stato mio padre a ricattarlo, come lei ha sempre sostenuto, perché non si è fatto vivo per restituirle i soldi?» si infervora Michele.

«Sempre che questi soldi glieli abbia dati...»

«Questo è il nodo di tutto! Ma due più due fa quattro, e ripensando a quello che è successo i conti non mi tornano. Perché non ha denunciato mio padre, se è vero che non le passava più gli alimenti ed era stata costretta a ipotecare la nostra casa? Perché il giudice minorile aveva deciso di toglierle il mio affidamento? Perché le è stato *proibito* di avere ogni contatto con me? Perché non ha protestato né fatto alcun ricorso?» chiede Michele sempre più infervorato.

«Non lo so...» Margherita mormora.

«Mio padre non mi ha *mai* parlato male della sua ex moglie e non si è mai difeso dalle sue accuse. È davvero un mostro di egoismo e di indifferenza? Anche qui i conti non tornano: mi ha sempre cercato e aiutato, e quando le matrigne si curano dei figliastri, come Sally fa con me, è segno che i padri ci tengono.»

«Chiamano mio padre tutte le sere per sapere come stai e restano al telefono anche per mezz'ora.»

«Chi te l'ha detto?»

«Papà li saluta e poi va nel suo studio a parlare.»

Michele si affloscia come un sacco vuoto. «Se mia madre ha mentito, perché lui e Sally non me l'hanno mai detto? E se sono due odiose persone *in combutta*, come mia madre sostiene, perché si interessano tanto a me?» Sono altri interrogativi, ma tetri e senza fervore.

Margherita non sa che cosa rispondere. E Michele aggiunge, quasi parlando a se stesso: «In questo momento mi fumerei anche la corteccia di un albero».

«Sei impazzito? Non dirlo nemmeno per scherzo!»

«Sto crollando, Margherita. Tossico, pulito, stecchito... che differenza fa, in questo casino?»

«Chiamo subito mio padre» Margherita dice spaventata.

Sono le tre del pomeriggio. Oliviero è nello studio dell'avvocato Lorenza Auletti per parlare del caso Mecci.

I telegiornali hanno dato grande rilievo alle avventure erotico-truffaldine del sedicente milionario: sono in corso indagini incrociate per identificare tutti i suoi conti correnti e si ipotizza che le vittime siano assai più numerose di quelle che lo hanno denunciato.

Una breve intervista alla ricca vedova quarantenne che lo ha smascherato, ed è l'unica ad avere avuto il coraggio di uscire allo scoperto, lascia prevedere ulteriori sviluppi: la donna ha consegnato agli inquirenti un'agenda incautamente dimenticata dal Mecci a casa sua e, pur vincolata dal segreto istruttorio, ha lasciato capire che vi compaiono nomi e cognomi "insospettabili e assai noti".

Tutti i tentativi che Oliviero ha fatto nelle ultime ore per mettersi in contatto con l'ex moglie sono stati inutili e a quel punto ha deciso di rivolgersi al "mastino".

Teme che Lucia figuri nell'elenco e soprattutto che, persa la testa dopo la lettura dei giornali, abbia inconsultamente deciso di uscire allo scoperto anche lei. «Il Mecci» spiega Oliviero «l'ha colpita nei suoi due punti deboli: l'attaccamento al danaro e l'alta opinione che ha di se stessa.»

La Auletti condivide il giudizio ma non la deduzione che lui ne trae. «Conosco la rapacità della sua ex moglie, dottor Belli, ma credo che il solo reato imperdonabile sia per lei quello di "lesa maestà". È possibile che escogiti un modo per vendicarsi, ma per quanto furiosa e umiliata sia, non lo farà certo con una denuncia: questo significherebbe veder disintegrata l'alta opinione che ha di sé, diventare oggetto di irrisione e pena. Ci rifletta: le sembra possibile?»

«No. Tuttavia...» Lo squillo del cellulare impedisce a Oliviero di terminare la frase. «Mi scusi, ho dimenticato di spegnerlo» dice estraendo il telefonino dalla tasca. Sul display appaiono il numero e il nome di Mirko Finzi. Si scusa ancora: «Devo rispondere».

La telefonata è molto breve. «Michele stamattina ha letto i giornali e sono stato con lui fino a dieci minuti fa. Adesso sa tutto.»

Un colpo al cuore. «Come sta?»

Finzi esita qualche istante. «Meglio, ma preferirei spiegarle a voce. Può raggiungermi nel mio studio? Vorrei parlare anche con sua moglie: Sally ci può essere di grande aiuto.»

«Va bene. Vengo subito.» Si rivolge alla Auletti: «Era il dottor Finzi. Mio figlio ha letto i giornali e adesso il problema più importante è lui».

Il "mastino" lo guarda negli occhi. «Se la verità lo ha liberato dalla rovinosa ammirazione per la madre, il problema è praticamente risolto.»

Quando arriva nello studio del dottor Finzi, Oliviero trova già Sally: è appena arrivata con un taxi, per non perdere tempo alla ricerca d'un parcheggio.

Finzi li fa sedere davanti a sé e racconta gli antefatti: la visita di sua figlia Margherita, i giornali che ha portato a Michele, la frenetica lettura degli articoli sul Mecci. E tutti gli interrogativi che Michele si è posto, confuso e sconvolto.

«Arrivato molto vicino alla verità è crollato» Finzi prosegue. «E mia figlia mi ha chiesto aiuto. L'ho portato in infermeria e, nonostante le sue proteste, gli ho fatto un'iniezione: tremava, respirava a fatica, era sull'orlo di una crisi di panico. Quando l'iniezione ha fatto effetto, mi ha rivolto le stesse domande che aveva fatto a Margherita: ma con voce pacata e triste, come se si fosse già dato le risposte. Da me voleva la conferma. *Tutta la verità*, come ha chiesto. E io ho capito che, se avessi cercato di attutirgli l'impatto, lui sarebbe ricaduto nel panico: quello che lo faceva stare male era avere capito senza sapere. E così, in quattro ore, gli ho raccontato tutto quello che fin dall'infanzia ha ignorato o gli è stato fatto credere: dal padre per proteggerlo, dalla madre per condizionarlo e usarlo come braccio armato.»

«E Michele le ha creduto?» Oliviero chiede. È desolato.

«Sì. Come le ho detto, cercava solo una conferma e voleva conoscere i particolari, i fatti. Gli ho spiegato che ne ero a conoscenza perché quando ci si prende cura di un tossicodipendente giovane come lui è indispensabile conoscere l'ambiente in cui è cresciuto, la situazione famigliare, i rapporti con i genitori.»

«E come ha reagito?» chiede Sally.

«L'odio per il padre è stato il motore di tutti i suoi comportamenti e le sue scelte: crollato questo odio, è come un naufrago che non sa più a che cosa aggrapparsi. Mi ha chiesto di mandargli Margherita, la sua sola amica. Michele ha perso autodifese, sicurezze, volontà di farcela: ma una ragazzina di quindici anni può soltanto ascoltare, e questo non fa bene a lei né aiuta lui.»

«Ci dica che cosa dobbiamo fare, dottor Finzi... Quale aiuto possiamo dargli... Subito» interviene Oliviero. Sta crollando anche lui.

«In questo momento la Comunità è il posto meno adatto per lui: non ha amici e la sfida per dimostrarsi *il migliore* non ha più senso.»

Finzi si rivolge a Sally: «Lei è la sola persona che è fuori da questa brutta storia. Apprezza molto la solidarietà che gli ha dimostrato e sa di potersi umanamente fidare di quello che gli dice. Dovrebbe venire con me e parlargli: è la sola persona che può farlo» ripete.

Sally tace. Riflette con espressione assorta su quanto Finzi le ha spiegato. Poi dice: «Vorrei portarlo a casa per qualche giorno, il tempo di calmarlo e capire qual è il modo migliore per proseguire la disintossicazione. Crede che riuscirò a convincerlo, dottor Finzi?».

«Lo spero: pensavo anch'io a questa soluzione.»

Un ragazzo si è intrufolato nell'infermeria e ha sparso la voce che il "Bellino" si è sgonfiato e sta male: rifiutava una canna in compagnia e invece, zitto zitto, si faceva di chissà quali schifezze...

Margherita sta aspettando il padre davanti alla porta dell'infermeria. «Mi ha mandata fuori. Non vuole vedere nessuno, nemmeno te, papà.»

Sally abbraccia la ragazzina. «Adesso ci penso io. Non preoccuparti.»

«Michele sta male. Davvero. Si alza e si sdraia, batte la testa contro il muro...» Margherita sussurra impaurita.

«Ti accompagno subito a casa» Finzi dice alla figlia. Rivolto a Sally: «Vado e torno».

Michele sta davvero male. È allungato su una poltroncina di ferro, con la testa rovesciata, come un burattino buttato lì dal marionettista. Sally si avvicina cautamente e gli posa una mano sulla spalla. «Sono qui...»

Il ragazzo si drizza di scatto e la fissa: gli occhi sono gonfi e arrossati, ma svegli. «E adesso che faccio? Dove vado?» prorompe.

«Torni a casa con me.»

«Non posso!»

«Intanto mettiamoci più comodi.» Sally lo prende per

un braccio e lo guida verso le due poltroncine che stanno in un angolo dell'infermeria.

Michele vi si affloscia. «Vorrei restare seduto qui per sempre.»

«Non mi sembra il massimo della comodità» dice Sally sedendosi di fronte a lui.

«Tu scherzi proprio sempre» Michele dice. Ma senza acrimonia. Abbozza persino un sorriso.

«Soltanto nelle situazioni serie.»

«Perché ti interessi tanto a me?»

«Perché ti voglio bene.»

«Anche mio padre mi vuole bene! Me ne ha sempre voluto!» Scoppia a piangere.

«Ti sembra una scoperta così dolorosa?»

«Tu non capisci...»

Sally si alza e si siede accanto a lui, sul bracciolo. Gli stringe una mano. «Capisco, invece. Ti senti in colpa per averlo odiato, per...»

«*Mi vergogno!* Avrei dovuto aprire gli occhi, giudicare con la mia testa invece di farmi montare da quella... quella... Il mostro è lei.»

«Tua madre era poco più grande di te quando è rimasta incinta. E non è facile diventare adulti accanto a una persona che non ti ama, che ti ha sposato soltanto per dovere.»

«È una bugiarda e una troia» Michele sibila.

Sally lo fissa severamente. «Adesso vuoi trasferire il tuo odio su di lei? Vuoi...»

«Non la odio. La vedo per come è, l'ho già cancellata dalla mia vita. Mi vergogno di averle creduto, e non avrò mai il coraggio di guardare in faccia mio padre.»

«Gli vuoi negare il conforto di dirgli che gli vuoi bene? La gioia di poter fare finalmente il genitore?»

«Non me lo merito. Come ha detto uno che sta qui, sono un "Bellino sgonfiato". Non merito niente.»

«Un bel castigo: mi ricorda tanto l'ergastolo. Quale altra punizione ti vuoi infliggere? Ricominciare a drogarti? Scassare altri motorini? Abbandonare gli studi per vivere da vagabondo? In tutta franchezza, Michele, anche tuo padre ha le sue colpe. La più grave è l'essersi ostinato a proteggerti dalla verità.»

«Tu sapevi tutto. E avresti potuto dirmelo!»

Sally scuote la testa. «No. Quello che pensavo l'ho detto a lui, ma non potevo tradire la sua fiducia o andare contro la sua volontà.»

«Questo lo so. Tu sei come una mafiosa: acqua in bocca. Per questo ci si può fidare di te.»

«Il paragone non è lusinghiero, ma...»

«E adesso che cosa faccio?» ripete.

«Se ti fidi davvero dimostralo: vieni a casa con me. Mentre prepari la sacca, io avverto tuo padre.»

XV

ANCORA

Per mesi e mesi avevo vissuto nell'attico di mio marito sentendomi (non riesco a trovare i termini giusti per descriverlo) dispersa, galleggiante come un astronauta nella navicella. In tanto spazio, non riuscivo a trovare un angolo familiare dove fermarmi, stare a mio agio.

Tutto è cambiato un anno fa, con l'ingresso di Michele. È uscito dall'ascensore e si è aggrappato a me mentre aprivo la porta. Ho chiamato Oliviero: padre e figlio si sono andati incontro lentamente, come lo sceriffo e il bandito in un vecchio film western. La paura era la stessa, dovevano "spararsi" undici anni di amore sospeso più pericolosi di una pistola: un gesto, un movimento sbagliato e uno dei due sarebbe rimasto stecchito.

Oliviero è stato il più coraggioso: si è fatto sotto per primo, andando incontro al figlio con le braccia tese. E lui si è gettato in quell'abbraccio piangendo. Mi sono allontanata per lasciarli soli.

Di fronte al disagio che nei giorni seguenti ho visto in Michele, il mio è sparito come per incanto. Non potevamo comportarci come *due* astronauti e toccava a me, l'adulta, farlo sentire a casa sua. Come prima cosa siamo andati ad acquistare dei mobili per la sua stanza. Ho lasciato Michele libero di scegliere e, nel momento di pagare, ho firmato con grande disinvoltura (non era mai successo) un assegno del conto corrente che Oliviero mi ha intestato.

Della vecchia stanza di bambino Michele ha voluto conservare un orsacchiotto. Non è stato facile prendere delle decisioni per lui. E proprio per questo Mirko Finzi lo ha voluto coinvolgere, prospettandogli senza giri di parole, le due emergenze da conciliare: proseguire la terapia di disintossicazione e trovare una nuova struttura adeguata. Senza supporto, non ce l'avrebbe mai fatta.

Michele ci ha chiesto un atto di fiducia: "Voglio restare con mio padre e con Sally, a casa mia. Giuro che...".

Quel *casa mia* mi ha allargato il cuore. "Sono d'accordo" l'ho interrotto. "Se il dottor Finzi si impegna a darmi una mano, il supporto sarò io."

Con il passare dei mesi non ci siamo mai pentiti di quella decisione né delle altre che sono seguite: non fargli sostenere gli esami da privatista per recuperare l'anno scolastico; accettare la richiesta di lasciare il liceo scientifico ("Non sono tagliato per lo studio, voglio prendere un diploma e poi lavorare con papà"); consentirgli di trascorrere dieci giorni di vacanza a Barcellona con un ragazzo conosciuto al pianobar dell'Irish Coffee.

Vivendogli accanto, ho toccato con mano sia la sua fragilità sia il suo impegno per dimostrarci che la fiducia in lui era ben riposta.

Ha dovuto superare un momento molto difficile: il distacco da Margherita. Il dottor Finzi ha spiegato a lui e a noi che sua figlia, in terza media, era entrata in un giro di amicizie sbagliate e aveva rischiato di prendere una brutta china. "È stata segnata da quella esperienza, e due persone fragili, unendosi, non diventano più forti ma doppiamente vulnerabili" ha spiegato.

Dopo due giorni di mutismo e cupezza, Michele ha capito. Ma il suo rapporto con il dottor Finzi si era incrinato e lui stesso ci ha indicato una collega da cui farlo seguire. Si chiama Manuela ed è una giovane psicologa con cui Michele ha legato subito.

Un altro evento ha attentato alla sua serenità: il trasferimento della madre in Costa Azzurra, nella residenza estiva del direttore della Santa Tecla: il loro rapporto andava evidentemente oltre "la scopata nel cesso". A ferire Michele è stata soprattutto la lettera con cui Lucia gli parlava della "nuova vita" e dei "progetti futuri" augurandosi che anche lui stesse bene. Nessuna spiegazione, nessuna richiesta di perdono, nessun desiderio di riabbracciarlo.

Michele ha insistito perché io leggessi quella lettera e, quando gliel'ho restituita, mi ha chiesto con voce tristissima che cosa ne pensavo. Ho capito che l'anestetico della rabbia aveva cessato il suo effetto: ma ricordandogli il cinismo e la disonestà di Lucia avrei soltanto iniettato in lui dell'altro anestetico.

Era arrivato invece il momento del dolore. Michele doveva ricomporre da solo i comportamenti di sua madre e la storia del loro devastante rapporto per arrivare, lucidamente, all'accettazione della realtà: non poteva aspettarsi più nulla da lei né illudersi che col tempo sarebbe cambiata. Una persona che nasce senza cuore, non ha cuore nemmeno per i figli.

Sono seguite altre giornate di mutismo e di cupezza. Manuela, la nuova psicologa, ha suggerito a me e a Oliviero di non fargli pressioni né tentare di consolarlo. E così abbiamo fatto.

Quando è sembrato riemergere dal suo isolamento, Manuela ci ha raccomandato di non abbassare la guardia:

"È in momenti come questi che i ragazzi corrono il rischio di ricascare nella droga!". Ha aggiunto che l'aiuto migliore era tenerlo occupato, coinvolgerlo in qualcosa che lo interessasse e lo stimolasse.

Paradossalmente, proprio dai giorni più neri e dalla prova di fiducia più azzardata (permettere a Michele di conseguire il diploma di ragioniere iscrivendosi a un istituto privato per il recupero di anni scolastici) è iniziata la svolta positiva della nostra famiglia.

Una mattina, riordinando con la colf a ore lo studio di Oliviero, ho trovato il vecchio libro sulla storia della lana che gli avevo regalato per Natale. L'ho tolto dallo scaffale e più tardi ho cominciato a leggerlo, soffermandomi con interesse sulle illustrazioni.

Quando Michele è tornato dall'Istituto, si è seduto accanto a me e ho ripreso a sfogliarlo con lui. Non soltanto ha mostrato il mio identico interesse, ma mi ha colpito per le osservazioni che via via faceva sui modellini d'epoca.

"Il mio sogno è diventare uno stilista come Samuel Burne" ha detto serio.

"Era anche il mio" gli ho confessato.

"E perché non..."

"Ho preso un'altra strada" l'ho interrotto. Non potevo dirgli quale né perché.

"Credi che papà mi permetterà di lavorare con lui?"

"Sicuramente sì. Ma prima devi prendere il diploma."

Quando ho riferito a Oliviero questo suo interesse per la moda, lui l'ha coinvolto subito nel suo lavoro, invitandolo a trascorrere un paio d'ore nel loft degli stilisti che si trova al secondo piano del nostro palazzo: *dopo aver fatto i compiti*, è stata la condizione.

Michele ha concentrato tutti i suoi interessi e le sue giornate su quelle due ore: andava a scuola di malavoglia ("a che mi serve un diploma da ragioniere?") e al pomeriggio, invece di studiare, si sedeva davanti al computer per cercare nuovi accostamenti di colore, abbozzare modelli, approfondire la conoscenza del settore.

Alla fine suo padre ha dovuto arrendersi: Michele ha abbandonato anche gli "inutili" studi di ragioneria e si è iscritto alla Brunori, una scuola di moda e design che dopo un corso di tre anni dischiude a ragazzi e ragazze di talento concrete possibilità di sistemazione. Il corso prevede, oltre a lezioni specifiche e di cultura generale, anche uno stage finale di tre mesi presso un'azienda tessile o una Casa di moda.

Michele ha brillantemente superato il non facile test di ammissione e finalmente noi abbiamo potuto tirare un sospiro di sollievo.

"Anche se è troppo presto per considerarlo libero dalla tossicodipendenza" ci ha detto la psicologa, "si è lasciato alle spalle i problemi che l'avevano spinto a drogarsi."

Rassicurato dall'amore del padre, stimolato dal corso che segue e dai molti interessi e ritrovato il rispetto di sé, Michele si è lasciato alle spalle anche l'aggressività e la smania di mostrarsi "il migliore". Alla Brunori si è fatto molti amici: li porta spesso a casa e tra loro ho identificato una ragazza, Elena, che lui guarda in modo speciale. È una ragazza con una cascata di capelli bruni e ricci, lo sguardo allegro e un viso solare.

In questi ultimi mesi anche la Belli Cashmere ha dato forti segnali di ripresa. Tagliati i rami secchi e ridotto il personale delle fabbriche incentivando i prepensionamenti, Oliviero e il direttore commerciale Molino hanno lanciato il marchio puntando anche sui mercati dei Paesi emergenti.

La prima collezione creata da Samuel Burne ha avuto numerose copertine e Omar Marenzi, il direttore marketing assunto dopo una rigorosa selezione, sta lavorando a tempo pieno per la prossima apertura dell'outlet. Sì, questo è stato proprio un buon anno.

È quanto ripeto ad Anna dopo un pomeriggio di shopping trascorso insieme. Sono venuta all'Irish Coffee e, seduta con lei nel gazebo, aspetto l'arrivo di Oliviero con Samuel Burne e il dottor Molino. Li abbiamo invitati a cena nel locale dei Vasile e Anna, *eccitatissima* all'idea di conoscere il mitico stilista, sfoggia in suo onore l'abitino che le ho regalato durante il saccheggio nella boutique di Oliviero.

«È stato un buon anno anche per me!» ride. «Da quando tu sei diventata la signora Belli, la direttrice mi ha raddoppiato lo sconto.»

«Se la *signora Belli* fossi tu, nella boutique non resterebbe un solo abito da vendere» la prendo in giro.

Mi squadra dalla testa ai piedi. «Non ti fai mancare niente nemmeno tu: sembri la testimonial della linea Burne.» Il suo sguardo è pieno di affetto.

«Doveri di rappresentanza: detto tra noi, non è così dura. Il difficile è *sentirsi* ricchi.»

«In che senso?»

«Il motto di Oliviero è che i soldi servono per migliorare la qualità della vita e secondo lui non mi impegno abbastanza! È su questo concetto di *qualità* che bisogna mettersi d'accordo. Avere tra i piedi, giorno e notte, una o due persone di servizio mi farebbe diventare nevrastenica. Elvira, la colf a ore, se ne va alle sei del pomeriggio dopo aver stirato, riordinato, lustrato la casa. Ho più vestiti di quanti ne possa mettere. Portare al dito un brillantone da dieci carati mi sembrerebbe un oltraggio alla miseria, sulle pellicce sai come la penso, e avere cinque oppure dieci cose non cambia la vita a nessuno! Nonostante Oliviero mi dia della spilorcia, sono convinta che la pensi come me: il bello della ricchezza non è l'accumulo o lo sperpero, ma il lavoro che fai per produrla, gli stimoli che ti dà, il sentirti creativo, lo sfidare gli ostacoli.»

Infervorata nel monologo, non mi sono accorta che

Oliviero è sopraggiunto alle mie spalle e mi sta ascoltando. «È un discorso che riprenderemo» dice curvandosi a darmi un bacio sulla nuca. «Alberto sta facendo visitare a Molino e a Burne il locale e il parco: mentre aspettiamo l'ora di cena, posso sedermi a fare due chiacchiere con voi?»

«Con gioia!» dice Anna. «Prima di conoscere Samuel Burne e di farmi delle illusioni, parlami di lui. Innanzi tutto: è gay?»

«La cosa mi rassicurerebbe molto, ma purtroppo passa da una ragazza all'altra cercando di dimenticare l'impossibile amore per Sally.»

Anna ammicca. «*Impossibile* perché?»

«Sally è inespugnabile, però lui l'ha eletta confidente, musa, interlocutrice privilegiata. Quando sono stato in Cina con il direttore commerciale, Samuel andava tutti i giorni a pranzo da Sally...»

«Volevo che familiarizzasse con Michele! E inoltre era ancora spaesato, dubbioso di avere fatto la scelta giusta rimanendo in Italia.»

«E grazie a te adesso ci ha messo le radici. Sally, sto scherzando. Però non nascondo di essermi scoperto possessivo e geloso. Sono geloso persino di mio figlio, quando monopolizza l'attenzione di Sally e mi tagliano fuori dai loro bla-bla-bla» spiega ad Anna.

«Facciamo discorsi molto impegnativi» puntualizzo.

Alberto ha fatto preparare un tavolo per sei nel separé per *vips*, con la esse finale, come l'ha ribattezzato Anna. Prende posto alla destra di Samuel e conversa allegramente con lui. Ero certa che avrebbero legato subito, perché l'intelligenza e l'esuberanza di Anna sono irresistibili.

Io sono seduta tra Alberto e Molino. Mio malgrado,

arrossisco di piacere quando il braccio destro di mio marito ricorda a tutti che l'idea di far nascere un outlet monomarca è partita da me e quando elogia il mio "inconsapevole" talento di imprenditrice.

«La struttura è quasi pronta» aggiunge Molino «ma il direttore marketing è ancora impelagato in indagini e ricerche per identificare il target dell'utenza, le motivazioni d'acquisto, quali linee proporre conciliando il prezzo con la nostra politica di sempre: niente saldi e niente sconti. La clientela, soprattutto quella femminile, va negli outlet perché sono sinonimo di capi di qualità a costi dimezzati rispetto a quelli praticati nei negozi.»

«Lasciate perdere l'outlet» dico di getto, dopo aver seguito con attenzione il discorso di Molino.

Gli sguardi sconcertati di Oliviero e dello stesso direttore commerciale mi spingono a chiarire subito quello che intendevo dire: «Invece di pensare alla nuova struttura come a un *outlet*, che peraltro sta diventando un termine abusato, dategli un nome diverso, come Centro Belli o Casa Belli. E invece di *identificare* la possibile clientela, cercate di crearne una diversa da quella che frequenta le boutique.»

Vedo Molino interessato, ma perplesso. «L'idea è buona, ma resta il problema dei capi da scegliere e dei prezzi: Centro o outlet che sia, la clientela arriverà da Roma e dalle città vicine proprio perché cerca l'affare.»

«E lo potrà trovare: secondo me non dovreste *scegliere* i capi, ma studiare una linea apposita, con la vostra griffe e a prezzi contenuti. Non è un'idea originale, tutti gli stilisti hanno seconde o terze linee, ma la Belli Cashmere ha puntato sempre e solo sui *must*, per citare Anna: capi per straricchi, oggetti di culto. Trasformiamo in *culto* anche le linee esclusive del Centro. La produzione in serie, ma con un numero limitato di modelli, può permettere di ridurre i costi. In questo modo, non si va a intaccare la super-immagine della griffe e si allarga il mercato con una nuova clientela.»

«Niente male» dice Oliviero.

«È un'altra idea fantastica di Sally!» esclama Anna.

Molino mi fissa per qualche istante. «Sally, domattina può venire con me dal direttore marketing? Vorrei che ripetesse anche a lui, parola per parola, quello che ha appena detto.»

Samuel Burne fa sentire la sua voce. «Oliviero, se tua moglie viene coinvolta nel Centro, io mi impegno a creare la linea esclusiva di cui ha parlato. *Molti modelli*, per offrire una varietà di scelta. Però ho bisogno di...»

Oliviero lo interrompe: «Hai sempre preso le distanze dall'outlet, non ne volevi nemmeno sentire parlare!».

«È così. Ma il Centro o la Casa Belli, o comunque deciderete di chiamare la struttura, è una cosa diversa. Come stavo dicendo, ho bisogno di un gruppo che lavori a tempo pieno su questa linea: due bravi stilisti e una decina di esecutori.»

Nonostante la pronuncia imperfetta, Samuel ha espresso in un italiano corretto la sua disponibilità e le sue esigenze.

«Avrai tutto quello che chiedi» dice Oliviero.

«Anche un raddoppio dello stipendio?» lo provoca.

«Questo era sottinteso.»

«Sally è un genio!» dice Anna.

Mi sta dando un'ennesima prova di una convinzione maturata col tempo: il vero amico non si vede nel momento del bisogno (potrebbe essere un moto di solidarietà o di compassione) ma nel momento della fortuna. Se non ti invidia, se gioisce come se la fortuna fosse sua, questa persona ti vuole *realmente* bene. È un test infallibile. Una brava mamma non è gelosa, ma felice, se vede la figlia crescere più bella di lei; un bravo padre è orgoglioso se il figlio trova un posto di lavoro migliore del suo o si dimostra più abile di lui nella gestione di una attività o di una azienda.

Mentre faccio queste silenziose riflessioni, Anna racconta tutte le "trovate" che ho avuto quando lavoravo nel suo locale: «Secondo me non è talento "inconsapevole", come dice il dottor Molino. Sally ci nasconde qualcosa del suo passato» dice ridendo. «È figlia di un industriale? Ha seguito un corso di marketing?»

Avverto un'ombra di ansia nell'occhiata che Oliviero mi lancia. Ma sono ormai troppo agguerrita per lasciarmi turbare da quell'accenno al passato. Anna intendeva farmi un complimento e io lo vivo come tale.

«Sono una *imparaticcia*, per usare un termine di Michele: osservo e faccio mio, guardo e imparo, ascolto e rifletto» replico in tono scherzoso.

Oliviero si rilassa istantaneamente. «Spero che non abbia "fatto tua" anche l'esosità di Samuel» ride.

Samuel interviene pronto: «Vuoi un'altra regola di mercato, Sally? Le buone idee sono i buoni prodotti della mente, e in quanto tali vanno sempre pagate».

Torniamo a casa all'una e mezzo di notte, dopo aver accompagnato Samuel e Molino nelle rispettive abitazioni. Michele è andato a Fregene per la festa di compleanno di un amico e si è fermato a dormire da lui.

Siamo soli, e nonostante l'ora tarda né io né Oliviero abbiamo sonno. «È arrivato il momento di fare il discorso sempre rimandato» mi dice guidandomi verso il salotto. «Per oltre un anno ti sei dedicata a me, alla nostra casa e soprattutto a Michele. Senza di te non ce l'avrebbe mai fatta a salvarsi e io sarei crollato. Ma adesso...»

«Vuoi darmi la favola?» lo provoco.

«Non ho mai dimenticato una tua frase: *non potrei*

mai vivere senza lavorare, lasciato l'Irish Coffee mi troverò subito un altro posto. Non te lo abbiamo permesso e mi sono sentito sempre male per questo.»

Non sopporto quella sua voce colpevole. Vorrei buttare lì una battuta scherzosa, tipo "ti presenterò la parcella", ma capisco che sarebbe inopportuno. Sta facendo un discorso serio, e merita una risposta giusta.

«Se pensi che io mi sia sentita frustrata o scontenta ti sbagli. Nonostante tutti i problemi, questi mesi sono stati i più felici della mia vita e non esiste lavoro che avrebbe potuto appagarmi come starti vicina e occuparmi di Michele. Tu e lui siete la sola famiglia che ho avuto. Cosa potrei chiedere di più?»

«Voglio che lavori per me. Anzi, *con me.* Domattina incontrerai il direttore del marketing e, dopo, valuterò con lui e con Molino in quale ruolo coinvolgerti nel progetto del...»

«Che ruolo potrei avere? Tu sei circondato da persone che conoscono i loro settori, hanno studiato, sono esperti di indagini e di mercati. Io vado solo a istinto. Se dovessi partecipare a una riunione non capirei nemmeno la metà di quello che dicono!»

«Non ti sto offrendo un posto di dirigente o una carica che richieda esperienze o studi specifici: hai dimostrato di avere delle ottime idee e Molino stesso ne è rimasto favorevolmente colpito. Se ti ha chiesto di incontrare il direttore marketing non è certamente per piaggeria: lavoriamo insieme da dieci anni e non ho mai conosciuto una persona intransigente e rompiscatole come lui. Nemmeno sotto tortura accetterebbe una proposta che non condivide.»

«E Marenzi, il direttore del marketing, che tipo è?» chiedo per prendere tempo e riflettere sulla sua proposta.

«Un superesperto. Con una cieca fede nella statistica, nelle analisi di mercato e nei sondaggi. Michele ha dato di lui la definizione più azzeccata: se dalle sue indagini risulta che due per due fa otto, Marenzi ne deduce che le tabelline sono state superate dai tempi. Ciò premesso, è una persona utile all'azienda per le indicazioni che ci dà, soprattutto sui mercati esteri. E rivela un buon istinto nell'identificare, tra le tante proposte dei creativi, quelle che possono funzionare.»

Oliviero si avvicina e mi circonda le spalle. È un gesto che gli è abituale e ogni volta mi scioglie il cuore perché mi fa sentire protetta e amata. Mi raggomitolo contro di lui e taccio.

«A che cosa stai pensando, Sally?»

«A niente. Sto bene.»

Tace anche lui. Poi dice, con un sospiro beato: «Se mi chiedessero che cosa voglio ancora dalla vita, non saprei che cosa rispondere: adesso ho *tutto*».

«Io invece risponderei *ancora*. Ancora è la parola che mi piace di più, quella delle persone più fortunate. Prima di incontrarti ero dalla parte di quelli che ogni giorno dicono *basta*: basta dolore, basta umiliazioni, basta perdite, basta paura, basta porte chiuse...»

Oliviero mi scosta da sé e mi guarda esitante. «Sally, ti manca tanto la tua bambina?»

«Sta per compiere tredici anni» mormoro. «Mi manca, sì, ma scaccio subito la tristezza perché sono una madre fortunata: non debbo disperarmi per una figlia morta e cercare conforto davanti a una tomba. Maria è viva e l'ho perduta per lasciarle vivere un'esistenza serena accanto ai nonni.»

«Non vorresti vederla? Sapere come...»

«No. E adesso *basta*.»

«Scusami. Ti prego, Sally, scusami.»

Non posso scusarti. Mia figlia mi manca. Ogni volta che vedo una bambina volto la faccia perché mi si spezza il cuore. Ogni giorno mi chiedo come è diventata, se è felice, se le piace studiare, che cosa le hanno detto della mamma che non ha. Da molti anni il cognome dei nonni è sparito dall'elenco del telefono di Roma. Non so dove vive, dove abita. E non voglio saperto. Non posso scusarti, Oliviero. Sei stato crudele.

«Sally...»

«Non parlarmi mai più di Maria.»

Ai dieci comandamenti, ne aggiungerei un undicesimo: non umiliare. Ritraendomi per la prima volta dall'abbraccio di Oliviero e accusandolo con furia di essere stato insensibile e crudele, ho commesso un peccato ben più grave del suo. Mi sono raggomitolata in un angolo del letto e ripensando al passato si è aperta la ferita più cocente: il disprezzo e il gelo con cui suor Maria mi guardò fuggire dall'Istituto.

Umiliare una persona significa farla volontariamente sentire male, infierire sui suoi sensi di colpa, accrescere la vergogna di sé.

È quello che suor Maria fece a me. È quello che io ho fatto a Oliviero. E per che cosa? È un uomo incapace di meschinità e cattiveria. Mi ha chiesto se mia figlia mi mancasse perché non l'ho mai più nominata: al posto suo, anch'io avrei trovato inquietante questo silenzio. Si allarma anche se taccio per pochi istanti, o mi vede pensierosa e assorta.

Ho allungato una mano verso la sua e gli ho chiesto di perdonarmi. Nessuno riesce a ferire una persona come chi è stato ferito: perché gli sono rimasti dentro il veleno e la sapienza di iniettarlo.

Oliviero ha stretto la mia mano. Siamo rimasti l'uno accanto all'altra in silenzio, fino a quando ho sentito il suo corpo sopra il mio.

«Se ti perdessi morirei» ha detto prendendomi il viso

tra le mani. Poi mi ha baciato. E poi mi ha accarezzato tutto il corpo, quasi a volere esorcizzare la paura di perdermi. Mi sono abbandonata al tocco lieve delle sue mani trattenendo il fiato. *Sentivo* quell'esorcismo e gli restituivo, via via liberata dal veleno, ogni parte del mio corpo. Fare l'amore è stato un rituale liberatorio, gioioso, solenne.

Stamattina, quando ci siamo svegliati, ogni ombra era sparita e sono ricominciati i giorni *ancora*.

Ho incontrato Marenzi, il direttore del marketing, e si è mostrato vivamente interessato alle mie proposte sul nuovo punto vendita. A un certo punto ha cominciato a chiamarlo Centro dando per scontato che fosse una buona idea diversificarlo dai soliti outlet. Mi ha fatto delle domande precise, e Molino è intervenuto quando le mie risposte da "imparaticcia" avevano bisogno di un supporto più concreto.

Alla fine dell'incontro Marenzi mi è sembrato tanto coinvolto quanto spiazzato.

«Può farmi avere al più presto una relazione dettagliata delle sue proposte?» ha chiesto congedandomi. Rivolgendosi a Molino ha aggiunto: «Il progetto mi sembra molto interessante, ma devo fare qualche verifica».

Quando l'ho raccontato a Michele, è scoppiato a ridere. «Vuole la certezza che due per tre fa sei!»

Ho trascorso tre giorni nello studio di Oliviero mettendo nero su bianco (con una biro!) le mie proposte sul Centro. Ma tutto quello che avevo in testa, chiarissimo, si perdeva e si confondeva nel momento di scriverlo. Mi mancava il supporto di termini tecnici, di dati a cui rapportarmi: più che una relazione mi sembrava lo stentato temino in classe di un'alunna impreparata sull'argomento proposto.

Dopo tre giorni, quando ho capito di aver fatto il massimo (e di non poter andare oltre i miei limiti) ho fatto leggere la "relazione" a Michele.

«Sei stata chiarissima» è stato il suo commento. Mi ha ribattuto tutto al computer, aggiungendo o correggendo quello che gli sembrava opportuno, e ha "chiavettato" la relazione per il dottor Marenzi.

Il giorno dopo mi ha accompagnata ad acquistare un computer. «Ti basta un quarto d'ora per capire le funzioni più elementari» mi ha rassicurata.

È stato Michele stesso a insegnarmele. E dopo una settimana di lezioni serali, ho imparato tutte le altre.

La sola difficoltà restava scrivere: io ero digiuna anche di dattilografia e trovare le lettere sulla tastiera era come mettere i ceci sulle caselle dei numeri estratti nel gioco della tombola (il solo che ricordo delle lontane sere di Natale a casa dei miei cugini).

Ho imparato anche a scrivere: e l'esame finale me l'ha fatto Michele consegnandomi la pagina di un libro da ricopiare e cronometrando il tempo che ci ho impiegato.

«Okay, Sally» è stato il commento. «Sei sempre al di sopra delle migliori aspettative!»

«Basta impegnarsi» ho risposto. I complimenti mi mettono sempre in imbarazzo perché ho paura di non meritarmeli, di deludere le aspettative.

«Mi sto impegnando anch'io, Sally: l'ho imparato da te.»

«Piantala con queste...»

«Alla festa di Fregene giravano...» Si interrompe e mi guarda. «Mi è venuta la voglia di farmi uno spino. Nel loft c'è qualche ragazzo che fuma e Samuel si tira su con le anfetamine. Secondo lui, nessuno potrebbe reggere a venti ore di lavoro filato senza aiutarsi: politici, cantanti, stilisti... Tutti si fanno di qualcosa quando non reggono alla pressione.»

«E qualcuno la paga cara: basta fare il conto dei cantanti suonati o morti per overdose. Ma non devi sentirti in colpa se ogni tanto ti viene la tentazione di farti uno spino. Dicendoti, magari, una tiratina che male mi fa? Sette su dieci ci ricascano per questo. In quei momenti tu scappa, va' a prendere una boccata d'aria, conta fino a cento e ripensa a come ti eri ridotto. Uno spino, e ci sei di nuovo dentro.»

«Lo so. Giro sempre con una tavoletta di cioccolato amaro. È l'unica cosa che ricordo di Margherita Finzi: il cacao puro stimola la produzione di endorfine. È diventata la mia droga. E anche quella di Elena.»

«Mi piace quella ragazza» dico per chiudere il discorso della droga. È come quando un bambino dice una parolaccia: se insisti a spiegargli perché non deve ripeterla più, finisce per memorizzarla. Quello che c'era da dire gliel'ho detto e proseguire con ammonimenti e lezioni significherebbe dar peso alle sue "tentazioni".

Vedo il viso di Michele rischiararsi. «Elena è una tosta, come te. Sta nascendo una storia seria, ma freniamo. Ho conosciuto anche i suoi: la madre insegna in un liceo linguistico, il padre è avvocato. Si fidano di me, gli piaccio.»

«Piaci anche a me. Se mi avessero chiesto di descrivere il figlio maschio dei miei sogni, avrei pensato a uno come te.»

Michele mi sogguarda. «Non avresti voglia di avere un bambino tuo?»

«No.» Aggiungo subito: «Un figlio ce l'ho già, Michele, e sei tu».

Ride: «È bello essere figlio unico, Sally. Due genitori tutti per te: è il massimo. Anche Elena è figlia unica e la pensa così. A proposito: è entusiasta di te».

Piacerei a Maria? E lei piacerebbe a me? Molti problemi e molte incomprensioni nascono quando manca questa simpatia. Scaccio questo pensiero, amaro e inutile.

Ancora gioie, ancora gratificazioni, ancora amore. Marenzi ha promosso il progetto del Centro. Come dire: tre per due gli è risultato sei. Il Centro si chiamerà CASA BELLI e gli architetti stanno arredando gli interni della vecchia fabbrica, i giardinieri stanno piantumando l'area del parcheggio e io, in attesa di un ruolo, faccio a tempo pieno *l'assistente* di Samuel Burne.

Mi sembra di essere tornata ai tempi in cui assistevo Alberto durante i lavori per la piscina dell'Irish Coffee.

Ma, diversamente da lui, Samuel non mi dà respiro. *Esige* critiche, osservazioni, consigli. Se mi allontano per bere un caffè, si blocca in attesa che torni da lui.

Sam-il-cannibale, l'ha ribattezzato Michele. Anche lui è stato coinvolto nel gruppo di "esecutori" agli ordini del boss. Nella linea *Burne per Belli*, appositamente studiata per il nuovo punto vendita, figura un modello disegnato da lui: e Michele è al settimo cielo.

Di tanto in tanto avverto una strana stanchezza. Mi sento sotto pressione. Forse ho detto troppe volte *ancora:* avere ottenuto tutto quello che si è chiesto e *abituarsi* a essere felici può darti qualche fitta di ansia, suscitarti il dubbio di non averlo meritato, insinuarti la sotterranea paura che qualcosa possa cambiare. Sì, forse è tutto questo a stancarmi.

XVI

BASTA

«Papà, Sally si è offesa perché sono andato a Nizza al matrimonio di mia... di Lucia?»

Alzo la testa dal computer. «Come ti viene in mente? È stata proprio Sally a insistere per farti accettare l'invito.»

Michele resta inchiodato davanti alla mia scrivania. «E allora, che cosa le è successo?»

Niente, è solo un po' stanca.

Mi trattengo per tempo. Michele ha compiuto diciassette anni e non vuole più le risposte facili che si danno ai bambini. «Non lo so» ammetto con franchezza.

«Ti sei accorto anche tu che da qualche giorno è silenziosa, strana?»

«Sì.»

«Le hai chiesto perché?»

«Certamente!»

«E che cosa ti ha risposto?»

«Smettila con questo terzo grado!» mi spazientisco. «Mi ha detto che è molto presa dal lavoro, che la nuova assistente di Marenzi la fa dannare, che...»

«Angelina detta *Jolie*?» mi interrompe Michele. «Con

i suoi tabulati e le sue fotocopie incombe anche nel loft. È una capra abbotulinata.»

Per qualche istante mi deconcentro dal problema di Sally. «Tradotto in gergo umano, che cosa significa?»

«Abbotulinata sta per rigonfiata e stirata, capra sta per sottosviluppata mentale. Se le domandi che cosa è la filosofia, ti risponde che è il nome vero della Loren, detta Sofia. Sally è ancora un po' debole nel marketing: è possibile che *Jolie* la faccia dannare» dice Michele.

Nella voce di mio figlio vibra una nota di speranza e mi dispiace disilluderlo. «Sally ha affrontato persone e problemi ben più importanti: non credo proprio che l'assistente di Marenzi possa condizionare il suo umore o metterla in difficoltà.»

Michele annuisce. «Io tengo molto a lei, papà. Non volevo andare a Nizza ma, come hai detto tu, ha insistito. Trova sempre le parole giuste per farti capire le cose... E adesso sono contento di aver seguito il suo consiglio: mantenere un rapporto formale con la mia madre biologica, rispondere ai suoi auguri di buon Natale e buon compleanno, non "cancellarla" come faccio con le persone che mi deludono. Sai che frase mi ha detto?»

«Sally è molto sentenziosa» sorrido. «Dimmela.»

«Il ditale può riempirsi come un secchio, però non potrà mai contenere la stessa quantità di acqua: è una bella metafora, ti pare? Mi ha fatto capire più di mille parole che non posso condannarla per come è fatta e non devo aspettarmi niente da lei. Sally ci ha riuniti, papà. Che cosa le è successo? Avete litigato?»

«Assolutamente no. Forse stiamo drammatizzando, come dice lei.»

Quando Michele se ne va, non riesco più a concentrarmi. Chiudo il computer e penso a Sally, cercando per l'ennesima volta di ricostruire i discorsi, i fatti, gli incontri delle ultime settimane. Non è successo niente che possa averla urtata o ferita. Di una sola cosa sono certo: le imperdonabili domande sulla sua bambina e le giuste accuse che mi ha rivolto sono un episodio subito chiarito e superato, la crisi di poche ore a cui sono seguiti giorni sereni: Sally non ha mai potuto, né mai potrà, dimenticare Maria, ma è un ricordo che non le fa più male. Sa che è felice, e questo la consola.

A preoccuparmi è soprattutto l'impossibilità di capire *quando* in mia moglie è scattato qualcosa di negativo. Io lo avevo percepito molto prima di Michele: piccoli indizi come un'ombra nello sguardo, pause di silenzio *assorto*, momenti di stanchezza fisica. Ma questi indizi non provavano nulla, perché l'energia e gli slanci di Sally non si sono mai spenti. E allora?

La verità arriva, come spesso succede, dopo aver cercato le risposte a tutti gli interrogativi. Non è una folgorazione, ma il lento affiorare di piccole certezze che, una volta elaborate ed emerse, ti fanno capire tutto.

Sally si sta rinchiudendo in se stessa. Sradicata dal suo limbo, trapiantata in un altro ambiente, sovraccaricata di emozioni e problemi, si è creata di nuovo una nicchia di difesa.

Si innervosisce se tentiamo di penetrarla, si sente in colpa e si rattrista ogni volta che vi si isola.

La mia paura è che con il passare del tempo impari a dividersi in due: la Sally che lavora e vive con noi e la Sally che, allargata la nicchia, vi si rifugia sempre più spesso. È quello che fece, per anni, nel guardaroba dell'Irish Coffee: non glielo devo permettere. Non voglio che, come un tossicodipendente, ricada nella "droga" dell'alienazione e si estranei da pressioni più forti di lei.

Come ho fatto a non capirlo prima? Come ho potuto credere alla "morte" di Salvatrice e alla rinascita di una Sally miracolata, uscita indenne da un passato straziante come il suo?

Sally mi guarda come se fossi un pazzo quando le propongo di fare un viaggio a Parigi, o dovunque lei voglia: «*Adesso?* Casa Belli sta per aprire, Samuel ha dichiarato guerra al...».

«Fregatene. Pensiamo a noi due.»

«Sciò, lasciami lavorare» dice ridendo.

Quella sera, a cena, riferisce a Michele la mia proposta. «Tieni d'occhio tuo padre, mi sembra "fuori"!»

Mio figlio le lancia un'occhiata complice: «Alz, Alz!» declama. Poi, gentilmente, mi spiega che è la contrazione di Alzheimer: insomma, potrei essere affetto da una precoce demenza senile.

Passano a parlare della "capra": sempre con il loro gergo, scambiando battutacce e commenti. Pare che all'assistente di Marenzi sia venuta una idea *basilare* per il successo di Casa Belli e la illustrerà nel corso di una riunione.

«Se non registri tutto me la pagherai cara!» intima Michele.

La Sally che vive con noi è allegra, loquace, appagata. Durante una cena dai Vasile ha fatto fuochi d'artificio raccontando le giornate con Samuel, gli scontri frontali con il marketing, le sue follie da nuova ricca ("*Ho prenotato una Kelly di Hermès e l'ho avuta in due giorni!*").

A preoccuparmi è *l'altra* Sally. Dopo averne scoperto l'esistenza, la materializzo in uno sguardo assorto, un sorriso senza luce, una improvvisa assenza.

Stamattina questa Sally non fa alcuno sforzo per mimetizzarsi.

Marenzi, il direttore del marketing, ci ha convocati in sala riunioni per illustrarci la proposta della sua assistente. Seduti al lungo tavolo rettangolare siamo io, Sally, il direttore commerciale Molino, il capo del personale, Samuel Burne e, ovviamente, Marenzi e la sua *Jolie*.

È lei a prendere la parola, dopo averci consegnato un tabulato da consultare e valutare. «Ottantadue centri vendita su cento» esordisce «hanno uno spazio protetto riservato ai bambini, per consentire alle mamme o a entrambi i genitori di fare i loro acquisti con tranquillità, sostare al bar o in pizzeria. L'architetto ha identificato la zona idonea: è alla destra dell'ingresso. Uno spazio sufficiente per montarvi una piccola giostra, degli scivoli e quant'altro. I costi sono limitati e il riscontro sarà sicuramente positivo perché incentiverà l'utenza.»

Al termine del monologo *Jolie* si aspetta un applauso e plebiscitari consensi: il solo entusiasta è il suo capo, Marenzi. Segue una discussione oziosa e interminabile. Samuel parla di "sputtanamento" della griffe, Molino è perplesso, *Jolie* spara dati, il capo del personale obietta che prendere in custodia dei bambini è una responsabilità enorme che comporta tra l'altro la ricerca di persone qualificate.

Come sempre, io prendo le distanze dalle discussioni più accese, riservandomi di intervenire nel momento della decisione finale.

Osservo Sally: sta in silenzio anche lei, con l'espressione distaccata e assorta di chi è altrove.

Samuel è arrivato alla dichiarazione di guerra: se ne frega dei dati, quella "capra" gli giri alla larga, la sua proposta è uno sputtanamento!

«Ti sbagli, Samuel: è solamente una stronzata.» La voce di Sally si leva forte e chiara. Tutti tacciono. Molino ha uno sguardo divertito e io aspetto, incredulo e col cuore in gola, che prosegua.

Lo fa senza aspettare che glielo chiedano, rivolgendosi direttamente a Marenzi. «Per prima cosa presumo che i dati sugli spazi per bambini si riferiscano agli ipermercati, ai grossi centri commerciali, agli outlet. Molte famiglie ci trascorrono l'intera domenica, magari senza acquistare niente. Sono stati definiti *non luoghi*» cita con voce tranquilla.

Interviene Marenzi: «Lasci a noi i dati, signora Belli. Vorrei capire perché ha bocciato la proposta della mia assistente in modo tanto... brutale».

«Perché in Casa Belli non esistono pizzerie o bar e non è previsto un pigia-pigia di famiglie con bambini a carico. Noi vendiamo raffinati e griffati capi in cashmere, sia pure a prezzo contenuto e...» Fa una pausa per riprendere fiato.

«Prosegua, Sally» la esorta Molino.

«Avete mai visto dei bambini in una gioielleria o in una pellicceria? Certi acquisti si fanno da soli o in coppia. Questo discorso vale anche per il nostro nuovo punto vendita. Le donne, da sole o accompagnate dal proprio compagno, non vogliono bebè tra i piedi mentre si addentrano nel mondo del superfluo. Vogliono provare, toccare, specchiarsi senza fretta. Uno spazio giochi, Samuel, sarebbe non soltanto uno sputtanamento, ma una struttura inutile e destabilizzante per chi vive il momento ludico dell'acquisto. Ho finito.»

La "capra", col volto in fiamme, le rivolge un sorriso sarcastico. «A quanto pare, signora Belli, si è indottrinata presto e bene.»

Faccio per intervenire, furioso, ma Marenzi non me ne dà il tempo. «Non ha altri argomenti, Sally, per spiegarci più chiaramente la sua presa di posizione contro questa proposta?»

«No. Posso solo ripetere che mi sembra una stronzata. Ma i vertici dell'azienda siete voi e sta a voi decidere.»

Mia moglie si alza. «Adesso, se permettete, vado a concedermi un momento ludico alle macchinette del caffè.»

Si alza anche Samuel. «Vengo con te.»

L'intervento di Sally fa rapidamente il giro del loft e degli uffici. E la sera dopo, a cena, Michele racconta ridendo che è stato oggetto di una lezione di marketing alla Brunori. «Si stava parlando di iniziative promozionali e di regole che funzionano in tutti i settori *fuorché* in quello della moda. Io ho citato l'esempio dello spazio-giochi, e ci siamo divertiti da pazzi facendo altri esempi di proposte abbotulinate!»

Sally confessa che a "indottrinarla" è stato Michele facendole leggere alcuni dei suoi libri di testo. «Molte cose le sapevo d'istinto, ma ne ignoravo tantissime altre.»

«Tu sei una che impara subito» proclama Michele in tono ammirato.

Sally è *con noi*. Adesso è tutta presa per organizzare con Anna, all'Irish Coffee, la serata per festeggiare l'inaugurazione di Casa Belli. Vi parteciperanno tutto il personale assunto per il punto vendita e i vertici dell'azienda. Sally mi ha costretto a invitare anche la "capra".

«Non voglio umiliarla» ha spiegato.

«È lei che ha umiliato te!»

«Ci ha provato, e io mi sono difesa. Ma sai come la penso: stravincere significa perdere. E inoltre si è scusata: l'incidente è chiuso e non parliamone più.»

Michele è molto amareggiato perché Elena partirà con i genitori per una vacanza alle Maldive una settimana prima della festa. Anna gli ha proposto di invitare i suoi compagni di corso della Brunori ("dieci persone in più o in meno non cambia niente!") e mio figlio si è subito rasserenato.

Per il dopocena Sally ha programmato una tombola con l'estrazione di cinque modelli di Samuel. «È un modo per vivacizzare la serata, per aggiungere qualcosa di...» Non trova la parola.

«Ludico?» le suggerisco. Sono pazzo di lei. Sono felice che i momenti di autodifesa e di assenza si stiano facendo sempre più rari.

Alberto fa riti propiziatori al Signore della pioggia: se il tempo reggerà, dopo cena potremo trasferirci nella zona piscina per giochi, danze e luminarie. Anna e Sally sfoggeranno un BB2 e un BB1, sigle di due modelli da sera creati da Burne: un sottilissimo intreccio di cashmere, seta e filo di metallo dorato che a suo dire *esige* accessori all'altezza.

In un soprassalto di rigore, mia moglie si rifiuta di acquistare una pochette e un paio di vertiginosi sandali griffati che costano "come un Cartier". Samuel vanamente le spiega che i migliori amici delle ragazze non sono i diamanti, ma i tacchi a spillo.

Coinvolto nella diatriba, io mi chiamo fuori per incompetenza. La verità è che persino di fronte a inezie come queste mi muovo con circospezione: non posso illudermi che mia moglie abbia ritrovato all'improvviso la serenità e temo che una parola, un gesto sbagliato bastino per turbarla.

Devo controllare anche la mia voglia di proteggerla, abbracciarla, coccolarla. ("Ho un male grave? Sto per morire e non lo so?" ha scherzato qualche sera fa).

Dovrei parlare con Anna o chiedere un consiglio da esperta a Manuela. Ma per spiegare la mia apprensione sarei costretto a raccontare un passato che soltanto io conosco: Sally non me lo perdonerebbe perché vanificherei tutto il suo cammino per diventare un'altra persona.

Ma se guardo onestamente dentro di me, capisco che la mia riluttanza a chiedere aiuto ha una ragione più sottile, quasi scaramantica: fino a quando taccio, le mie paure non si materializzano e non "inquinano" mia moglie facendo di lei un oggetto di ansie e tensioni condivise. Probabilmente inquinerei anche il suo lungo rapporto di amicizia con i Vasile. Soprattutto Anna si sentirebbe rattristata per il silenzio di Sally, delusa dalla sua mancanza di fiducia. No, proprio non posso correre questo rischio.

Cinque giorni prima della festa, i Vasile ci invitano all'Irish Coffee per una "cena di prova". È lunedì, serata di riposo del locale, e la cucina è aperta soltanto per noi: lo chef ci farà assaggiare tutti i piatti previsti nel menu. Michele ha chiesto di portare anche Federico, il suo amico del cuore e Anna ha aggiunto un posto a tavola.

Siamo in sei, ed è lo chef in persona a servirci via via le sue "specialità": taglierini freschi con sugo di formaggio di Fossa e carciofi, terrina all'amatriciana in crosta di pecorino, tenerissimo abbacchio, arrotolato vegetariano in pasta sfoglia.

Non ho mai visto Sally mangiare con tanto piacere. «Dovrò chiedere a Samuel di allargarmi il vestito!» esclama.

Lo chef, il viso arrossato dal calore dei fornelli e da quello dei nostri applausi, ci "spiega" ogni piatto con l'orgoglio di un artista e l'enfasi di un oratore.

Mancano dieci minuti a mezzanotte (non riesco a perdere il vizio di guardare l'orologio!) e stiamo aspettando l'arrivo del dessert quando Federico chiede il permesso di uscire per "una fumatina".

«Sigarette» si affretta a precisare Michele. Anche lui ha bisogno di una boccata d'aria e accompagna l'amico nel parco.

«Fagli vedere la piscina!» gli raccomanda Alberto mentre si allontanano.

Il dessert è all'altezza delle specialità che lo hanno preceduto. Inizia con una crema catalana caramellata al limone e lo chef ci preannuncia una mousse di amaretti, cioccolato nero e mandorle.

«Dove sono finiti i ragazzi?» domanda Sally a un tratto. È lei adesso a guardare l'orologio: «Sono usciti da mezz'ora» soggiunge con una nota d'ansia che soltanto io posso percepire.

Mi alzo. «Vado a vedere e li riporto a tavola. Quando Michele comincia a chiacchierare perde la nozione del tempo.» Faccio segno ad Alberto, che sta per seguirmi, di rimanere al suo posto.

Attraverso il gazebo e mi inoltro nel parco. Prima di scorgere mio figlio e il suo amico sento una vocina sottile e spezzata dal pianto. «Per piacere... per piacere, non chiamate la polizia...»

Che cosa sta succedendo? Chiamo a gran voce Michele e Federico.

«Papà, siamo qui!»

Adesso li vedo: sono a una cinquantina di metri da me, nello spiazzo alla sinistra della cancellata d'ingresso. Accelero il passo e li raggiungo.

Una ragazzina in minigonna è seduta su un masso, con la testa racchiusa tra le braccia e la schiena scossa dai singhiozzi. Tra i capelli spettinati si sta allargando una chiazza di sangue.

Guardo istintivamente Michele. «Che cosa le avete...?» L'interrogativo si spegne: anche mio figlio sta sanguinando: ha il labbro superiore spaccato e un occhio tumefatto.

«Non ho fatto in tempo a correre da loro» dice Federico, mortificato. Sembra l'unico incolume. «La ragazzina chiedeva aiuto, ma io...»

«Michele, che cosa è successo? Chi è lei?» chiedo sempre più preoccupato.

La ragazzina solleva la testa. Dagli occhi cerchiati di

kajal disfatto scendono lacrime nere. «Non mi hanno fatto niente... Sono riuscita a scappare e lui li ha fermati mentre mi rincorrevano» dice indicando mio figlio.

Una prostituta bambina, penso con il cuore gonfio di pena. La aiuto a sollevarsi e lei barcolla sui tacchi.

«Adesso sei al sicuro, piccolina. Vieni con me.» Mi rivolgo a Federico: «Chiama subito il 113.»

La ragazzina si divincola con forza: «No! Mi lasci andare, quei due non mi hanno fatto niente!» ripete in una nuova esplosione di pianto.

«*Quei due* finiranno in galera. Non devi avere paura» le dico prendendola per le spalle e cercando di portarla verso l'interno dell'Irish Coffee.

«Se i miei nonni scoprono che sono uscita *mi ammazzano*» dice terrorizzata.

Mi blocco di colpo. Forse mi sono sbagliato: la ragazzina, a quanto pare, ha una famiglia e una casa da cui è uscita di nascosto.

«Non sei una prostituta?» le chiedo brusco.

«*Prostituta?*» dice drizzando le spalle e guardandomi in faccia. «Lei non sa chi sono io! Come si permette?» Nei suoi occhi cerchiati e pesti fiammeggiano sbalordimento, fierezza.

Provo uno strano rimescolio: c'è qualcosa di familiare in quello sguardo. «Dimmelo tu: chi sei? Hai i documenti?»

Tira su col naso. «Lei è... un poliziotto?»

«No. Ma voglio sapere che cosa facevi a quest'ora in una strada deserta. Niente balle, ragazzina.»

«Non chiama la polizia, eh?»

«Forza, parla.»

«Nina e Alex dormivano e io ho raggiunto la mia amica a una festa... Esco sempre quando i nonni sono via e poi mi faccio accompagnare a casa da qualche amico *maggiorenne* con la patente. Stasera però sono venuta via prima.»

Fa una pausa e riprende, con voce di nuovo spaventata. «Due ragazzi mi hanno offerto un passaggio e io ho accettato... Mi sono accorta subito che prendevano una strada troppo lunga...»

«Stai calma, piccola.»

«Ho quasi tredici anni, non sono *piccola*.»

«Va bene, signorina. Prosegui.»

«Ho gridato e protestato, ma quello che era al volante correva come un pazzo e rideva... Poi siamo arrivati in un viottolo, qui vicino... Mi hanno fatto scendere dalla macchina... *Volevano violentarmi.*»

Scoppia in un pianto irrefrenabile. Lascio che si sfoghi.

Quando si è calmata riprende: «Hanno sentito arrivare una macchina e si sono impauriti... Io sono scappata di corsa... Ma loro correvano di più. Mi hanno raggiunta e tenuta ferma per i capelli... Ho gridato e gridato... Se non era per lui, a quest'ora non so che cosa sarebbe successo».

«È Michele, mio figlio. E tu come ti chiami?»

«Non ho i documenti, ho lasciato la borsa nella macchina.»

«Non ti ho chiesto i documenti, ma solo il tuo nome.»

«Non dirà niente ai miei nonni, vero?»

Di nuovo quel rimescolio. «No, te lo prometto.» La guardo e aspetto la risposta trattenendo il fiato.

«Mi chiamo Maria Dezzi.»

La voce di Sally: «Oliviero, dove siete?».

«Fermati!» grido. «Arriviamo subito!»

Ma Sally non si ferma. Non ha sentito o forse non vuole sentire. «Oliviero, ragazzi, dove siete?» La sua voce è sempre più vicina.

Non posso più fermarla. Non posso più proteggerla.

Arriva, ansimante, di fronte a me. Guarda la ragazzina in minigonna e tacchi a spillo con il viso arrossato e la testa che sanguina. E poi guarda me. «Che cosa è successo?»

Non riesco a risponderle. Sally vede il labbro sanguinante e l'occhio tumefatto di Michele e poi il suo sguardo torna sul viso della ragazzina. «Che cosa è successo?» chiede per la seconda volta.

È mio figlio a rispondere. «Tranquilla, Sally. C'è stato un piccolo incidente con due balordi, ma adesso è tutto okay.»

Sopraggiungono i Vasile. L'attenzione di Anna si concentra sulla ragazzina. «Mio Dio» mormora. Le si avvicina: «Sei albanese? Russa?» le chiede. Anche lei l'ha scambiata per una bambina costretta a prostituirsi.

Mi chiamo Maria Dezzi e sono italiana: "sento" questa risposta nell'irrigidirsi del suo corpo, nel moto di protesta con cui si protende per chiarire *chi è lei*. E la mia voce, fulmineamente, si sovrappone alla sua. «È italiana. Tornava da una festa e due ragazzi hanno tentato di aggredirla.»

Anna la fissa scuotendo la testa. Si rivolge a me: «Da qualunque parte venga, ha paura dei suoi protettori. Ma guardala, povera creatura, come l'hanno conciata prima di lasciarla sulla strada. E poi pestata...».

Trattengo la ragazzina e le sussurro in tono perentorio: «Se adesso ripeti chi sei, i miei amici chiamano la polizia e avvertono i tuoi nonni».

Dopo il terrore e dopo le offese, adesso deve subire anche il mio ricatto.

Ma sottovaluto il suo temperamento combattivo: «Sono vestita Cavalli, non *conciata*!» risponde. «Faccio la terza media e non ho paura di nessuno, tanto meno dei *protettori*» dice d'un fiato.

«Chi sono i ragazzi di cui parli? Vuoi spiegarci come sei...»

«Basta con le domande, Anna. Non vedi come è ridotta?» interviene Sally.

Mi sottrae la ragazzina e la prende per mano. «Ci spiegherà dopo che cosa è successo. Ora vieni con me. E anche tu, Michele.»

Ho disinnescato la mina per salvare mia moglie da un'esplosione che l'avrebbe fatta a pezzi. Ma la verità sta comunque per esplodere.

Ho letto o sentito dire che, quando si sogna, in un minuto di tempo reale si riesce a costruire un lungo e particolareggiato susseguirsi di incubi o di eventi. È così anche fuori dal sogno: nei tre minuti di percorso dalla cancellata d'ingresso all'interno dell'Irish Coffee la mia mente ha dubitato, risposto, deciso, programmato, esplorato il futuro.

Portare la ragazzina a casa sua e fingere che non sia accaduto nulla? È ripugnante non soltanto perché il mio rapporto con Sally prenderebbe la deriva di un inganno senza fine: Maria sta vivendo pericolosamente e i ciechi, latitanti genitori di suo padre sono rimasti tali anche come nonni. *Sono via*. Nina e Alex sono probabilmente la coppia di domestici a cui è affidata: dopo che si sono addormentati, Maria *esce sempre*. Chi la controlla? Chi proibisce a una tredicenne di truccarsi e vestirsi come una ventenne in vendita?

Proseguendo così, prima o poi finirebbe in cronaca nera per uno stupro o per un tragico incidente d'auto: deve essere salvata.

Domattina telefonerò all'avvocato Auletti: attraverso l'agenzia investigativa che collabora con il suo studio, deve ricostruire e documentare l'ambiente in cui vive, il rapporto con i nonni, le amicizie che frequenta, la libertà di cui gode. La Auletti non è il volenteroso e inesperto avvocaticchio che si fece mettere in ginocchio dai Dezzi: è un "mastino" che dimostrerà al giudice minorile in quale stato di prostrazione Sally si trovasse quando rinunciò alla sua bambina e quale trappola le tesero per impedirle in seguito di veder riconosciuti i suoi diritti di madre.

Non esiste collega, per quanto agguerrito e strapagato, che possa tenerle testa. La Auletti ha sempre una marcia in più: fiuta e azzanna le manipolazioni dei fatti, le prove demolite oppure costruite con l'arte della parola, le arringhe da "pifferai magici". Sally riavrà sua figlia.

Tutto questo in tre minuti. Ma la mente si ritrae, prende tempo ed erige una barriera di fronte agli eventi più dolorosi e agli interrogativi più angosciosi. Come reagirà Maria quando apprenderà che Sally è sua madre? La respingerà come fece quando era piccola? Accetterà di essere separata dai rovinosi nonni che le hanno concesso ogni libertà, ogni trasgressione?

Quando entriamo nella saletta privata dell'Irish Coffee sono sopraffatto da questi interrogativi senza risposta. Anna sale in casa per prendere la cassetta del pronto soccorso, Alberto fa sedere Michele e Maria e gli fa bere dell'acqua ripetendo che "va tutto bene".

Lo sguardo di Sally non si stacca dalla ragazzina. Ha scorto anche lei qualcosa di familiare nel suo viso? Assomiglia a Fabio, il padre? Non posso saperlo. Sicuramente lei o i Vasile le faranno delle domande per conoscere i particolari dell'incidente, per sapere con chi e perché Michele si è scontrato. E le chiederanno come si chiama, dove abita.

Il caso ha riportato Maria nella vita di sua madre e nulla ormai può fermare o mutare quello che sta per accadere: tra cinque minuti? Tra un quarto d'ora? È una bomba a orologeria: non ho più il tempo per cercarla e non so quando esploderà. Sono paralizzato dalla paura e annientato dalla consapevolezza della mia impotenza.

Anna arriva con disinfettanti, cerotti e due buste di ghiaccio sintetico.

Sally tende una mano a Maria. «Vieni in bagno con me, prima di disinfettarti è meglio che ti lavi la faccia e i capelli, per vedere dov'è la ferita.»

Aspetto con il fiato sospeso. Anna passa sulla faccia di Michele una salvietta disinfettante e osserva che la lacerazione del labbro è meno profonda di come sembrava. Può bastare un cerotto per rimarginarla. Lo estrae dall'involucro e glielo applica.

Sally torna dieci minuti dopo tenendo per mano Maria: con il viso struccato e i capelli umidi e lisci sembra molto più piccola della sua età. Indossa un paio di ciabatte in spugna e la minigonna è sparita sotto un accappatoio.

«Tutto bene?» chiedo a Sally, senza osare guardarla in faccia.

«Sì. Le hanno strappato una ciocca di capelli e adesso devo disinfettarla.»

Parla con voce normale. Alzo gli occhi: è molto pallida e ha una espressione stanchissima: ma anche questo è *normale*, dopo quanto è successo. Non riesco a scorgervi altro: la bomba a orologeria deve ancora esplodere.

Anna le porge una salvietta e Sally disinfetta la ferita. Poi chiede una borsa del ghiaccio. «Ti farà passare il gonfiore e il dolore» spiega a Maria.

«Grazie. Lei è molto gentile. Non avete chiamato nessuno, vero?»

«No» risponde Alberto. «Ma dobbiamo informare i tuoi genitori di quello che è successo e decideranno loro che cosa fare.»

«Io vivo con i nonni, e adesso loro non sono a Roma.»

«Ci sarà pure qualcuno che si prende cura di te!» interviene Anna.

«Nina e Alex. Sono i due moldavi che...»

La voce di Sally. «Volete lasciarla in pace?»

Anna, stupita: «Certo! Ma dovremo pure accompagnarla a casa, sapere dove abita e come si chiama».

Conto i secondi: ma l'orologio si arresta. «Posso prendere un taxi. Nina e Alex dormono e io ho la chiave della porta di servizio» dice Maria.

«Non se ne parla nemmeno.» È Alberto, questo. «I tuoi nonni dove si trovano?»

«All'estero. Mio nonno ha molti incarichi importanti e mia nonna è nel Comitato per...»

Michele la interrompe: «E i tuoi genitori? Dove sono?»

Guardo Sally. Si è seduta su un divanetto e sta osservando con aria assorta la collezione di vecchie tabacchiere sulla vetrinetta di fronte.

Non c'è. Non vuole sentire la risposta? Ha paura della risposta?

«Mio padre è morto un mese prima che nascessi e sono stati i suoi genitori a occuparsi di me.»

«E tua madre?» Michele incalza.

Guardo Sally. Ha la faccia vuota come una maschera.

«Mia madre mi ha abbandonata in ospedale, subito dopo il parto. Quando i nonni l'hanno trovata, si è fatta pagare per permettergli di adottarmi.»

«È una storia tristissima» dice Anna. «Non hai più saputo niente di lei?»

«Quando avevo tre o quattro anni si è rifatta viva per chiedere altri soldi.» Maria alza la testa. «Non lo racconto per farvi pena, è una storia *vomitevole* e io sono stata fortunata: avrei potuto finire in un orfanotrofio o restare con una madre da schifo.»

Mio figlio si avvicina e le batte una mano sulla spalla. «Non pensarci più.»

«E chi ci pensa? Te l'ho detto, sono stata fortunata. Anche stasera, a incontrare te. Non ho capito come ti chiami...»

«Michele. Prima l'hai detto, ma nemmeno io mi ricordo il tuo nome.»

Sally sta guardandosi la mano sinistra, lo sguardo fisso sull'anello. Solleva la testa. «Si chiama Maria» risponde per lei.

XVII

IN GUERRA

Il ginecologo si sfila il guanto e mi porge il ruvido lembo di carta staccata da un rotolone. «È entrata nella undicesima settimana» mi dice. «Va tutto bene.»

Ho cercato il suo nome sulle pagine gialle e gli ho dato il mio cognome di ragazza, Cusano. Scesa dal lettino, mi fa sedere davanti alla sua scrivania e appunta via via su un foglio le mie risposte alle sue domande: trentun anni, peso 52 chili, primo mestruo a dodici anni, coniugata, nessuna malattia pregressa, nessun intervento chirurgico, prima gravidanza a diciotto anni, nausee sì, non soltanto mattutine, disturbi del sonno sì, sonnolenza no, stanchezza sì.

Mi prescrive delle analisi del sangue e un'ecografia e mi scrive su un foglio del ricettario il numero telefonico del suo reparto e quello del suo cellulare. "Per qualunque emergenza".

Tempo fa, casualmente, Anna mi aveva fatto il suo nome definendolo un ginecologo "molto cinico e senza tabù". Forse è una immeritata fama. O forse è un caso di omonimia: l'uomo che mi sta di fronte è un professionista scrupoloso e umano.

Non ho il coraggio di dirgli che la mia sola emergenza è abortire e sono venuta nel suo studio per concordare il giorno e l'ora dell'intervento: l'istinto mi dice che reagirebbe chiedendomi perché ho preso questa decisione, se ho riflettuto bene, se sono consapevole che l'embrione è già formato, respira.

Non sopporto la vista di altre facce deluse e severe, sono troppo stanca per spiegargli che nelle ultime settimane non ho pensato ad altro, arrivando alla conclusione che due figli *già nati*, confusi e intossicati di rabbia, sono più importanti di un abbozzo inconsapevole e galleggiante.

Uscita dal suo studio appallottolo le carte che ho in mano e le getto in un cestino dei rifiuti. Mi resta ancora il tempo per cercare un altro ginecologo: in questa ultima settimana ho perso due chili, vomito tutto quello che mangio e qualunque medico può certificare che non sono psicologicamente e fisicamente in grado di proseguire la gravidanza.

Prima di chiamare un taxi per ritornare a casa faccio due passi a piedi. Ho bisogno di aria. Inspiro ed espiro profondamente, avvertendo l'ormai familiare morsa che mi stringe lo stomaco e sale verso la gola allentando e stringendo sempre più velocemente la presa.

Inghiottisco un rigurgito acre: non ho fatto colazione e non ho più niente da rigettare. Quando la morsa passa, riprendo a camminare.

So di essere impaurita, preoccupata, straziata: ma la mente si è sconnessa dal resto di me e non avverto nulla. Sono come una pila scarica, svuotata di ogni energia e posso permettermi di pensare impunemente a quello che è accaduto e che accadrà. "Bella metafora" direbbe Michele.

Ma da una settimana non mi rivolge più la parola. *Guarda come hai ridotto tua figlia! Sei un mostro. Sei una madre da schifo peggio della mia*. Oliviero si è avvicinato a lui, con uno scatto, e gli ha mollato uno schiaffo che lo ha fatto barcollare.

Ho riconosciuto Maria appena l'ho vista, ma la rassomiglianza con Fabio poteva ingannarmi, essere una suggestione. Ricordo di essere sobbalzata quando ha parlato dei suoi nonni.

Ma non ricordo come ho fatto a controllarmi di fronte alla certezza che quella ragazzina bistrata, in tacchi a spillo e minigonna, era mia figlia.

Forse volevo prendere tempo, cercare il modo giusto per dirglielo, senza sconvolgerla. Ma quando ha insistito per ritornare a casa, e Alberto si è alzato per andare a prendere la macchina, l'ho afferrata per un braccio. "*Tu resti qui!*"

"*Mi lasci, come si permette?*"

Ricordo soltanto che quello è stato l'ultimo momento di sofferenza e di reattività. Maria non poteva tornare in quella casa, correre verso altri stupratori, altri festini, altri *maggiorenni* con la patente rischiando di autodistruggersi come suo padre.

Ho continuato a trattenerla per un braccio e quando ho cominciato a parlare Oliviero mi è venuto accanto.

Maria mi ha ascoltato incredula, con gli occhi sbarrati. E quando ha avuto la certezza che la sua indegna e snaturata madre ero io, l'iniziale incredulità è diventata furia e ha tentato di sfuggirmi come se dovesse difendersi da un altro tentativo di stupro.

"*Mi stia lontana, sparisca, si vergogni!*"

Alle sue accuse si sono aggiunte quelle di Michele. Dopo lo schiaffo del padre, lo ha guardato torvo. "*Ti sei lasciato abbindolare da una donna peggiore di mia madre*" ha ripetuto a denti stretti.

Ho il ricordo del viso tristissimo di Anna mentre si avvicinava a me. *So* che il suo abbraccio senza parole mi ha dato calore e conforto. Ma la mente continua a essere scollegata e tutti i sentimenti, buoni e cattivi, sono isolati in un blocco di gelo.

È stata Anna a calmare Maria, pregandola di restare a dormire da lei. Alberto è intervenuto in modo più duro. "*Se insisti, ti riporto a casa: però sveglio i domestici, mi faccio dare il numero dei tuoi nonni e li informo subito di quello che è successo.*"

I nonni sono stati avvertiti all'indomani mattina dall'avvocato Auletti: Oliviero l'ha svegliata nel cuore della notte e il mattino alle nove era già nel suo studio. Io non ho voluto seguirlo.

So che i Dezzi sono ritornati immediatamente a Roma per denunciarmi di sottrazione di minore e che la denuncia è subito rientrata. Oliviero mi ha raccontato che l'avvocato Giusti (lo stesso che mi definì "madre inaffidabile e indegna" quando tentai di riavere mia figlia) è rimasto spiazzato quanto i Dezzi nel ritrovarsi come parte avversa la moglie del noto industriale Belli e l'altrettanto nota Lorenza Auletti.

La prima mossa è stata la minaccia di una *sua* denuncia per abbandono di minore, con tanto di testimoni e di certificato medico sulle condizioni in cui Maria è stata ritrovata.

L'agenzia investigativa, subito contattata, sta ricostruendo i viaggi e gli impegni pubblici dei nonni, le amicizie di Maria, le latitanze educative e morali. E, nel frattempo, sta raccogliendo un dossier sulla mia infanzia desolata, l'abbandono di Fabio, il cinico documento che il legale dei Dezzi mi fece firmare.

Salvatrice è riemersa dal passato: adesso il mio futuro è nelle sue mani. Sarà la storia del suo ricovero al Sant'Anna, del difficile parto, dello stato di prostrazione e di angoscia con cui seguì la lotta della sua bambina per sopravvivere a illuminare il giudice minorile.

La Auletti mi ha telefonato due giorni fa per dirmi che l'ostetrica Aureli ricorda *benissimo* le mie vicissitudini ed è disposta a testimoniare il profondo amore che avevo per la neonata, il mio desiderio di allattarla, le mie suppliche per poterla visitare ogni giorno.

Manca soltanto un tassello per ricostruire la trappola che i Dezzi mi tesero: la testimonianza di suor Maria e di Madre Augusta, la Superiora del Sant'Anna. Salvatrice non "vendette" sua figlia; i soldi le furono consegnati dalla Superiora e lei prese la busta e firmò la ricevuta senza capire né leggere. Era disperata e fuori di sé.

Mi stupisce la memoria di Oliviero: è da lui che il "mastino" ha avuto il particolareggiato resoconto dei fatti. Mio marito mi ripete che sarà una causa vinta in partenza, lo dice la Auletti e devo crederle. Vorrei rispondergli che io non credo mai a quello che non so. Come già accadde a Salvatrice, il futuro mi sembra un buco nero: Maria mi accetterà mai come madre? Continuerà a respingere il tentativo che subito feci di spiegarle *perché* la affidai ai nonni? E Michele continuerà a ignorarmi e a ritenermi un essere umano indecente? E i Dezzi? Quali contromosse preparano?

Anche questi interrogativi nascono dalla mente e non riescono a penetrare la barriera di ghiaccio. Sono pronta a qualunque contraccolpo. Ma, diversamente da Salvatrice, la vita procede *con me*. Sono lucida. *So* che devo abortire prima che passi altro tempo e non mi perdono di aver rifiutato per quattro settimane la realtà di questa gravidanza, accantonandola come uno dei molti problemi che si risolvono da soli.

Potrei chiedere aiuto ad Anna: ma prevedo le sue reazioni. Mi direbbe che non mi perdonerei mai di aver abortito, che è disonesto non coinvolgere mio marito in questa decisione, che nel nostro rapporto si creerebbe una incrinatura irreparabile. E infine mi convincerebbe a fare un'ecografia per “vedere” l’abbozzo che sta prendendo forma e sentire il battito del suo cuore.

Non posso correre questo rischio: è un altro segreto che le terrò nascosto, ma che stavolta non scoprirà mai.

Dispersa in tutti questi pensieri, mi sono allontanata di almeno un chilometro dallo studio del ginecologo e sono arrivata in un piazzale che non conosco. Poco distante c’è un posteggio di taxi. Affretto il passo: a mezzogiorno Oliviero mi aspetta nel suo ufficio e manca un quarto d’ora appena. Vuole farmi partecipare al suo incontro con Marenzi e con Molino, per l’analisi dei primi dati su Casa Belli.

La quotidianità non si interrompe nemmeno nei momenti più neri, ma per me non è un peso. Qualunque cosa accada, alla fine della giornata so che in quella successiva aiuterò Erminia a riordinare la casa, leggerò i giornali, mi metterò al computer, andrò in ufficio per “assistere” Samuel Burne, farò la solita chiacchierata al telefono con Anna, mi siederò a tavola. Vedendomi proseguire i quotidiani rituali, Oliviero si tranquillizza.

Quando arrivo nel suo ufficio si alza per venirmi incontro. «Stavamo parlando della festa all’Irish Coffee» dice baciandomi sulla guancia.

«Nonostante la vostra assenza» dice Molino «è stata una serata straordinaria. Come stavo dicendo a suo marito, per i dipendenti di Casa Belli è stata una carica di entusiasmo e di energia.»

Marenzi mostra una analisi sui primi dati di vendita dai quali si evince che il 61,02% della clientela è di target medio-alto e appartiene a una fascia giovanile. Abbiamo davvero *creato* una nuova utenza, come sottolinea lui stesso rivolgendomi un sorriso.

Gli sorrido anch’io. «Questi dati faranno felice anche Burne e il suo gruppo. Hanno puntato molto sulle linee giovani.»

Che cosa sto dicendo? Sento il suono della mia voce e mi sembra che a parlare sia un'altra persona. Avverto attorno a me una sottile vibrazione, come se stessi penetrando l'aria per entrare in un'altra dimensione. Le voci di Molino e di Marenzi mi giungono da lontano, e per qualche istante mi sento sospesa nell'irrealtà.

Devo fare uno sforzo per tornare al mondo reale e recuperare il controllo della mia fisicità. *Sono nell'ufficio di mio marito. Stiamo parlando di Casa Belli.* L'impatto è brusco: che cosa faccio qui? Perché devo fingermi interessata? Non è ridicolo che stia a parlare di analisi di mercato e di linee giovanili mentre la mia vita sta letteralmente perdendo i pezzi?

Con un pretesto e un ennesimo sorriso esco da quell'ufficio e mi dirigo verso le macchinette: ho la gola riarsa e mi è venuta la voglia improvvisa di un'aranciata.

Mentre ne pregusto il sapore frizzante e amarognolo, un fiotto di saliva mi riempie la bocca. Subito dopo, lo stomaco si contrae nello spasmo della nausea. Corro verso la toilette più vicina, apro la porta e mi curvo sulla tazza del water mentre i conati si susseguono dolorosi come colpi di pietra. La bocca ha il sapore del fiele: è quello della saliva che preme nella gola per uscire.

È la montagna che partorisce il topolino, penso. Ma questo patetico tentativo di sdrammatizzare è soffocato da un colpo di tosse. E poi da un altro e un altro ancora.

Quando esco dal bagno, ho la faccia in fiamme, gli occhi arrossati dallo sforzo e la gola ruvida come una raspa.

«Sally, stai bene?» mi chiede la *Jolie*, emersa da chissà dove.

Sto benissimo, grazie.

«Direi proprio di no» rispondo a mo' di battuta. Da quanto tempo è lì? Si è persa qualcosa del mio corpo a corpo con la nausea?

«Ti ho vista entrare qui di corsa e ti ho seguito, nel caso avessi bisogno di aiuto» risponde.

Dunque, non si è persa niente. La fermo prima che arrivi alla ovvia associazione tra nausea e gravidanza. «Ieri sera siamo stati a cena dal Frescone, quel ristorante nuovo arredato come la piazzetta di Capri» improvviso. E per prendere tempo le chiedo se ne ha sentito parlare.

«Come no? Una di queste sere voglio andarci anch'io.»

«Te lo sconsiglio proprio!» esclamo, chiedendo mentalmente scusa allo spiritoso proprietario. «La sua *fresca* zuppa di pesce mi è rimasta sullo stomaco per tutta la notte e adesso ho vomitato l'anima.»

Jolie mi rivolge un sorriso quasi deluso. «Credevo che tu aspettassi un bambino...»

Sono arrivata giusto in tempo. «Ma ti pare?» È una risposta idiota, ma non me ne viene un'altra.

Jolie mi sorride di nuovo. «Anche se sei giovane, tutti i ragazzi del loft ti considerano una mamma. E tutti ti vogliono bene...»

Il tono della sua voce e le sue parole sembrano quelli di una vera amica: non vi è traccia di invidia o di frustrazione. La guardo per la prima volta: il suo viso con gli zigomi a mandarino e le labbra a canotto esprime gentilezza e calore.

«Dovremmo vederci più spesso» le dico sincera.

La vedo illuminarsi: «Ne sarei felice! Purtroppo siamo partite col piede sbagliato. Mi dispiace».

«Incidente superato. Chiuso.»

Jolie, anzi *Angelina*, estrae dalla sua trousse una spazzola per capelli e un mini-set da trucco. «Datti una rinfrescata, Sally.»

Mi viene da piangere. Vorrei abbracciarla. È la prima volta, in questa settimana, che *provo* qualcosa di buono.

La Auletti telefona per darci tre buone notizie. La prima: il giudice minorile ha accolto la sua richiesta di una convocazione urgente e ci riceverà, coi Dezzi, per un colloquio preliminare ed esplorativo, tra una settimana.

La seconda: Maria, in attesa di questo colloquio e della decisione del giudice, viene seguita da una assistente sociale.

La terza: l'agenzia investigativa è sulla buona strada per rintracciare suor Maria. Purtroppo madre Augusta, la Superiora, è morta. La Auletti si dice certa che, messa di fronte all'evidenza dei fatti, la religiosa accetterà di testimoniare in mio favore. Purtroppo non condivido il suo ottimismo e glielo dico con franchezza: suor Maria è tra quelli che mi considerano una indegna madre che ha "venduto" la figlia neonata.

La Auletti replica che il giudice non vuole opinioni, ma prove concrete. La suora deve limitarsi a dire la verità su come ho avuto i soldi dai Dezzi.

L'esperienza mi ha insegnato che quando la sfortuna o gli eventi della vita ti costringono ad affrontare un periodo doloroso e buio, devi percorrere il tunnel fino in fondo. Le buone notizie sono il sadico gioco della malasorte, sprazzi di luce che servono a farti vedere meglio quanto è ancora lungo e faticoso il cammino oppure a darti una speranza per poi togliertela subito. Sono di nuovo nel buio.

Michele ha rotto il silenzio per dire a suo padre che "ci stiamo tutti sulle palle" e che non sopporta nemmeno di vedermi. L'amico Federico ha parlato con i suoi, e sono disposti a ospitarlo a casa loro fino al termine dell'anno scolastico. "Poi si vedrà."

È seguita una lite furibonda, terminata con un aut-aut

di Oliviero: «Se esci da questa casa, scordati anche del lavoro nel loft e della collaborazione con Samuel».

«È questo il grande amore che hai per me?» ha gridato Michele. «Per difendere quella, butti tuo figlio nel cesso e tiri lo sciacquone?»

«*Quella* è mia moglie. Se fosse Sally a comportarsi in modo tanto ingiusto e crudele, butterei nel cesso lei.»

Non ho voluto sentire altro. Michele ha ceduto al ricatto ed è rimasto in casa: ma resta fuori a pranzo, trascorre il pomeriggio nel loft, cena con i panini delle macchinette e alle otto di sera, dopo aver borbottato un ciao o abbozzato un cenno di saluto, va a chiudersi nella sua stanza.

Anche Maria è in assetto di guerra. Mi ha spedito una lettera breve, scritta d'impeto e senza una sola virgola. *Signora Belli io non verrò mai a vivere con lei preferirei morire o andare in galera. Si regoli.*

Ho registrato con la mente che deve essere una pessima studentessa: nemmeno un bambino di seconda elementare si esprimerebbe con tanta povertà di linguaggio e tanta ignoranza della punteggiatura. Ma ha espresso con chiarezza la sua repulsione nei miei confronti. E ne prendo atto con lucido distacco. Una cosa è certa: combatterò fino in fondo la guerra per toglierla ai Dezzi. *Poi si vedrà*, per usare l'espressione di Michele.

Proseguo il mio tunnel con la consapevolezza di una sosta obbligata e sempre più urgente: devo abortire prima che Oliviero cominci a insospettirsi. Non entro più nei vestiti e con grande stupore di Samuel sono passata alla taglia 44. ("Smettila di abbuffarti, Sally!")

Oliviero era presente. Mi aspettavo che rispondesse "non mangia niente!": invece non ha fatto commenti.

Mi è sempre più difficile controllare gli attacchi di nausea, allontanarmi o interrompere un discorso per correre in bagno, restare a letto immobile per far credere a mio marito che sto dormendo profondamente.

Oliviero ha trovato la lettera di Maria. «Perché non mi hai detto niente?» chiede. È desolato. E io non so che cosa rispondergli.

«Sally, dobbiamo essere uniti in questa guerra.»

Ha detto *guerra*. Anche lui è dentro al tunnel. Qualcosa si smuove dentro di me. «Scusami» gli dico prendendogli una mano. Lui me la stringe forte.

«Porterò questa lettera alla Auletti: mancano due giorni alla convocazione, e il giudice deve essere informato dell'ostilità di tua figlia.»

«Questa ostilità è l'arma vincente dei Dezzi...»

«Così credono. In realtà sarà un boomerang, esattamente come avvenne con la mia ex moglie. Il giudice capirà che Maria è stata non soltanto abbandonata a se stessa, ma anche ingannata e manipolata dai nonni.»

Alla vigilia della convocazione l'avvocato dei Dezzi ha ottenuto il rinvio di una settimana.

La Auletti ci informa di questo rinvio spiegando che l'incontro preliminare deve consentire al giudice di arrivare all'udienza con tutti gli elementi necessari per prendere una decisione: e il collega Giusti ha chiesto il tempo per poter "completare e aggiornare" il dossier in difesa dei suoi assistiti.

Il "mastino" sembra spiazzato. Confessa con franchezza che in quell'*aggiornamento* fiuta un'insidia, ma è certa di non arrivare all'incontro disarmata.

Questo rinvio, conclude, potrebbe avere anche un risvolto positivo: dare all'agenzia investigativa qualche giorno in più per rintracciare suor Maria. Di lei si è scoperto che, chiuso l'Istituto per ragazze madri, ha trascorso otto anni in Africa, nel suo Paese di origine, facendo l'infermiera in una Missione cattolica. Colpita da una grave infezione intestinale, è stata subito rimandata in Italia. Dopo tre settimane di ricovero al Policlinico Gemelli di Roma, è tornata in Africa, dove è rimasta fino a otto mesi fa.

Da allora se ne sono perse le tracce. Definitivamente rientrata, si presume che abbia ripreso la sua vita in uno dei conventi del suo ordine religioso: ma quale? E in quale località?

«Io mi fido della Auletti.» Oliviero mi tranquillizza con il solito atto di cieca fede: ma io non riesco a condividerlo. Ho toccato con mano il cinismo e la spregiudicatezza dell'avvocato Giusti, conosco la sapienza delle sue insidie e, come la Auletti, la scorgo nel termine *aggiornamento*. La sua arma vincente non è il mio passato, come credevo: deve averne scoperta un'altra più subdola e sottile.

Quella stessa sera, per la prima volta dopo dieci giorni, Michele torna a casa alle sette e mezzo. Io e Oliviero ci siamo appena seduti a tavola.

«Posso mangiare un boccone con voi?» chiede.

«Questa è anche casa tua» Oliviero gli risponde asciutto.

Michele sposta la sedia e io vado in cucina a prendere i piatti, le posate e un bicchiere per lui. «Vuoi che ti prepari due spaghetti?» gli chiedo.

Fa cenno di no. «Per la verità non ho fame.»

Oliviero gli lancia un'occhiata. «Che cosa succede, Michele?»

Non posso fare a meno di pensare amaramente che da qualche tempo non facciamo che chiederci *che cos'hai* o *che cosa è successo*, quasi fossimo diventati i protagonisti di una soap opera con il colpo di scena sempre in agguato.

Michele si schiarisce la voce. «Credo di avere fatto qualcosa che... che...» Alza la testa e si rivolge direttamente a me. «Sai come la penso, Sally: io con te ho chiuso... Non ti stimo più... Però i colpi bassi non li tiro» aggiunge con forza.

«Che cosa hai fatto?» urla, quasi, Oliviero.

Ecco una bella variante della solita domanda. Dopo gli interrogatori, l'accusa.

Michele esita a rispondere e colgo sul suo viso una espressione impaurita.

«Non urlare, Oliviero» intervengo.

Lui nemmeno mi ascolta. «Cosa significa *colpo basso*?»

«L'avvocato Giusti vuole dire al giudice che vivendo con Sally ho scoperto la sua vera natura... Che la ritengo bugiarda, che ho smesso di stimarla e che resto in questa casa soltanto perché sono costretto.»

Capisco in quel momento che la nuova arma dei Dezzi contro di me è Michele.

Il ragazzo ci sogguarda come un bambino che ha fretta di essere punito per liberarsi dalla paura e dai sensi di colpa. Prego tra me che Oliviero non perda il controllo e capisca quanto sia stato facile per un avvocato come Giusti fare leva su un adolescente arrabbiato.

Oliviero tace e Michele non regge più. «È stato lui a cercarmi! Maria gli ha detto che nemmeno io volevo vivere con Sally e oggi me lo sono ritrovato davanti alla scuola...»

Lo interrompo. «Hai rivisto Maria?»

«Era in macchina con l'avvocato dei suoi nonni. E mi ha detto che soltanto io potevo aiutarla: bastava che parlassi male di te.»

«E tu?» chiede Oliviero.

«Ero furioso con Sally e l'ho sputtanata. Ma quando mi ha chiesto se ero disposto a ripetere le stesse cose davanti al giudice e se intanto potevo passare dal suo studio per mettere nero su bianco le mie dichiarazioni, mi sono tirato indietro e gli ho detto che non potevo. Maria ha cominciato a gridare, mi ha dato del vigliacco schifoso... Io sono sceso dalla macchina e...» Prende fiato. «Tutto qui. Io non tiro colpi bassi e vi ho raccontato tutto perché ho capito che anche senza firme e testimonianze ho fatto una stronzata. Non volevo.»

Oliviero non fa commenti. Si alza da tavola e va a telefonare alla Auletti. Nessuno di noi ha più voglia di mangiare.

Stamattina ho trascorso mezz'ora al computer cercando tutte le informazioni sulla 194: benché la legge sull'aborto abbia subito nel corso degli anni alcune modifiche e non tutte le regioni la applichino allo stesso modo, mi ha tranquillizzato apprendere che posso rimandare senza problemi l'intervento di un paio di settimane, quando il giudice avrà preso una decisione per Maria.

Senza problemi? Nel momento stesso in cui formulo questo pensiero ne avverto il ridicolo.

Da qualche giorno Oliviero si comporta in modo strano: mi tratta come se fossi un fragile oggetto di vetro, mi ha tagliata fuori da tutti gli incontri e le telefonate con la Auletti ("lascia che sia io a gestire la situazione"), ogni volta che devo uscire per una commissione o una spesa si offre premurosamente di accompagnarmi. Ma, allo stesso tempo, mi coinvolge sempre più pesantemente nel suo lavoro. Mi consulta per un nonnulla, esige che partecipi alle sue riunioni con Samuel, mi costringe a scendere negli uffici anche al mattino.

Ho l'impressione che mi stia col fiato sul collo. Quando l'ho detto ad Anna, mi ha dato della paranoica. «Ti sta proteggendo come tutti i bravi mariti! Sa bene con quanta angoscia stai aspettando l'udienza, e vuole distrarti, tenerti occupata!»

I tempi in cui Anna lo chiamava il "Bellino" appartengono a un passato remoto. La verità è che anche la mia mente si è scaricata e non penso più. Sono un corpo smagrito che ingrossa dove l'utero si allarga e riesco a provare solamente nausea, inappetenza, stanchezza, cefalee, insonnia notturna, irrequietezza, sonnolenza: tutto il resto è stato sopraffatto da questa corporeità sempre più invasiva e alienante. Non sono né angosciata né tesa.

Mentre gli altri parlano, spesso devo fare uno sforzo per tenere gli occhi aperti. La notizia più dolorosa non potrebbe arrestare i miei attacchi di nausea e le corse verso il bagno più vicino. L'evento più felice non potrebbe trasmettermi alcuna emozione mentre i barbagli di luce preannunciano l'arrivo di un dolore che mi inceppera la voce e mi esploderà nella testa lasciandomi per ore stordita e svuotata. Il corpo padrone mi dà soltanto l'energia necessaria per affrontare gli impegni della giornata: sono come un robot programmato e telecomandato.

Ieri Angelina è entrata nell'ufficio di Oliviero per chiedergli qualcosa e poi si è fermata a fare due chiacchiere. Io ascoltavo senza sentire. A un certo punto gli ha detto qualcosa (una battuta? Un commento?) a proposito della nostra cena dal Frescone e del pesce "di giornata" che arriva surgelato dalla Cina e mi ha fato "vomitare l'anima".

Oliviero non si è mostrato stupito né ha obiettato che non abbiamo mai messo piede in quel ristorante: ha proseguito il discorso sul pesce e quando Angelina se n'è andata non mi ha fatto alcuna domanda.

Michele ha ripreso a parlarmi: quel tanto che basta per mantenere un rapporto formale. Se gli sfugge una risata o una parola gentile, puntualizza subito che non ha cambiato idea su di me.

Sto perdendo anche la nozione del tempo. sono passate poco più di due settimane dalla ricomparsa di mia figlia, ma mi sembra un'eternità. E in questi pochi giorni che ci separano dall'incontro con il giudice mi sono ricostruita come un'altra vita, con nuovi comportamenti e nuovi rituali.

Ascolto le notizie che via via Oliviero mi dà come se arrivassero da un altro pianeta: la Auletti e l'avvocato dei Dezzi hanno presentato i loro dossier al giudice.

Suor Maria vive in un convento poco distante da Perugia. Non riesco a seguire il particolareggiato ma complicato racconto di come l'agenzia investigativa sia riuscita a rintracciarla. Ma capisco l'essenziale: la Auletti è andata da lei e l'ha convinta a testimoniare.

Il giudice minorile si chiama Amedeo Sardella, si occupa da oltre trent'anni di minori contesi ed è noto per i suoi modi scorbutici, i suoi scatti d'ira e le sue imperscrutabili procedure. Non capisco perché il "mastino" sia entusiasta di lui.

Letti i dossier, Sardella ha chiesto di parlare con Maria e con Michele: senza avvocati e prima dell'incontro preliminare con le parti in causa. Questo incontro ha subito un ulteriore rinvio di una settimana.

Michele non ha fatto alcun cenno sulla convocazione. È stato Oliviero a riferirmi quello che ha detto a lui: il giudice ha ascoltato *senza fare domande* e Michele *mi ha difeso*. Ne deduco che mia figlia abbia buttato fuori tutta la sua avversione per la snaturata madre biologica.

Non fa niente. L'importante è salvarla dai Dezzi: e questa è la sola cosa che riesce a connettere mente, cuore, viscere.

Con voce naturale, come se parlasse del tempo, Oliviero mi riferisce l'ultima (e davvero imperscrutabile) decisione del giudice Sardella: l'incontro preliminare avverrà *dopo* che Maria avrà trascorso cinque giorni a casa nostra.

«Vado a prenderla domattina» mio marito annuncia. Poi sorride: «Questo mi sembra un segnale positivo. Una buona notizia».

Lo è davvero? Non lo so. Diffido delle buone notizie e, come sempre, non credo mai a quello che non capisco o non conosco.

EPILOGO

XVIII

LA TESTIMONE

L'era degli Imperi privati è tramontata e la Belli Cashmere è una delle poche griffe risparmiate dall'indebitamento bancario o dalla cessione ad azionisti stranieri. Ho respinto più volte l'offerta della giapponese Uchida, ma non credo che un'azienda di famiglia sia una monarchia con l'erede designato e non trovo corretto continuare a esserne il vertice quando, di fatto e da quasi due anni, è Enzo Molino a gestirla.

È quanto gli dico prima di andare a casa dei Dezzi per prendere Maria. L'ho convocato alle otto nel mio ufficio per comunicargli la mia decisione di nominarlo amministratore delegato.

Prevengo le sue obiezioni. «Io continuerò a lavorare qui, ma solo come presidente. Il mio interesse prioritario è la famiglia e non posso più lavorare e viaggiare come un tempo. Ho un figlio adolescente e un secondo in arrivo, Enzo.» Non posso ancora aggiungere che gli adolescenti presto saranno due.

«Questa è una bella notizia! Congratulazioni. Anche a Sally...»

«Mia moglie non vuole ancora parlarne. È una notizia confidenziale...»

«Puoi fidarti, la terrò per me. Adesso vorrei parlare della mia nomina: naturalmente ne sono lusingato, ma non mi sono mai sentito sottovalutato da te o...»

Guardo l'orologio. «Ne parleremo con calma. Adesso ho un appuntamento molto importante.»

Prima di prendere la macchina passo da Gina e Remo, i portieri, per avvertirli che mi allontanerò per circa un'ora. Non ho bisogno di aggiungere altro: uno dei due deve restare sempre alla guardiola e avvertirmi immediatamente se vedono uscire mia moglie.

Ho messo in atto una serie di controlli che rendono praticamente impossibile a Sally di uscire da sola o restare in casa abbandonata a se stessa.

Il sospetto che fosse incinta è diventato certezza quando gli indizi della gravidanza sono diventati evidenti. Ho vanamente aspettato che mia moglie me ne parlasse e il suo mutismo mi ha via via sorpreso, ferito, offeso.

Quando mi sono deciso a parlarne con Anna, ho capito che era arrivata alla mia stessa certezza: ma, diversamente da me, era *preoccupata*. "Sally vuole abortire" mi ha detto. "La conosco bene e so che sta prendendo tempo perché è una decisione molto dolorosa per lei. Ma questa gravidanza turberebbe i vostri ragazzi e comprometterebbe ogni possibilità di riallacciare un rapporto con Maria."

"Perché non ne ha parlato con me?"

"Per non coinvolgerti in un ennesimo problema. Inoltre teme che tu le impedisca di abortire."

"Glielo impedirò!"

"Sally è combattiva e testarda: vuole riavere sua figlia, e non la convincerai mai a proseguire una gravidanza che gliela alienerebbe per sempre."

Combattiva e testarda: è stata questa obiezione a illuminarmi.

Sally non lo è più. È ricaduta nello stesso stato di prostrazione e di resa che la spinse a rinunciare alla figlia neonata, certa di fare il suo bene. E così ho deciso di proteggere lei e la vita di un figlio che *desidero*.

Non permisi nemmeno a Lucia di abortire, anche se ero poco più di un ragazzo e con quella precoce paternità calavo il sipario sulla mia vocazione e i miei progetti per affrontare un futuro pieno di incognite.

Oggi non avrei neppure quelle giustificazioni: ho trentotto anni, vivo con la donna che amo, posso dare alla mia famiglia amore, tempo e benessere. Sally non sbaglia pensando che i nostri ragazzi saranno turbati e destabilizzati dall'annuncio di un bambino in arrivo: ma li aiuteremo anche ad accettare questa realtà.

Sally sta prendendo tempo: è un'altra frase che mi ha colpito. Violentare la propria natura, condannarsi all'ergastolo dei sensi di colpa non può essere il bene dei figli. Mia moglie non è in grado di capirlo e io le rendo impossibile compiere l'irreparabile. Tutto si aggiusterà: ne sono certo.

L'arrivo di Maria è provvidenziale anche per i cinque giorni di guerra e di tensioni che imporrà a sua madre, costringendola a riemergere dalla sua apatia.

I Dezzi hanno evitato di farsi trovare in casa: sono i domestici moldavi ad accogliermi e a consegnarmi la ragazzina. Indossa la "divisa" di tutte le coetanee (jeans, top, giubbotto e scarpe da tennis) e non ha un filo di trucco.

A quanto pare, si "personalizza" con i capi preferiti soltanto nelle fughe serali da casa. Si congeda da Nina e Alex a testa alta, con un sorriso da eroina avviata al martirio, e rifiuta la mia offerta di portarle lo zainetto.

Non insisto: peserà, a occhio, non più di due chilogrammi. «Non hai preso i libri di scuola?» mi scappa detto mentre saliamo in macchina.

«No. Sono assente giustificata.»

Poiché taccio, aggiunge con tono di provocazione e quasi di orgoglio: «Quest'anno ho già avuto tre sospensioni e sarò sicuramente bocciata».

Non raccolgo.

«Questa pagliacciata di farmi stare per cinque giorni a casa di estranei proprio non la capisco» sbotta. «L'ho detto al giudice e lo ripeterò anche alla signora Belli: piuttosto che...»

«Il giudice vuole mettere alla prova la tua maturità. Ti sconsiglio proprio di comportarti come una ragazzetta maleducata e dispettosa.»

Si volta verso di me. «Sennò?»

Ha gli stessi occhi di Sally e curiosamente, nonostante non abbia mai vissuto con lei, ne ha ripreso le espressioni, i piccoli gesti, il modo di guardare negli occhi con sfida.

Mi impedisco di farmi intenerire. «Dicono che il giudice Sardella sia durissimo e affidi ai servizi sociali tutti i minori che non lo convincono.»

Maria sgrana gli occhi. «*Servizi sociali?* Credevo che fossero per i figli abbandonati, quelli dei poveracci o degli extracomunitari...»

«Sardella ha un concetto più allargato dei *poveracci*.» Sto picchiando duro, ma non posso permettere che Maria apra le ostilità appena entrata in casa.

«E cioè?»

«Dà molto peso ai comportamenti affettivi, all'educazione, all'equilibrio. Per essere chiaro, se in questi giorni ti comporterai male non aspettarti un giudizio favorevole di Sardella.»

Le sto facendo un lavaggio del cervello subliminale: quando arriviamo a casa, nella sua mente si è radicata la paura del giudice orco.

Sally viene ad aprirci. Soltanto io avverto il sovrumano sforzo di comportarsi come la Auletti le ha suggerito. Niente benvenuta. Niente abbracci. Affettuosa ma non estroversa, disponibile ma non servile, comprensiva ma non disarmata.

Siamo alla prima fase. Sally si fa da una parte per lasciarla entrare. «Ciao, Maria.»

«Buongiorno.» Si guarda intorno come a chiedersi dove deve andare, che cosa deve dire.

È Sally a cavarla dall'impaccio. «Vieni. Puoi sistemare la tua roba nella stanza degli ospiti.»

È stato un altro suggerimento del "mastino": non preparatele una camera tutta sua, si sentirebbe forzata, presa in ostaggio.

«Ho soltanto questo zainetto» risponde pronta Maria. «Devo restare qui pochi giorni» aggiunge, come a tranquillizzare se stessa. «Michele non c'è?» chiede subito dopo.

«È a scuola» rispondo io. «Tornerà per l'ora di pranzo.»

«Io non ho fame.»

Nessuno le risponde. All'una e mezzo, quando torna a casa, Michele va nella stanza degli ospiti a salutare Maria. Torna dopo due minuti. «Ha detto che è stanca e non ha voglia di mangiare» ci riferisce imbarazzato, aspettando una reazione di Sally.

«Andiamo a tavola. Maria mangerà quando avrà fame» mia moglie risponde imperturbabile.

«Cuore di mamma» commenta Michele sarcastico.

Lo riprendo con ira. «Risparmiaci le tue battute! Se non sei un coglione, dovresti capire che c'è poco da ridere.»

Dopo pranzo porto Sally in ufficio con me e dico a mio figlio di restare in casa per dare un'occhiata a Maria.

Mi aspetto che risponda "non posso", "devo scendere nel loft", "non sono il vostro baby sitter".

«Okay» risponde invece, docilmente. «Andate tranquilli.»

Sally è tesa come una corda, ma la "normalità" fa parte dei comportamenti suggeriti dalla Auletti. Quando Marenzi si affaccia alla porta con la sua assistente e con Samuel Burne chiedendo se ho dieci minuti di tempo, li invito a entrare: ho tutto il tempo che vogliono, dico.

Il loro arrivo è come la ciliegina sulla torta perché mi consente di mettere in pratica, subito e con grande facilità, il suggerimento che il "mastino" ha riservato esclusivamente a me. Li faccio accomodare. Chiedo alla segretaria di portarci un caffè. «Prima di darvi la parola, ho io qualcosa da dirvi» esordisco. «Da oggi è venuta a vivere con noi la figlia che Sally ha avuto tredici anni fa dal primo matrimonio. Si chiama Maria e uno di questi giorni ve la faremo conoscere.»

Naturalezza, tono noncurante, balla plausibile. Ho eseguito alla lettera. Evito di guardare Sally. Non mi importa se l'ho stupita o spiazzata: ho risolto per lei il problema di spiegare l'improvvisa comparsa di una figlia, risparmiandole il disagio di trovare le parole e la "balla".

Samuel la butta in scherzo: «Avrò nel loft un'altra aspirante stilista?».

Jolie esclama: «Sally, non sapevo che avessi una figlia così grande! Non vedo l'ora di conoscerla!».

Marenzi si limita a un sorriso: che cosa altro potrebbe aggiungere? La sua assistente e Samuel hanno esaurito tutti i commenti possibili.

Mi decido a guardare Sally. Qualunque sia stata la sua prima reazione, adesso è visibilmente sollevata.

Accantonato l'argomento, Marenzi e *Jolie* vogliono mostrarmi la loro ultima indagine per identificare le province potenzialmente più idonee all'apertura di nuovi punti vendita con il logo di Casa Belli. Samuel si dice disposto a collaborare: *se adeguatamente retribuito.*

Colgo l'occasione per comunicare la decisione che ho appena preso. «Dovremo parlarne anche con Molino: ho deciso di nominarlo nuovo amministratore delegato della Belli Cashmere.»

Spiego anche a loro che la mia famiglia si allargherà e non posso più viaggiare e lavorare con i ritmi di un tempo. Stavolta, mentre parlo, tengo lo sguardo puntato su Sally. Quando mi riferisco alla famiglia che *si allargherà* la vedo irrigidirsi. Si sta rendendo conto che non sono ottuso e cieco come crede?

Questa fitta di risentimento dura pochi istanti, ma bastano per farmi sentire in colpa.

Dopo mesi durissimi, eravamo finalmente riusciti a ritrovare la serenità. Ma la scoperta di essere incinta e la straziante ricomparsa della figlia hanno ributtato mia moglie nella bufera. Mentre la battaglia legale contro i Dezzi procede tra colpi bassi, incognite e rinvii, lei ne sta combattendo un'altra contro la viscerale repulsione di Maria, gli attacchi di Michele, il tempo che passa facendola sentire sempre più colpevole per la violenza che si è imposta decidendo di abortire. Il suo corpo si ribella a questa violenza estenuandola con nausee, emicranie e ogni sorta di malessere. Le crisi di sonno sono la sua sola difesa: Sally vi si abbandona quando non ce la fa più. È un inconsapevole suicidio temporaneo.

Sì, per qualche istante io sono stato *davvero* cieco e ottuso.

Maria ha provocatoriamente attaccato alla porta della sua stanza un foglio di quaderno. Uno sotto l'altro, come in una addizione, ha scritto a caratteri cubitali e in ordine decrescente i numeri 5, 4, 3, 2, 1: sotto la riga (come un totale) la scritta in stampatello *LIBERA*. Non è un'addizione, ma il calcolo dei giorni di "prigionia" imposti dal giudice orco.

Il secondo giorno ha tirato una riga sul numero 5. Non ci ho visto più. Staccato il foglio, ho aperto la sua stanza senza bussare e l'ho stracciato davanti ai suoi occhi. «Riferirò al giudice Sardella che non stai collaborando: se non cambi atteggiamento, temo che dovrai rimanere qui per molte settimane» le dico, senza bisogno di simulare una furia che realmente provo.

«Cosa intende per collaborare, dottor Belli?»

«Dimostrarci che non sei maleducata e imbecille come sembri.»

«Può darmi qualche suggerimento?»

«Per cominciare, la "signora Belli" è tua madre e io sono suo marito. Abbiamo un nome, Sally e Oliviero, e mantenere le distanze è una provocazione ridicola. I tuoi comportamenti derivano dall'imbecillità: dovresti capire, se ti riesce, che una *nemica* in casa crea qualche problema anche a noi.» Picchio duro, ma devo difendere Sally: quattro giorni di guerra aperta la devasterebbero.

«E allora, perché non mi lasciate andare?»

«Perché il giudice minorile ha imposto anche a noi questa prova. Se non la supereremo, nella nostra vita non cambierà nulla. Tu, invece, finirai affidata ai servizi sociali.» Sono riuscito a spaventarla di nuovo.

«L'avvocato dei miei nonni è molto bravo...» si difende con voce tremula.

«Il nostro lo è ancora di più. Non ha mai perso una causa.»

«Vuol dire che... dovrei vivere sempre qui?»

«Questo dipende da noi. Ottenuto il tuo affidamento decideremo se portarti qui oppure mandarti in un Istituto.» Continuo a mentire e a picchiare duro.

«Posso tornare a casa mia!»

La guardo: «Maria, dimmi la verità: vuoi realmente bene ai tuoi nonni? Ti senti protetta, amata, rassicurata da loro?». È una domanda seria e mi allarga il cuore vederla esitare.

«Be'... Sono persone importanti, sempre impegnate. Però non mi hanno mai fatto mancare niente, non mi controllano, non mi sgridano... Con loro mi sento libera.»

«Non hai mai sentito la mancanza di una madre? Non hai mai chiesto di lei?»

«Da piccola mi mancava, ero l'unica bambina senza mamma. Ma poi i nonni mi hanno raccontato tutto e ho smesso di pensare a lei.»

«Se scoprissi che ti hanno mentito, come reagiresti?»

Fa un gesto di protesta. «Questo non è possibile! Mio nonno è stato un *politico*, si occupa di fame nel mondo e di ambiente... Ha dei *valori*!» proclama con un infantile fervore. «Per questo non vuole lasciarmi con la... con Sally. È una donna che non ha *valori*. Come posso amare una madre che non mi ha mai amata?»

Non le rispondo: come mi ha preannunciato la Auletti, se al termine di questi cinque giorni Maria persisterà nel rifiuto della madre il giudice la convocherà di nuovo. Detesta che i ragazzini vengano strumentalizzati e caricati di rabbia, come il "mastino" ripete, e secondo lei Sardella metterà la ragazzina di fronte alla verità. Non sono uno psicologo e mi manca anche il coraggio di abbattere tredici anni di certezze vergognosamente basate sulla menzogna.

Meno tre. Il giorno precedente è trascorso con una parvenza di normalità, senza scontri frontali e con segnali di disgelo soltanto apparenti. Maria, scossa dal mio discorso, si è stanata dalla camera degli ospiti, si è rivolta a noi chiamandoci per nome (ma continuando a darci del lei), si è seduta a tavola, ha accettato l'invito di Michele a fare due passi.

Il solo segnale di evidente disgelo è arrivato da mio figlio. D'un tratto ha ricominciato a parlare con Sally, a trattarla con gentilezza. A colpirmi favorevolmente è stato soprattutto il suo comportamento collaborativo: dopo la scuola, ha spontaneamente rinunciato ad andare nel loft per fare compagnia a Maria. Dopo la passeggiata, l'ha portata nella sua stanza e le ha mostrato al computer i suoi disegni e le sue ricerche.

Durante la cena, le ha parlato del nuovo punto vendita Casa Belli, "nato da un'idea di Sally" e del suo desiderio di lavorare a tempo pieno con me quando avrà finito il corso alla Brunori.

"Io odio la scuola" è stato il commento di Maria.

"L'importante è finire le medie. Poi ti scegli una scuola che ti piace e ti inquadri, come ho fatto io."

Questo giorno, il *meno tre*, inizia con Sally che apparecchia il tavolo della cucina per la prima colazione. Michele, ancora in pigiama, si affaccia alla porta e la aiuta a prendere il tostapane dallo sportello più alto.

Sally è più pallida del solito. Comincia a tossire e, con un pretesto, si allontana di corsa verso il bagno. Michele la segue con lo sguardo. Poi mi chiede, senza giri di parole: «Papà, Sally è incinta?».

Devo negare? Tergiversare? Rispondergli semplicemente che sì, aspetta un figlio?

«Non mi ha ancora detto niente, Michele.» È la verità.

«Di che cosa ha paura? Non lo vorreste, un altro figlio?»

Lo guardo negli occhi: «Sì. E tu lo vorresti, un fratello?».

«Se c'è, c'è. Mi devo abituare all'idea. Però per Maria sarà un casino.»

«Potresti darle una mano...»

«E come? Le ho raccontato di mia madre e di tutte le balle che mi ha fatto credere... Forse Sally non l'ha abbandonata e *venduta*, come i nonni sostengono... Mi è venuto questo sospetto e ieri gliel'ho detto. Ma lei ha cominciato a strillare, non ha dubbi e non vuole nemmeno toccare l'argomento. Odia Sally, e la odierebbe ancora di più vedendola abbracciare e allattare un neonato invece di abbandonarlo come ha fatto con lei.»

Il ritorno di Sally lo fa zittire di colpo. «Mi sono presa una brutta influenza» si giustifica pateticamente.

«L'ha presa anche Elena: è un virus che dà nausea e mal di pancia» proclama Michele. Lo abbraccerei. E vorrei abbracciare anche Sally: *questo* figlio, sensibile e umano, lo debbo a lei.

Maria ci raggiunge poco dopo. «Non mangio mai i toast alla mattina: c'è qualcosa d'altro?»

«*Buongiorno*» le dico.

«Ah, sì, buongiorno a tutti.»

«Vuoi un cappuccino o una cioccolata?» le chiede Sally. *Disponibile ma non servile*, come da suggerimento del "mastino".

«Cioccolata. Per piacere» aggiunge.

Michele ravvispa l'atmosfera parlando di Elena, la sua "ragazza ideale". «Dicono che nove volte su dieci i primi amori finiscono, ma io voglio impegnarmi al massimo perché non succeda anche a noi.»

Sally sorride: «Marenzi ha fatto un'indagine anche sui primi amori?».

«È un dato acquisito da tempo» mio figlio sentenzia.

Maria solleva gli occhi dalla tazza e commenta: «Anche il primo amore di Sally con mio padre è finito».

Sally, pacata: «Io non ho mai fatto parte delle eccezioni: rientro nella norma».

Maria tace. Poi le chiede, diretta: «Qual è il suo uomo

ideale, Sally? Che cosa l'ha attratta, per prima cosa, di Oliviero?».

«La bontà.» Sally risponde seriamente. «All'epoca lavoravo come guardarobiera: lo conoscevo soltanto di vista e non mi era molto simpatico. Ma una sera, per caso, abbiamo cominciato a parlare e ho scoperto che era una persona *buona*. Quella bontà che nasce dal...»

Maria la interrompe. «Immagino che per una guardarobiera anche la ricchezza avesse una certa importanza.»

Sally non si scompone. «Uomini ricchi ne avevo conosciuti molti. Non sottovaluto certo il danaro: ma incontrando Oliviero sono stata doppiamente fortunata, perché possedeva anche la ricchezza del cuore.»

Maria lancia una frecciatina: «Si è sempre attratti da quello che non si conosce. Nel suo caso, ricchezza e cuore.»

Sally previene la mia reazione. «Sei sentenziosa come me» le sorride. «Ma non sempre ci si azzecca e spero che nel mio caso tu possa ricrederti.»

«Non ne avrò il tempo: fra tre giorni me ne andrò e vale sempre la lettera che le ho scritto, Sally.»

«Tre giorni possono essere un'eternità: a volte basta mezz'ora per...»

«Basta con queste seghe» interviene Michele. Si rivolge a Maria: «Oggi ti porto al cinema con Elena, così la conoscerai».

Meno due. A parte un paio di tu sfuggiti a Maria nel rivolgersi a Sally, la giornata lascia prevedere una situazione di stallo.

Alle cinque del pomeriggio, mentre Michele e Maria sono impegnati in un videogioco, Anna telefona per invitarci tutti a casa sua. Dopo cena, aggiunge, mentre noi chiacchieriamo i ragazzi potranno fare un salto al pianobar.

Diversamente da Michele, che accetta con entusiasmo, Maria si schermisce. «Non ho niente di decente da mettermi. Fra due giorni torno a...»

«Dove sta il problema?» la interrompo. «Hai a disposizione Samuel Burne e tutto il campionario della sua linea giovane.»

«Samuel *in persona*?» Maria chiede incredula. L'idea di conoscere il mitico stilista vince le sue resistenze.

Gli preannuncio il nostro arrivo. Sally resta in casa per lavarsi i capelli e "restaurarsi" ("Sono impresentabile!") e Michele scende con noi, autonominandosi consulente nella scelta dei capi.

Il disagio di Maria sparisce di fronte alla calorosa accoglienza di Samuel. «Finalmente conosco la figlia di Sally!» dice stampandole un bacio sulla fronte. La scruta da capo a piedi. «Diventerai ancora più bella di lei» sentenzia. La prende per mano e, seguito da Michele, la introduce nel suo segreto "santuario".

Io resto a guardare: soprattutto il viso di Maria. Di fronte a decine e decine di capi appesi negli stenditoi e negli armadi sembra una bambina che scopre sotto l'albero i regali di Babbo Natale: è incredula, sorpresa, estasiata.

Samuel, un'occhiata ai capi e un'occhiata a Maria, passa a Michele giacche, gonne, pantaloni, golf e abitini.

Una telefonata mi impedisce di continuare a godere lo spettacolo: la Auletti mi aspetta nel suo studio. Subito.

Quando torno a casa, Sally è "restaurata" e Maria sfoggia un completo giacchino e fuseaux giocato sull'accostamento dei colori più vivaci. Mi mostra gli stivaletti sfrangiati: «Erano per la sfilata, ma Samuel ha detto che posso tenerli!». Soggiunge, esitante: «Mi ha fatto portare via un sacco di cose... Io non volevo accettare, ma lui ha insistito, e anche Michele...».

«Siamo i proprietari dell'azienda» precisa mio figlio con orgoglio. «E adesso anche tu fai parte della famiglia.»

Aspetto la protesta di Maria. Ma non arriva.

L'invito dei Vasile è provvidenziale, perché mi impedisce di pensare all'incontro con la Auletti e a quello che sta per accadere. Il nonno di Maria, preso atto di essere ormai con le spalle al muro, ha sfoderato tutto il suo potere e il suo ascendente per dimostrare la "parzialità" di Sardella, chiedere di affidare la causa a un altro giudice e intimidire i testimoni: l'ostetrica Aureli ha già "modificato" le prime dichiarazioni. La notizia più grave è che neppure suor Maria testimonierà a favore di Sally.

La Auletti è certa che le pressioni siano arrivate, dall'alto, anche alla Superiora del suo convento.

Ma non disarma.

Forte della certezza che i Dezzi non vogliono rinunciare alla nipote soprattutto per la paura di uno scandalo, nel primo pomeriggio ha inviato al loro legale il testo del comunicato che farà diffondere dall'Ansa preannunciando una conferenza stampa clamorosa: al termine, distribuirà a tutti i giornalisti una fotocopia del suo dossier contro i Dezzi.

"Se fra tre giorni non si presenteranno al giudice Sardella, il loro potere e il loro carisma andrà a puttane" è stata la frase con cui la Auletti mi ha congedato.

Continuo a fidarmi di lei: ma come reagirà Maria quando lei stessa sarà coinvolta nello scandalo? E quali ricadute avrà tutto questo nel rapporto, purtroppo ancora inesistente, con la madre? Mi proibisco di arrovellarmi in questi interrogativi.

Maria si rabbuia quando varchiamo la cancellata che

porta all'Irish Coffee: il ricordo del tentato stupro le fa ancora male.

Ma durante la cena la vedo via via rasserenarsi e animarsi. Anna rievoca i tempi in cui Sally faceva la guardarobiera nel loro locale; fa una irresistibile cronaca dell'ultimo evento (la festa di compleanno dell'amante di un mobiliere) interrotto dall'irruzione della legittima moglie; ritorna ai tempi andati, quando mi chiamava *Bellino*, *Bellicapelli* e "mi accompagnavo" ad altezzose e raffinate dame; descrive come un horror le "innovazioni" che suo marito sta progettando.

A cena finita, i ragazzi scendono al pianobar. Dopo mezz'ora li raggiungo per controllare, non visto, che tutto vada bene. Maria sta giocando al karaoke: canta in coro con Nicola, e ha una espressione raggiante.

Meno uno. La giornata sembra cominciare bene. La Auletti mi comunica che l'avvocato Giusti l'ha appena chiamata: i Dezzi si presenteranno all'incontro con Sardella e accetteranno qualunque sua decisione. Sia Giusti sia i suoi assistiti auspicano che tutto si svolga *amichevolmente* e con discrezione.

Mi complimento con lei. Ma la Auletti frena il mio sollievo. «Suor Maria ha lasciato all'alba il suo convento, e senza la sua testimonianza ci sarà più difficile dimostrare che Sally non vendette sua figlia, ma cascò in una trappola.»

«Domani dovremo riportarla dai nonni: non è possibile ottenere un rinvio?»

«Dovrebbe chiederlo Maria stessa, spiegando al giudice che vorrebbe passare ancora qualche giorno con la madre. Ma, stando a quanto lei mi ha detto ieri, dottor Belli, non credo che la ragazzina abbia questo desiderio.»

«Purtroppo no» sono costretto ad ammettere. «Ma dopo il nostro incontro siamo stati a cena da amici e Maria ha cominciato a dare del tu a me e a sua madre. Qualcosa si sta smuovendo: se avessimo qualche giorno di tempo prima di riconsegnarla alle manipolazioni e alle bugie dei nonni, sono sicuro che il rapporto con noi si rafforzerebbe.»

«Anche Sardella ha subito delle pressioni. Sono sicura dell'imparzialità della sua decisione, ma non ritengo opportuno chiedergli più di quanto ci abbia già concesso» dice in tono definitivo la Auletti.

Dopo la telefonata con lei, scendo in ufficio e a mezzogiorno ritorno a casa. All'una andiamo a tavola. Maria ha una espressione stranita, Michele si sforza di fare l'allegrone e Sally è allo stremo delle forze. È l'ultimo giorno che Maria trascorrerà con noi e il timore che ho espresso al "mastino" è in realtà una certezza: i nonni, ripreso possesso di Maria, le faranno un lavaggio del cervello: e, se il giudice deciderà di restituircela, Sally tornerà ad essere la "signora Belli".

Michele si alza per primo e aiuta Sally a sparecchiare la tavola. Anche lui ha smesso di parlare. Maria si alza e va a sedersi in soggiorno. Michele la segue e le chiede se vuole vedere un film. «Non ne ho voglia. Guardalo tu.»

Raggiungo Sally in cucina, ma non c'è. Sento i suoi conati giungere dal bagno e mi si stringe il cuore.

Mi siedo e aspetto che torni. Squilla il citofono della portineria. Faccio per alzarmi, ma Michele mi ha preceduto. Dopo pochi istanti si affaccia alla porta: «Papà, era Remo. C'è una suora che ha chiesto di voi e gli ho detto di farla salire».

«Prendi cinquanta euro dal cassetto e daglieli.»

«Okay.»

Sally esce dal bagno. Si è lavata la faccia e ha pettinato i capelli. «Vuoi un caffè?» mi chiede.

«Siediti.»

«Vado di là con Maria. È l'ultimo giorno che...»

Michele si affaccia di nuovo alla porta. «Papà, la suora non vuole i soldi. Dice che deve parlare con Sally. O con te.»

«Arrivo. Falla accomodare in soggiorno.»

«Già fatto. Sbrigati, non è giorno per avere fra le palle le spose di Dio.»

«Vengo con te» dice Sally. Mi precede di qualche passo e la vedo inchiodarsi davanti al soggiorno. Resta come rattrappita, in una immobilità di morte.

«Sally!» la riscuoto, spaventato.

La religiosa si alza e viene lentamente verso di noi.

È suor Maria. Questa certezza mi esplode dentro come una folgorazione, anche se nulla in lei rievoca la giovane donna dallo sprezzante sguardo di ghiaccio che Sally ha cristallizzato nel suo ricordo.

Ha il viso color caffelatte precocemente scavato dalle rughe, le spalle incurvate e i suoi occhi lucidi sono colmi di tenerezza e di pena. La sua mano si leva cauta verso il viso di Sally e la accarezza dolcemente. «Bambina mia... Povera bambina mia...»

Sally posa la sua mano su quella della suora. «Suor Maria» sussurra, come a convincersi che no, non sta sognando. Poi scoppia in lacrime e si aggrappa a lei. «Mi deve perdonare per quello che ho fatto... Mi sono vergognata per tutta la vita...»

I ragazzi si sono alzati, istintivamente, e li vedo seguire la scena con gli occhi sbarrati. «Andate via, per favore» dico. Poiché non si muovono, mi rivolgo a Michele. «Porta via Maria.»

«No! Io sto qui e voglio sentire.»

Suor Maria si scioglie dall'abbraccio e la guarda. «Sei la bambina di Salvatrice?» le chiede avvicinandosi.

«No... *Sì.* Come fa a conoscermi?»

Sally sta barcollando. La sostengo e la guido verso il divano.

«Di che cosa si deve *vergognare*, mia madre?» Maria incalza, implacabile.

Provo pena anche per lei. È una bambina di tredici anni sopraffatta da una storia che non riesce a capire, dalla consapevolezza di una verità di cui ha paura perché tutte le sue certezze, tutti i suoi affetti ne saranno sconvolti. Ma *vuole* sapere.

Michele la costringe a sedersi e le si siede accanto, come un paladino: anche mio figlio ha vissuto un momento come questo, e sa che cosa significa.

Suor Maria si rivolge, esitante, a me. «Posso parlare liberamente? La bambina che cosa sa di Salvatrice?»

Le rispondo amaro: «Quello che le hanno detto i Dezzi: dopo il parto è stata abbandonata in ospedale e in seguito venduta da sua madre».

«Oh no! No...» prorompe la religiosa, in un moto che è di dolore e di indignazione insieme. «Fu la stessa cosa che la Superiora dell'Istituto fece credere a me... La mia prediletta Salvatrice non se la sentiva più di crescere da sola una neonata con tanti problemi e così lasciò che i nonni la portassero con sé. Ma pretese in cambio una grossa cifra...»

La voce della suora si incrina. Quando riprende a parlare, guarda negli occhi Sally-Salvatrice. «Ti vidi scappare dal Sant'Anna come una ladra e provai orrore per quello che avevi fatto...»

«Non mi salutò neppure... Non ho mai dimenticato il modo in cui lei mi guardò, suor Maria» mormora Sally.

«Lo so, bambina. Mi sentivo come se mi avessero rivelato che Dio non esiste... Con la tua fuga perdevo il senso della mia vocazione, la fiducia nel genere umano. Ma il Signore mi tese una mano e mi aiutò a ritrovare la luce. Ripensai alla ragazzina impaurita e abbandonata da tutti che si era presentata da noi chiedendo aiuto... Diventasti la mia prediletta perché eri la più coraggiosa, la più *felice* di tutte. Aspettavi il giorno del parto lavorando, facendo progetti per il futuro. E anch'io facevo progetti per te. Eri così ingegnosa nei lavori di cucito, così brava a imparare: ti avrei aiutata a trovare un posto, avevo già parlato con qualcuno...»

Maria ha gli occhi puntati sulla suora. Il suo viso esprime perplessità e impazienza. «Perché ha rifiutato il suo aiuto? Perché mi ha abbandonato?» chiede.

«Non ti ha abbandonato... Ebbe un parto molto difficile e rischiò di morire per una emorragia. E tu fosti operata per una cisti broncogena. Ti misero in una incubatrice speciale...»

Suor Maria si rivolge nuovamente a Sally-Salvatrice. «Fu proprio rievocando quelle settimane che ritrovai la fiducia in te. Non avevo mai visto una madre tanto amorosa... In ogni momento di lucidità chiedevi della tua creatura. Eri angosciata per lei... Ti portavano nel reparto di terapia intensiva in carrozzella, tra una trasfusione e l'altra. E quando arrivavi davanti all'incubatrice, guardavi la tua piccolina come se ti fosse apparsa la Madonna.»

Vedo mio figlio farsi ancora più vicino a Maria e allacciarle la vita.

«Costrinsi Madre Augusta a dirmi la verità. E lei, pace all'anima sua, crollò. I Dezzi avrebbero dato una grossa somma all'Istituto se fosse riuscita a convincere Salvatrice a rinunciare alla bambina. E la Superiora ci riuscì. Ti spaventò, ti fece credere che non avrebbe potuto ospitarti con la bambina, fece leva sul tuo viscerale amore per lei... Quale avvenire potevi offrirle? *Dove* saresti andata? Ti nascose che il Sant'Anna, grazie all'offerta e all'intervento dell'onorevole Dezzi, avrebbe proseguito per otto mesi l'attività di accoglienza. Ma fece ancora di peggio: seguendo alla lettera quello che l'avvocato di famiglia le aveva detto, ti consegnò una busta chiusa e ti porse una ricevuta da firmare. Portava la data di quindici giorni prima: tu firmasti senza leggere, senza sapere...»

«Come è morta Madre Augusta?» Sally chiede con un filo di voce.

«Io lasciai l'Istituto e andai a lavorare in Africa. Si vergognava di quello che aveva fatto... Ho saputo lì, tre anni dopo, che era stata uccisa da un ictus. Spero che Dio l'abbia perdonata per tutto il male che ha fatto. Prima di partire, Salvatrice, io feci di tutto per cercarti, per dirti la verità e aiutarti a riavere la tua Maria... Ma eri scomparsa.»

Scende un lungo silenzio. Sono io a parlare. «Perché, suor Maria, si è rifiutata di fare questa testimonianza davanti al giudice minorile?»

«Perché la Superiora me l'ha proibito e la nostra regola è l'obbedienza.»

Il suo volto rugoso e triste è rianimato da un lampo di ribellione. «Nelle nostre regole e nella vita religiosa vedo allontanarsi sempre di più la presenza del Dio padre giusto e compassionevole e la parola del Figlio. Stamattina ho lasciato il convento. Tornerò a lavorare in Africa, con una associazione laica. Ma prima ho voluto vedere Salvatrice. E lasciarle una testimonianza scritta, da consegnare al giudice minorile. Secondo la vostra avvocatessa è una persona perbene che non si lascia comprare né influenzare dal potere. Due religiose lo hanno fatto, piegandosi al nonno di Maria come se fosse Dio. Mi resta la fiducia nella giustizia umana.»

Prima di lasciarci, suor Maria si avvicina alla figlia di Sally. Le prende il viso tra le mani. «Tu porti il mio nome perché sono stata la prima persona che ha amato tua madre. Adesso sai tutto: se continuerai a odiarla, nemmeno per te ci sarà mai giustizia.»

Chiamo l'ascensore, accompagno suor Maria fino al portone e prego il mio autista di accompagnarla in macchina dove lei gli dirà. «Grazie» le dico. Non trovo altre parole.

Sally mi aveva raccontato come riuscirono a toglierle la figlia, ma la rievocazione della suora è stata come una discesa all'inferno. Sono sconvolto.

Quando ritorno in casa, Sally, Maria e Michele mi sembrano tre statue di cera. Sono seduti come li ho lasciati e mio figlio continua a tenere stretta a sé Maria. Sollevano lo sguardo su di me e capisco che mi stanno chiedendo aiuto, come se soltanto io avessi il potere di farli muovere, reagire.

Un singhiozzo spezza il silenzio come una raffica. Le spalle di Sally si alzano e si abbassano mentre cerca l'aria, e la sua gola è strozzata da un susseguirsi di sibili.

Maria si alza di scatto, col viso terreo. «Mamma, stai male?»

Sally fa di no con la testa. Abbozza un sorriso.

«Mamma, dimmi qualcosa!»

«Non è successo niente. Stai tranquilla» Sally le dice. E corre subito verso il bagno.

Maria la segue con lo sguardo e poi scoppia in lacrime. «Mi vergogno tanto... Vorrei morire per quello che le ho fatto... Per le cose che le ho detto...»

La stringo tra le braccia. «Non hai nessuna colpa, piccolina. La sola cosa che non ti perdonerei sarebbe vederti morire. E proprio adesso...»

Il sollievo si dilata dentro di me. Mi sento leggero come se mi avessero tolto dalle spalle il peso del mondo. «Michele, occupati di lei» dico a mio figlio mentre mi sciolgo dall'abbraccio di Maria.

Raggiungo Sally in bagno e aspetto che finisca di risciacquarsi il viso. «Va meglio?» le chiedo.

«Sì...» Mi guarda esitante, a disagio.

«Andrà tutto bene, Sally.»

Una tremula luce le illumina gli occhi arrossati. «Hai

sentito?» chiede incredula. «Maria mi ha chiamato per la prima volta *mamma*...»

Le sorrido. «È stato bellissimo. E presto dovrai insegnare la parola *mamma* anche al nostro bambino.»

Le impedisco di aprire bocca. «Adesso torniamo dai ragazzi e occupiamoci di loro. Possiamo aspettare ancora un paio di settimane prima di dargli la notizia.»

Un mese dopo Maria mostra alla madre il suo primo tema in classe: Come vedi il tuo futuro?.

Anna la mia sorellina frequenta la quarta elementare, è la prima della classe è una bambina adorabile. Michele ha sposato Elena e aspettano una bambina che chiameranno Salvatrice. Dopo il ritorno di Samuel Burne in America mio fratello è diventato il direttore stilistico della Belli Cashmere. Io mi sono fidanzata con Nicola l'animatore del piano-bar degli amici Vasile che è un ragazzo adorabile. Ci sposeremo quando mi sarò laureata credo in psicologia. Mia madre è diventata vicedirettore del reparto marketing però lavora molto anche in casa. Oliviero lo chiamo papà. Mi ha adottata e adesso mi chiamo Belli anch'io. Se Nicola mi lascia desidero trovare un marito innamoratissimo e fedele come lui. Saremo davvero una bella famiglia.

«Cosa ne dici, mamma?» Maria chiede ansiosa quando Sally ha finito di leggere.

«Sei molto migliorata. Anche nella punteggiatura.»

«La prof dice che devo sforzarmi nei contenuti, approfondire di più.»

«Non sono d'accordo. Hai fatto un tema *molto profondo.*»

«Come dice Michele, mi sto impegnando al massimo, mamma.»

INDICE

EPILOGO

I Libri
di
MARIA VENTURI

Storia d'amore
La moglie nella cornice
Caro amore
L'amore s'impara
La storia spezzata
Il cielo non cade mai
Addio e ritorno
La moglie addosso
Un'altra storia
In punta di cuore
Mia per sempre
Il rumore dei ricordi
L'amore stretto
La donna per legare il sole
Incantesimo
Da quando mi lasciasti
L'amante è finita
Chi perdona ha vinto
il nuovo Incantesimo
Butta la luna
La bambina perduta

Disponibili anche in edizione economica

Finito di stampare nel mese di gennaio 2010 presso
il Nuovo Istituto Italiano d'Arti Grafiche - Bergamo

Printed in Italy